Evlilik Aşkı Güldürür

Şahangiller

DOKUZ

Evlilik Aşkı Güldürür
Şahangiller

Türü Roman

Yayın Yönetmeni Ali Osman Başkuyu
Editör Şefika Aydın
Sayfa Tasarımı Ayhan Aslan
Ön Kapak Çizimi Salih Uygun
Arka Kapak Çizimi Mustafa Kılıç
Kapak Tasarımı Orbay Orhan Emre

1. Baskı Ocak 2016, İstanbul
2. Baskı Ocak 2016, İstanbul

Yayınevi Sertifika No 23136
ISBN 978-605-4737-61-1

Baskı ve Cilt
Sem Ofset Matbaa Hizmetleri Tic. Ltd. Şti.
Maltepe Mah. Davutpaşa Cad. Emintaş San. Sit.
No: 101 / 33 Zeytinburnu / İstanbul
Sertifika No: 32296

Dokuz Yayıncılık
Şükran Mah. Rampalı Çarşı No:49
Meram / KONYA
0332 351 81 29
Sıla Kitabevi

Evlilik Aşkı Güldürür

ŞAHANGİLLER

DOKUZ

TEŞEKKÜR

Yazmak eğlenceliydi her ne kadar yaşarken farklı duygular hissettiysem de. Düşünsenize; bir zamanlar ağladığınız anılarınızı gün geliyor gülerek hatta kahkaha atarak anımsıyorsunuz ve çok da süslü olmayan sıradan cümlelere döküyorsunuz. İşte böyle!

Geçiyor... Her şey geçiyor... Bazen gülerek, bazen üzülerek, bazen pes edecekken hırslanarak ama bir şekilde zaman başına buyruk ilerliyor ve her şey geride kalıyor...

Aşk; bazen ilk görüşte ruh bulur ayrı bedenlerde, bazen de can çekişir ayrı şehirlerde. Ankara'dan İstanbul'a uzanan bir yolculuğumuza siz de bilet alın istedim ve bir bakmışım geçip giderken zaman, arada tozlanmasın diye hikâyem ve belki olur ya birilerine hani sevdiği, âşık olduğu halde, "Ayrılmalıyız çünkü..." ile başlayan cümleler kurup ayrılmasınlar diye bir vesile olur da mutlu sonlarını yaşatırız. Belki biri, sadece biri bile, "Al bak, bizim gibi olup da evlenen de varmış, mutlu olan da varmış," der, kim bilir? İyi bir insan olursam şirinleri görebilir miyim bilmiyorum ama birilerini mutlu edersem iyi bir insan olabilirim!

Hikâyem dedim, evet. Benim hikâyem ama kahramanı çok. Baştan en sona kadar hiç yalnız kalmadım. İlk önce bana aşkı yaşatan ve var olduğuna inandıran adama, sevgilime, arkadaşıma, dostuma, her şeyime yani biricik eşime sonra da her ne kadar adı 'kardeş' de olsa biliyorum ki her kardeş böyle dost olmuyor o yüzden canımın içi Birgül'e, bizimle beraber mutlu, mutsuz her anımıza şahitlik eden dostlarımıza, her şeye rağmen kararlarıma saygı duyup arkamda olan canım aileme ve desteklerinden dolayı editörümüz Şefika Aydın'a sonsuz teşekkür ediyorum. Hepiniz iyi ki varsınız.

Dilerim sizin hikâyeniz de mutlu sonla bitsin sevgi pıtırcıklarım:)

Sahi, biz nasıl tanışmıştık? Acaba üstümüzde ne renk kazak vardı, hatırlıyor muyuz? Hani ilk gün denildiğinde akla bu soru gelir ya!

"Aşkıııaaom ne giyiyordum hatırlıyor musuuuooon?"

Ve erkek neredeyse hafızasının altını üstüne getirir hatırlamak için çünkü her an ağır vaka triple karşı karşıya kalabilir! Neyse ki bizim öyle sorularımız ve bu soruları sorun hâline getirecek huylarımız yok. Belki de giydiklerimize değil, gözlerimize dikkat ettiğimizdendir. Vay be, ne laf ettim! Yalana gerek yok, ilk görüşte tepeden tırnağa iyice bir süzersin, hem de çaktırmadan. Ama ne giymiş, ne renk giymiş bunları hatırlarsın ya da hatırlayamazsın. Aman ne çok uzadı bu konu, ben bile sıkıldım. Gel gelelim asıl meseleye efenim: **Meğer Emrah beni daha önceden görmüş!** Tabii o zamanlar yaşım yirmi, gözlerimin kenarlarında kaz ayaklarım yok, saçlarım belime kadar sarı ve bakımlı... Hey gidi günler hey! Neyse konuya dönelim, hüzünlendim. Beni aklına koymuş ama tabii bir yandan aklını kurcalayan cevapsız soruları var: Acaba sevgilisi var mı? Beni beğenir mi? Yaşı benden büyük mü? **Zengin kızına benziyor, burnu havada mıdır?**

Derken her erkeğin hoşlandığı kız için düşündüğünü düşünmüş ve **'Yok yaaa, bu kız bana bakmaz,'** demiş. Yani hâlbuki Emrah özgüveni tavan bir erkektir ama demek ki beni gözünde çok büyütmüş. Canım yaaa...

Yine de şansını denemek istemiş ve Can diye bir arkadaşımıza beni sormuş. *Can kimdir? Can benim oda arkadaşımın sevgilisi* ve o gün oda arkadaşım, ben, Can ve onun arkadaşıyla okey oynuyoruz. O ara sürekli kantindeyiz çünkü Emrah ve ben okulu o dönem uzattık. **Maşallahımız var, kantine devamsızlığımız sıfır!** Bu kadar istikrarı okulda gösterseydik, dört yıllık okulu üç yılda bitirmiştik. Yazık, anne babalar da bizi efendi efendi okula gidiyoruz zannediyorlar. Şu anda vicdan yaptım yeminle! Meğer Emrah bu Can'ı hiç umursamazmış, Can peşinde kanka diye dolanırken hep başından atmış ama o da ne! Gönül'ün yanında Can da var ve Emrah aranan kan bulundu diye düşünüp Can'ı erkekler tuvaletinde yakalamış. Kızlar tuvaleti olacak değildi ya, bendeki de laf! Neyse, anında kanka ayağına yatmış. Valla kendi anlattı, ben onun yalancısıyım.

"N'aber kanka, ya hiç görüşemiyoruz. Yahu masandaki sarışın güzel kız kim?" diye sormuş. Can dünden razı muhabbete tabii! **Bu arada o güzel ben oluyorum ayıptır söylemesi, öhöm öhöm!**

Can da, *"Adı Gönül ama o 86'lı, senden büyük,"* demiş. Meğer o da 86'lıymış ki benden altı ay da büyükmüş. Neyse, Emrah, *"Sevgilisi var mı? Ondan hoşlandım sence şansım var mı?"* diye sormuş. Can da illa yaranacak ya, hemen sevgili yapmış bizi aklınca! *"Ooo kanka, sen olmuş bil,"* demiş. Ne biliyorsun kardeşim, belki istemeyeceğim. Tövbe tövbe!

Neyse, bu Can denen şahsiyet tuvaletten dönerken bir değişik yürümeler, suratında muzır bir gülümseme, saçının ön tarafını ineğe yalatmış gibi jöleler -ona bir de S şeklini verir dikerdi-, o saçıyla uğraşmalar falan. Hayırdır dedim, tuvalete bunun için kırmızı halı serip özel kabin yaptılar da haberimiz mi yok!

"Senden hoşlanan bir çocuk var ama bir görsen, gider evlenme teklif edersin. Öyle yakışıklı bir çocuk!" dedi gelir gelmez. E dedim, *"O kadar beğendiysen sen kendine al!"* Çünkü ben kendi kendime bir karar almıştım, üniversite bitene kadar kimseyi hayatıma almayacaktım ama ne yalan söyleyeyim gururum da okşandı. Tabii ki merak da ettim acaba kimdi, gerçekten anlattığı kadar yakışıklı mıydı? Sadece meraktan çaktırmadan göstermesini istedim Can'dan. Meğer o da kantinde bilardo oynuyormuş sürekli.

O gün yanında arkadaşı Selçuk vardı, o da esmerdi. Hatta kara çocuk derdik ona. Ben tabii arkadaş gruplarına dâhil olduktan sonra tanıştım. Emrah da beyaz tenli bir delikanlı olunca Can'a sordum, *"Hangisi?"* diye. O da Emrah'ı gösterdi ve beyaz tenli olan diye tarif etti. Anlam veremediğim şekilde utandım, saçlarımın dipleri karıncalandı. Önüme eğilip kimse duymasın diye iç sesimle konuşmaya başladım. **'Lan bu çocuk çok tatlı. Al vitrine koy, arada yemeğini ver. Tam sevmelik,'** diyordum. İyi ama kendi kendime aldığım karara ne oldu? Hani kimseyi istemiyordum? *'Kendine gel Gönül,'* dedim. *'Allah sahibine bağışlasın, de geç.'* Sonra hatırladım, daha önce Emrah'ı bir arkadaşım yine gösterip, *"Baksana şu çocuk ne kadar tatlı, tam* *bebek suratlı,"* demişti. Ben de, *"Evet, çok şeker. Allah sahibine bağışlasın!"* deyip geçmiştim, **meğer sahibi benmişim de haberim yokmuş!**

Neyse, saat 15-16 sularıydı ve artık yurda gitme zamanı gelmişti. Okeyin son elini oynuyorduk, Can bir anda istekaları yıktı ve eli, okey atarak bitirdi. Bana döndü ve arasında maydanoz kalmış kocaman dişlerini fuarda sergiler gibi açarak, "Bu pazar ziraatın partisi var, sen de gelsene. Ben bileti ayarlarım," dedi.

Ne vereceğim bir bilete on beş lira, hem de 2007'de! Üstelik parti ortamından da hiç haz etmem. Haliyle, *"Yok, siz gidin. Ben sevmem öyle parti marti!"* deyince hemen atladı lafa. Emrah da geliyormuş,üstüne üstlük bizi orada bir araya getireceğine dair söz vermiş Emrah'a. Bak sen! Neyse konuyu kapatmasını istedim ve kalktık. Kantinden çıktık ama kafayı kaldırıp da utancımdan Emrah'a bakamadım. Sanki ben talip olmuştum çocuğa, hayret bir şey! Köşeyi tam dönüyoruz ki eyvah, Can kitapları kantinde unuttu! "İyi," dedik. "Git al, biz bekleriz." Ama yok, bir inat etti illa hep beraber gidelim diye. İlkokulda tuvalete topluca giderdik ya resmen o an bunu yaşadım. **Bu sefer istemsiz bir şekilde kafamı kaldırdım ve o şeker çocuğa baktım.** Meğer o da bana bakıyormuş! Ayy, nasıl utandım anlatamam. Kıpkırmızı olduğumu hissettim çünkü kafamdan aşağı bir ateş bastı ama belli etmemek için de bir umursamaz tavırlar sergiliyorum ki görmeyin. Görseniz, başka tarafınızla gülersiniz. Kantinden çıkıp yurda dönüyorken ben hâlâ o bakışma sahnesini yaşıyordum.

***

Günlerden pazar ve bugün, o büyük parti var. Bense pijamalarımı giymişim, paçalarımı da çoraplarımın içine sokmuşum, ayağımda kocaman panduflar, saçlarım klasik ev topuzu -hani özenerek asla bu kadar güzel toplayamadığımız topuzdan-, önümde kahvem, karşımda yurdun masaüstü bilgisayarı, süngeri bile olmayan gayet rahatsız tahta sandalyede iki büklüm ayaklarımı toplamış, oturuyorum. Bir yandan okey oynuyorum bir yandan Yonja diye bir site vardı -şimdiki nesil pek bilmez ama bugünün Facebook'u gibi bir siteydi- orada zaman öldürüyorum.

Can'ın sevgilisi olan oda arkadaşımı çok severdim ve ona hiç kıyamazdım. Bir anda telefon çaldı, arayan oydu. İlla da gitmemi istiyordu çünkü kendisi Gazi Üniversitesi'nde okuyordu ve bizim okuldan kimseyi tanımadığı için çok sıkılmış. Ben de dayanamayıp hazırlandım ve çıktım. Taksici de yeri biliyormuş, sorunsuz bir şekilde adresi buldum. Partinin artık sonlarına doğru gelindiği için girişler kontrol edilmiyor, ben de para vermeden girdim. Hem ne vereceğim, zaten isteksiz geldim.

Yurdun son giriş saati o gün 10.30 ve ben partiye gittiğimde saat dokuzu geçiyordu. Lavabodan dönerken birilerinin konuşmalarını duydum. Yürürken kafayı yerden kaldıramayanlardanım, haliyle kim bilmiyorum ama **"Aha Emo, seninki de gelmiş oğlum,"** dedi biri. 'Al buradan yak, o da gelmiş,' dedim kendi kendime. Derken beş dakika sonra Can'la masaya geldi, tanıştık ama ne o konuşuyor ne ben.

İkimiz de bir utangaç, bir mülayim duruyoruz ki sormayın. İçimizdeki muzır çocuklar sonra tanışacak tabii!

Ve Külkedisi gibi saat 22.30'u vurmadan yurtta olmalıydım. Aksi halde öyle masaldaki gibi balkabağına dönüşmem, direkt babamın hışmına uğrarım. Ki bu hiç hoş olmazdı. Neyse, konuya dönelim. Can ve Emrah bizi taksi durağına götürdü ama insan yurda kadar bırakırdı be! Belki cebimizde paramız kalmadı ki öyle de oldu. Bende son on lira ama oda arkadaşımda zırnık yok! Neyse hele bir binelim, olmazsa ileride çaktırmadan inip otobüse bineriz diye düşündüm. Emrah'la ikimiz arkadan yürümeye başladık. **Başkaları romantik konulara girer, bizim konuştuğumuz konu: futbol!!!** Evet, doğru duydunuz. Pardon, doğru gördünüz yani. Hangi takımı tuttuğunu sordum, Beşiktaşlıyım dedi. Ben de koyu Trabzonsporluyum ve geçtiğimiz cuma maçımız vardı. Skor: Trabzonspor: 2- Beşiktaş: 1 ve ben hangi takımı tuttuğunu sordum! Sanki ne yapacaksam! Beşiktaş deyince sorun bakalım ben ne yaptım? El hareketi yaparak, **"Ooo, nasıl koyduk ama,"** dedim ve resmen yerin dibine girdim. O anda iç sesim, 'Arkadaş o nasıl bir reflekstir! Sen çıtı pıtı bir kızsın, hiç yakışıyor mu? Aaa, cık cık cık!' diye bağırdı. Göz ucuyla baktım Emrah'a, şok olmuş. O bile utanmış gözlerle önüne bakıyor; haliyle yerin en dibine, taa magma tabakasına kadar girdim. Durağa kadar tek kelime edemedim, o konuşuyor ama ne dediğini duymuyorum bile çünkü iç sesim hâlâ yüksek sesle bana bağırıyordu! Taksiye bindik oda arkadaşımla ve taksici amcaya son on liramızın olduğunu, eğer götüremezse sağda bizi bırakmasını söyledik ki herhalde acıdı bize ve götürebileceğini söyledi. Yurda gittim ama bir eksiklik var: Numaramı istememişti!

Gece on ikide, "Yurda vardınız mı, merak ettim," diye mesaj atmış. Numaramı Can'dan almış şapşirik ve daha yeni yazıyor! Bunca saat düşünmüş, başka bir şey bulamamış galiba. İki saat geçmiş, tabii ki yurtta olacağım. Bu saatte o mu sorulur diye hayıflanırken bir yandan da hoşuma gitti. Her ne kadar numara yapsa da beni merak etmişti. **Yüzümde şapşal bir sırıtmayla oturuyordum.**

Yurdun iki bölümü vardı: Yemekhane bölümü ki masaların kahverengi muşambayla örtülü olduğu, sandalyelerin gayet rahatsız olduğu, çatal bıçak seslerinin yoğun olduğu, kalabalık, herkesin kendi halinde takıldığı ve hâlâ tüplü televizyonun izlendiği bir bölümdü. Ama bir de kırmızı oda dediğimiz bölüm vardı. Kırmızı deri ve çok rahat koltukların bulunduğu, plazma keyfini yaşatan bir odaydı. Hepsini geçtim, burası, yurdun eski öğrencilerinin takıldığı, bol gülmeli ve muhabbetli odasıydı. Yemekhane bölümünde çömezler takılırdı. Ya ben bunları neden anlattım ki? Neredeyse yurdun krokisini çıkaracağım! Neyse, kızlar sordukça anlatıyorum Emrah'ı. Her ayrıntıyı anlattım derken beklemediğim bir soru geldi: Gözlerinin rengi ne?

Sahi, gözlerinin rengi neydi? Kahverengi miydi, yoksa mavi mi? Yok ya galiba elaydı! Aman ne bileyim? Ben yüzüne bile bakamamışım, bana göz rengini soruyorlar! Meğer civanımın gözleri yeşilmiş. Bu arada hâlâ mesajlaşmamız devam ediyordu ki o da ne?! Kontörüm bitti, mesaj gitmiyor! Bu sohbet burada kalmamalıydı derken diğer hattım geldi aklıma. O zamanlar bu kadar kapsamlı fırsatları yoktu operatörlerin, o yüzden çoğumuzda üç operatörün de hattı bulunurdu. Mesajların iki kontör olduğu zamanlardı ve kontör heba olmasın diye ikinci mesaja geçene kadar tek harfi bile ziyan etmezdik. Hemen taktım ve sohbeti sonlandırdık.

Konuşmadan sonra yurdun bilgisayarının başına geçtim. Sürekli sıra olurdu ama nasıl olduysa o gece kimsenin bilgisayarla işi kalmamış. Şans işte! Baya oyalandım internette ve en son Yonja adresime bir bakıp çıkacaktım ki ne göreyim? **Emrah Şahan, arkadaş ekleme talebi göndermiş.** Fotoğrafına baktım o mu diye. Üzerinde eflatun ve lacivert çizgileri olan dar siyah bir gömleği vardı, gözünde kocaman güneş gözlüğüyle yandan poz vermişti. O zamanlar fit bir vücudu vardı, göbeği de olmadığı için bu fotoğrafta yandan poz vermiş. Bu haliyle son fotoğrafıydı muhtemelen çünkü benden sonra o göbek hızla büyüdü. Nasıl bulmuş diye düşünüp durdum çünkü adımı biliyordu sadece ve binlerce Gönül kullanıcısı arasından beni nasıl bulabilirdi?! Meğer Trabzonsporlu olduğumu biliyormuş. Profil fotoğrafımda da bordo mavi şapka takmıştım ve özellik kısmına Trabzonspor yazınca ilk sırada ben çıkmışım ve hemen ekleme talebi göndermiş. Ben de fazla naz yapmayayım dedim hem bu sayede onun profilini inceleyerek hakkında daha çok bilgi edinebilirdim. Yonja'nın mesaj kısmından yazışarak MSN adreslerimizi aldık çünkü mesaj kotalıydı.

Ertesi gün pazartesiydi ve okey oynamak için ikna etti beni. Aslında ben dünden razıydım da çaktırmadım. Sabah aşk yuvamızda yani kantinde buluştuk. Can, oda arkadaşım, ben ve Emrah okey oynamaya başladık ve tabii ki eş olduk biz. Baktım bana göz kırpıyor, Allah Allah dedim, bu ne hız. Hemen göz kırpmalar falan ne oluyoruz. Ama öyle tatlıydı ki bir de çok masum bir yüzü vardı, art niyet düşünmedim. Kur yapıyor herhalde dedim, ben de göz kırptım. Sonraki el yine göz kırptı ben de kırptım, bir sonraki el yine göz kırptı ben de göz kırptım ama eeeeh dedim yeter. Bu ne böyle, her el bu çocuk niye göz kırpıyor. O da yetmezmiş gibi bir de çenesini sağa sola oynatıyor. Bir ara dengesiz olduğunu düşündüm hatta sağlık sıkıntısı olduğunu bile düşündüm, belki de tiki vardı. Ay ne bileyim, ben daha önce tanımıyordum sonuçta!

Oyun bitti artık muhabbet etmeye başladık. Bana, **"Ben ne zaman tek taşa düşsem sen de tek taşa düşmüş oluyordun ama hiç bitemedin,"** demez mi! Nasıl yani, ben ne zaman tek taşa kaldım dedim ki? Ortada bir yanlış anlaşılma vardı ve düzeltmek için, "Ben sana öyle bir şey söylemedim ki," deyince, "O zaman niye ben her göz kırptığımda bana göz kırptın?" diye sordu. **O anda kendimi o kadar salak hissettim ki o okey taşlarını ona yediresim, istekaları da kendi kafamda kırasım geldi!** Ama itiraf eder miyim, tabii ki hayır! Hiç istifimi bozmadım. "Ben de 'tamam' anlamında göz kırptım, sen yanlış anlamışsın," desem de sanırım yemedi diye de içimden geçirdim ki öyle de olmuş, yememiş. Aman çok da umurumdaydı! Evet, umurumdaydı. Gıcık olmuştum ona çünkü utanmıştım.

Birbirimizi tanımak için sıradan sorular soruyorduk. Nerede yaşıyorsun, yaşın kaç, kaç kardeşsiniz, neden bu okul falan filan derken bana öyle bir sordu ki duygularım için mücadele etmeye o noktada başladım. Belki birçoğunuz aynı sorunla mücadele ettiniz belki edemediniz. Gözlerime bakıp, *"Alevilik hakkında ne düşünüyorsun?"* diye sordu ama hiç tahmin edemedim sebebini ve ağzımdan bir anda, "Çok farklıyız, hiç anlaşamam," çıkıverdi. Çok yumuşak ama bir o kadar da kendinden emin ve birazdan seni utandıracağım der gibi bir tavırla bana bakarak, *"Ben Aleviyim ama,"* dedi. Tükürüklerim boğazımda toplandı sanki. Yutkunurken iç sesim, 'İyi ettin Gönül, aferin!' diye bağırdı. Her ne kadar kıvırmaya çalışsam da, öyle değildi böyleydi, aslında yaşadığım yerden ötürüydü falandı filandı desem de karşımda boşuna kıvırma, konuştukça batıyorsun diye bakan en güzelinden bir çift yeşil göz vardı. Bu konu üzerindeki konuşma saatler sürdü. Sonunda neyi mi anladım: **İnsanı insan yapan şeyin mezhep olmadığını, önyargıların en büyük haksızlık olduğunu** ve daha birçok şeyi! İşte bu birçok şeyi yaşayarak öğrenecektim...

Saatler ilerlerken kafamda deli sorular, her saniye değişen fikirlerim, üst üste binen iç seslerim... Çok yorulmuştum, o konuşmanın sonu bir an önce gelsin istiyordum. Bu büyük bir sorundu belki ama Emrah'ın anlattıklarıyla ikna olmuştum, buna duygularım da yardım etmişti. Peki, ileride yaşayacağım engellerle ve sıkıntılarla baş edebilecek miydim? Ya da boş verip hiç uğraşmasam mı diye düşündüm. Nihayetinde daha yeni tanıştık ve en başındaydık yolun, belki de hiç başlamadan bitmeli. Ne dersin Gönül?

Mezhep ayrılığı kimleri kimleri ayırmıştı, ne aileler karşı karşıya gelmişti, ne kalpler kırılmıştı, ne unutulamayan aşk hikâyeleri bırakmıştı geride. Acaba biz de öyle mi olacaktık? Ailem, en hassas olduğum konuyken onlarla karşı karşıya kalacak mıydım? Ben kırılayım, önemli değil de bu, en sevdiklerimi kıracak mıydım? Ya sonu? Sonunda değecek miydi ya da pes edip yarım mı kalacaktı her şey? Offf! Bu ne zor bir karar, bu ne yaman çelişki?! İçim karardı, ileriyi düşündükçe omuzlarım biraz daha düştü, biraz daha ve biraz daha... Sonunda kafamı ellerimin arasında buldum, başım çatlamak üzereydi. Akışına mı bırakmalıydım? Belki bu kadar canımı sıkmaya değecek biri değildir, o zaman yollarımızı ayırırdık. Ama **onu tanıdıkça bu girdabın içine yavaş yavaş sürükleniyordum.** Sonunda değer dedim ve kararımı verdim. **Artık biz olmuştuk!** İstinasız her gün görüşüyorduk. Zaten arkadaş grubu o kadar eğlenceliydi ki hepsini çok sevmiştim ve her gün görüşmek bana da iyi geliyordu.

***

Her gün kalabalık arkadaş grubumuzla - arkadaşlar da bizim gibi okulu uzatmışlar, n'aparsın boşuna dememiş atalarımız, üzüm üzüme baka baka kararır, diye. Meğer bunlar birbirlerine söz vermiş hepimiz bu dönemi uzatalım diye. Akıl işte!- sürekli bir okey oynamaktır gidiyoruz. Sorun bakalım neyine? Tabii ki hesabına! Hesap dediğimiz de tıka basa yenilen şeylerin hesabı. Bakıyorum Emrah koca koca sandviçleri yiyor, bana mısın demiyor. Ben de farkında olmadan ona bakıyormuşum.

"Hayırdır yenge, gözünü alamıyorsun Emrah'tan," diye bir ses geldi arkadaştan. Bir de kıs kıs gülüyor, seni seni der gibi.

Oysa aklımdan bambaşka şeyler geçiyordu. **Daha yeni sevgili olmuşuz, azıcık nazik ye be adam.** Kıtlıktan çıkmışçasına tam çiğnemeden lokmalarını yutuyorsun, boğulacaksın! Ancak dış sesim itiraf edemedi. Ona değil, arkasındaki masadaki arkadaşıma baktığımı söyledim. Bir de bana yesene diyor, **ulan iştah mı bıraktın!** Bir yandan yiyip bir yandan masaya düşen patates kızartmalarını toplayıp ağzına attığını izlerken açlığımı unutuyordum. Bir de tabii ki utangaçlıktan yiyemiyordum. Sonuçta fast food tarzı şeyler vardı ve yerken insan ağzını kocaman açmak zorunda kalıyor. Sonra yok ketçap bulaştı, yok mayonezler aktı, şimdi içindeki patatesler düşecek. Aman gider yurtta yerim sonra dedim içimden. Hâlbuki önündeki her şeyi hunharca yiyen biri benim nasıl yediğimle ilgilenmeyecekti ama bendeki de huy işte.

Meğer Emrah Bey artık nasıl olsa alan almış satan satmış diye düşünmüş de, en doğal hallerini göstermiş de, artık zayıf kalmak için uğraşmasına gerek yokmuş da, bilmem ne! Belki ben şişko sevmiyorum. Allah Allah, bu ne rahatlık kardeşim! Zaten adam şişko olmasa da iri, bir omuzları vardı zannedersin iki kişilik koltuk! Neyse ki kilo olayını hiç sorun etmedim, o da yedikçe yedi. Yani o zamanlar da böyle oburdu.

Üçüncü gün beni yurda bırakacaktı, yavaş yavaş yürüyerek gidiyorduk. **Yanımda yürüyor ama aramızdan bir belediye otobüsü rahatça geçebilirdi.** O utanıyordu, ben ondan daha fazla utanıyordum. İçimden elimi tutsa keşke diye geçirdim. Daha çok erkendi ama nedense bu adamı sanki senelerdir tanıyordum ve bundan sonraki yıllarım onunla geçecekti. Öylesine bir güven duygusu gelişmiş ve öylesine sahiplenmiş hissettim ki sanırım bundandı sahiplenilmek isteyişim. Aradan birkaç gün geçmişti ki bu kulaklar ne duysun?! Emrah bana, *"Aslında o gün senin elini tutmak istemiştim ama yanlış anlarsın diye yapamadım. Seni yıllardır tanıyormuş gibi oldum, hiç yeni tanışmışız gibi değil. O yüzden seni kendime çok yakın hissettim ama senin için öyle değildi, ben de cesaret edemedim,"* demez mi?! Evet, dedi! İçimden ulan dedim ne oluyoruz, yoksa bu kader mi? Ayy, o da aynı şeyleri hissetmiş! **Ayy, biz kesin evleniriz!** Ayy şapşirik yaaa, çok tatlısıın ama sana itiraf etmeyeceğim aynı şeyleri düşündüğümü dedim. İçimden tabii! Utangaç hâlim var ya kızarmış bozarmış, hah işte aynen o sıfatla sadece kafa salladım gözlerimi kaçırarak. Öyle düşündün ama olması gereken de elimi tutmamandı der gibiydim. Cidden bu nasıl bir şeydi, insan hayatında kaç kere böyle hissederdi, yeni tanıdığın biri nasıl olur da bu kadar tanıdık gelebilirdi ve ilerisini hatta ömrünün geri kalanını onunla geçireceğini hissettirebilirdi? Bu duygunun adı neydi, herkes bunu yaşıyor muydu yoksa özel bir duygu muydu? Aaa yarın sınav var ve ben notları almayı unuttum, eyvah! Kırtasiye kapanmış mıdır? İşte şimdi sıçtım! Bir anda duygu karmaşası yaşadım resmen ve tabiri caizse tutuştum. Çünkü bütün derslerimi geçmem lazımdı, aksi halde seneye alacağım derslerle çakışabilirdi ve ben bir dönem daha uzatamazdım. O duygusal atmosferi bir anda bozup durumu açıkladım ve doğruca kırtasiyeye gittik ama o da ne? Kapalı! Leyla gibi ortada dolaşırsam yarınki sınavı unuturum tabii. Kendimi tokatlayasım geldi. Her şeyi en son güne bırakan sorumsuz tipler vardır ya, hah işte ben tam da öyleydim. Son gün, son saat, son dakika... Hep son son son!

Ertesi gün sınav saat beşteydi. Yahu Gönül sen notları alsan ne olur, sanki çalışacaksın sınav ta beşte, dedim. Öğlene kadar uyur, bir saat kahvaltı yapar, sınava son iki saat kala çalışırsın. O zaman niye panik yapıyorsun, yarın alıp çalışırsın. Neyse, kendimi rahatlattım. Sonuçta Emrah'tan kırtasiyeyi açtırıp kahramanlık yapmasını bekleyemezdim, yoksa siz beklediniz mi! Daha çok beklersiniz, onlar ancak dizilerde oluyor, maalesef! O dersi alnımın akıyla geçtim bu arada.

***

Günler günleri kovalarken hem o kadar hızlı hem de bir o kadar dolu geçiyordu. Haziran yaklaştıkça ikimiz de ayrı geçirerek boşa harcayacak zamanımızın olmadığını daha iyi anlıyorduk, o yüzden de istinasız her fırsatta görüşmenin bokunu çıkarıyorduk.

Enteresan olansa bir dakika bile sıkılmamış olmamız. Bir haftayı daha doldurmuşken yine kantinin yolunu tuttuk. Tam kapıdan girecektik ki kardeşim Birgül aradı ve uzun uzun konuştuk. Zaten kısa konuştuğumuz görülmemiştir. Kız milleti işte, ne varsa anlatıyoruz. Emrah'ın da yanımda olduğu söyleyince telefonda da olsa tanışmak istedi. Biraz emrivaki oldu ama tanışmalarını istediğim için telefonu bir anda Emrah'a uzatınca şaşırdı kaldı. Suratıma bakıp, *"Ne diyeceğim, ne konuşacağım?"* demeye başladı. Ben hiç oralı olmadım. **Hatta sus bakim, al şu telefonu da konuş ve derhal sevdir kendini diyemedim ya la!** Sadece, "Hadi!" diyerek telefonu eline tutturdum. Sonrası bir muhabbet, bir muhabbet ki sormayın! O utanan adam, kabak çiçeği gibi açıldı. Onlar güzelce konuşurken ben Birgül kesin sevmiştir, dedim ve bir sevindirik oldum, anlatamam. O gün bugün kankalar, hiç enişte baldız gibi değiller, maşallah deyin tü tü tü.

Kantinde bir de müzik kutumuz vardı, bozuk parayla istediğin şarkıyı açabiliyordun. O dönem çiftlerin en favori şarkısı Ferhat Göçer'den Cennet idi. Artık dinlemekten gına gelmişti ve bizim şarkımız ne olsun diye düşünürken Emrah bir anda kalktı. **"Bak şimdi bizim şarkımızı açacağım, çok beğeneceksin,"** dedi. İçimden romantik şey acaba hangi aşk dolu şarkıyı açacaksın, üstelik diğer çiftlerden farklı bir şarkımız olacak yaaa, sen ne kadar tatlısıın diye geçirdim. Heyecanla beklerken Ferhat Göçer'in o meşhur aşk dolu şarkısı bitince kulaklarımı diktim ve sıradaki bizim şarkımızı dinlemeye koyuldum ki o da ne! Şaka mıydı bu? Yok, kesin müzik kutusu kafayı yedi ya da bu değil, bundan sonraki şarkı bizimdi ya da Emrah dikkatsizce yanlış şarkıyı seçmişti ya da ya da ya da ya daaaaa... Off her ihtimal olabilirdi ama bu bizim şarkımız olamazdı ya! Olmamalıydı! Sıkı durum söylüyorum hatta bence siz de açın ve dinleyin, çok duygulanacaksınız! **Ankaralı Namık'tan, Ah Tatarım Tatarım!**

Evet, yanlış görmüyorsunuz! Bu ne dedim. Sen mi açtın bunu, dalga mı geçiyorsun? *"Yooo,"* dedi utanmadan hatta bir de sırıtıyordu! **"Ne var ki gayet güzel bir şarkı. Düşünsene bizden başka hiçbir çift bunu seçmez!"** Abartmaya gerek yok, anlaşılan bu çocuk da benim gibi çok şakacı, diye düşünüp konuyu uzatmadım!

Şarkıyı kaç kere dinlediğimizi hatırlamıyorum bile ama benim bir an önce kalkıp Ulus'a gitmem lazımdı. Malum el sanatları bölümünde okuyordum ve malzemeler de genelde Ulus'ta satıldığı için oraya sık sık gidiyordum. Gözüm saatte, yelkovan akrebi her sürüklediğinde oturduğum yere bir çivi daha dikiliyordu sanki. Çünkü yine yarına yetişmesi gereken ödev teslimi vardı ve hâlâ nasıl yetiştireceğim konusunda bir öngörüm yoktu. Ama yetiştirdim, helal olsun bana!

Hani dizilerde görürüz ya hep denk gelir o taksiler ya da son dakika haberleri. Ne tesadüfse o taksi tam da oradan boş olarak geçer ya da hep o anda o TV açık olur ve spiker, 'Son dakika haberiyle karşınızdayız!' der. O haber de izleyen kişiyi hep yakından ilgilendirir! İşte aynı o durumu yaşadım ben de, vallahi şok oldum. Haber kanalı açıktı kantinde ve son dakika haberi: Ulus Anafartalar Çarşısı'nda bombalı patlama!

Tam ben de oraya gidecektim ve o saatte Ulus'ta değil, kantindeydim! Annem bir yandan, babam bir yandan, abilerim falan derken duymayan kalmamış. *"Aşkitomun yanından ayrılamadığım için Ulus'a da gidemedim babacığım, anneciğim, çok saygı-*

değer ağabeyciklerim. Yoksa o saatte orada olacaktım," demek isterdim ama **tabii ki o kadar yürek yemedim.** İşim çıktığı için gidemediğimi söyledim. Kader ilmek ilmek örgüsünü örüyordu. Yok, pardon öyle değildi, kader yavaş yavaş ağlarını örüyor olacaktı! Bu çocuğa bir de can borçlu oldum kendimce. Çünkü beni bıraksaydı gidecektim. Bu arada o patlamayı gerçekleştiren teröristin bacağı binaların birinin çatısında bulunmuş. Ayyy, içim bir fena oldu yine.

İlk defa son zamana bıraktığım bir şey beni mutlu etmişti. Ortalık karışık, buralarda da olay çıkar düşüncesiyle herkes evine gidince ben de yurda döndüm. Sınav haftası olduğu için de çok monoton bir hafta yaşadık. İnşallah finallerde geçeriz dedik ve haftayı bitirdik.

***

Ve evet, sınavlar da bittiğine göre normal hayatımıza dönebilirdik. Duyan da çok çalıştık, kendimizi paraladık zannedecek ama bilirsiniz; insanı asıl yoran, bir şeyi yapmaktan çok o şeyi yapmak zorunda olmanın verdiği strestir. Tıpkı ders çalışmak zorunda olduğumuzu bilip çalışmadığımız ama yine de stresini yaşadığımız gibi!

Kantindeki günlerimiz yine gırgır şamata geçerken Emrah, **"Bugün hep beraber bize gidelim, bizimkilerle tanışmanı istiyorum,"** demez mi! Neee! Ama ama ama ben hazır değilim, çok utanırım, daha çok erken değil mi, daha bir ay olmamıştı bile! Ayyy, yetişin komşular bana bir şey oluyor! Bugün hiç bitmeyecek derken arkadaşların da geliyor olmasıyla biraz olsun rahatlamıştım. Zaten normalde de çok açık giyinen biri olmadığım için yurda gidip üst değiştirme gereği duymadım. Ne yapayım, ben böyleydim. Göz boyamak için farklı görünemezdim.

Gitmeden önce de beni bir güzel korkuttular. Derviş Amca çok asabiymiş, çok konuşanı sevmezmiş, laubali olana kızarmış... Bir an ben nereye gidiyorum diye düşündüm. Acaba vaz mı geçsem? Başım ağrıyor desem, bir bahane bulsam? Off, hiç gitmek istemiyordum çünkü çok utanıyordum ama bir yandan da ne olacaksa olsun, bugün gitmesem de eninde sonunda tanışacağız, dedim. En azından kalabalıktık şimdi ve arada kaynarım hem onlardan da destek alırım.

İşte o an geldi ve sekiz kişi toplanıp evlerine gittik. Ben en arkadayım, Emrah elimi tutmaya çalıştıkça, *"Hayır,"* diyorum. *"Doğru olmaz."* Kapıyı patron arkadaşımız -babasının bakkalı varmış ve genelde hesabı o ödermiş, o yüzden lakabı patron- çaldı. Çaldı çalmasına ama geç açıldı. Üstelik ben annesinin açmasını beklerken Derviş Amca açtı. Gözüm Nermin Teyzeyi arıyordu. Hoşlanmamış mıydı geleceğimizden derken salonda namaz kıldığını gördüm.

Derviş Amca tıpkı şirin babaya benziyordu. Bu muydu o sinirli baba yani? Hayır, olamazdı. Yaa şu yanaklara baksana, diye geçirdim içimden. Hem de sürekli gülüyordu tontiş tontiş. Uzun boylu, iri vücutlu, saçları yer yer seyrek ve tepe kısmı saçsız -sakın kel demeyin, kızarım!-, boynunda asılı gözlüğü, üstünde kareli gömleği ve kumaş pantolonuyla tam bir baba figürüydü. Bu baba çok şeker ama yine de temkinli olmalıyım, belki saati saatine uymaz ve bir anda hiddetlenebilir, diye düşünürken bizi içeri buyur etti. Tam o sırada Nermin Teyzenin namazı bitti, bize doğru yürümeye başladı. Hani derler ya nur yüzlü diye, hah işte tam da öyleydi. Beyaz yüzlü, gözünde gözlüğü, kısa boylu, elmacık kemikleri tam ısırılası tonton bir kadındı. Çok sıcakkanlı olduğu yüzünden belliydi ve gözümün önüne annem geldi. Çünkü tip olarak benzemeseler de gözleri aynı bakıyordu, anne sıcaklıkları benziyordu ve annemi çok özlemiştim...

İçeri geçince Derviş Amca beni hemen dizinin dibindeki koltuğa buyur etti, ben de oturdum ama bir görün! **Tam yeni gelin gibi dizlerim bitişik ve ellerim dizlerimin üstünde.** Siyah ve dar olmayan bir pantolon, üstünde de gülkurusu rengi gömleğimle gayet hanım hanımdım. Saçlarım sarı olmasına rağmen makyajımı da ağır yapmamıştım ama tabii benim hakkımdaki ilk düşünceleri neydi, nasıl bir izlenim bırakmıştım, en ufak bir fikrim yoktu. Ailem ve benim hakkımda gelen sorulara gayet resmi bir şekilde cevap verirken hâlâ sırtımı koltuğa yaslayamamış, öyle kaskatı oturuyordum. En sonunda anladım ki meğer bana takılmak için o kadar soru sormuş. Bana soru sorarken bir yandan da bizimkilere göz kırpıyormuş. Tabii ben kafamı doğru düzgün kaldıramadığım için bu kumpası göremedim.

"Rahat ol kızım," dedi sonra. *"Ben sana takılıyorum, hele bir yaslan arkana."*

Hâlimi gören arkadaşlarım hep beraber kahkahalar attılar, bense iki kat daha utanmıştım.

Saçlarımı da keşke toplasaydım. Zaten hava sıcaktı bir de bana ekstra ter bastı. O saçlar da enseme yapıştı. Telefonum çalsaydı keşke, o bahaneyle balkona çıkıp biraz hava alırdım ama nerede! Normalde susmayan o telefon, bugün çalmaz oldu. Tabii bir yandan da inşallah bizimkiler aramaz diye dua ediyordum çünkü doğruyu söyleyemezdim. E yalan da söylemek istemiyordum, en iyisi hiç aramamalarıydı. Ve neyse ki aramadılar.

Sigara içen arkadaşlar kalktı balkona gitti çünkü Nermin Teyzenin astım bronşiti vardı ve evde sigara içmek kesinlikle yasaktı. Onlar çıktı balkona, ben yine kedi yavrusu gibi oturdum. Nermin Teyze o sırada mutfakta bir şeyler yapıyordu, aklımdan yardıma gitmek geçse de huyunu bilmiyordum. Belki ayakaltında dolaşılmasından hoşlanmazdı çünkü mutfak çok geniş değildi.

Patron dediğimiz şahsiyet gelip, *"Nermin Teyze seni çağırıyor,"* dedi ama bir yandan da pis pis gülüyordu. Herhalde benim bu utangaçlığıma gülüyor dedim ama meğer kadın beni çağırmamış! Mutfağa gidip, *"Buyur Nermin Teyze, beni çağırmışsın,"* dedim ki demez olaydım. *"Yok, ben seni çağırmadım kızım, seni kandırmış,"* deyince anladım acı gerçeği. Yardım etmek istedim ama gerek olmadığını söyleyince tıpış tıpış o yapıştığım koltuğa geri döndüm. Patronun pis pis sırıtması, yerini kahkahalara bıraktı. En acısı da ağzımı açıp bir şey diyememiş olmam. Nasıl diyeyim, daha ilk defa gitmişim o eve. O anda kalkıp da çirkeflik yapamazdım ama hele bir çıkalım, bunun hesabını soracağım, diye düşünüp oturduğum yere tekrar çivilendim. Lütfen bitsin bu akşam ya derken sonunda kalktık ama o akşam iki kilo vermişimdir stresten...

Çıktıktan sonra benim hakkımda ne düşündüklerini merak ettim ve hemen yolda Emrah'a mesaj attım. Cevap gelene kadar gözüm telefonda kaldı. Tabii şimdiki gibi değil ki arayalım. Dakikası iki kontör, zaten ayda yılda bir yüklüyoruz. Dünya kadar param olsa da o kontöre para vermeye elim gitmiyordu hem. Sanki fuzuliymiş gibi geliyordu. Hâlbuki elin memleketindeydim, bir şey olursa nasıl arayacaktım bizimkileri. Ama tabii Türk mantığı devreye girip bana bir şey olmaz der, yine kontör eksilere düşerdi. Sonra bekle ki annen, baban seni arasın. Bir de üstüne fırça yersin paran mı yok, niye kontör alıp da bir kere de sen arayıp da şaşırtmıyorsun bizi, diye. Her zaman aynı şeyler ama çok haklılardı. Sonuçta akılları hep bendeydi ve ben -gençlik başımda duman havalarındayken- onları hiç anlamıyordum, büyüdükçe anladım!

Ne diyordum, ha neyse ki hakkımda iyi şeyler düşünmüşler. Sonuçta aile de çok önemliydi. Nasıl ki bizimkilerin onayı benim için çok önemliyse aynı şey Emrah için de geçerliydi. Bunu da atlatmıştım çok şükür. Her kız böyle bir tanışmada aşırı heyecanlanır ve strese girerdi. **Düşünsenize, ana kraliçenin karşısına çıkıyorsunuz!**

***

Yavaş yavaş finaller yaklaşırken bizimkiler başladı, "Ne zaman geliyorsun?" sorularına. Ama ben gider miyim, tabii ki hayır! Zaten yaz tatili geliyordu, yirmi gün falan kalmıştı. Gitsem en az bir hafta kalacaktım ama ben Ankara'da kalmayı tercih ettim, nasıl olsa bütün tatil İstanbul'da olacaktım. Yetiştirmem gereken ödevim var, notları toplayamadım dedim bizimkilere de. Nermin Teyze de hafta sonu kahvaltıya çağırdı beni. Yok falan dedim ama çok ısrar edince kırmak da istemedim. Ne kadar utansam da Emrah'ın da ısrarlarıyla kabul ettim ve Ankara'nın meşhur simidinden aldım gittim.

Kahvaltıda herkes oradaydı, herkes dediğim bir de Özgür Abiyle Koray Abimiz vardı ve ben onlarla yeni tanışıyordum.

Yine iştahım kapanmıştı ve utana sıkıla bir şeyler yedim. Hâlbuki kahvaltı masası çok güzeldi; komik ve bol sohbetliydi.

Nermin Teyze çok titizdi. Tansiyon sorunu ve toz alerjisi olduğu için evini kendisi temizleyemiyordu, komşusu Selvihan Abla yardıma geliyordu. Masada bunların da sohbeti oldu ve kahvaltıdan sonra hemen gitmek olmaz, en azından biraz yardımım dokunsun, dedim.

Çok titiz olduğu bembeyaz lake mutfak dolaplarından belliydi ama ben de kendime güveniyordum çünkü benim annem de aşırı titizdi ve ben her şeyi ondan öğrenmiştim. Her ne kadar temizlik yapmamı istemediyse de ısrarlarıma dayanamadı ama tek bir şartla: Viledayı yani yerleri paspaslamayı Emrah yapacaktı! **Duyduğuma inanamadım, o bir erkek ve ev işi mi yapacaktı?!** Sırf yardım olsun diye ondan bunu isteyemezdim, itiraz ettim ama meğer evde kız kardeş olmadığı için arada böyle yardım ediyormuş. -Çok fedakârdır canım benim!- Bu, onlar için olağan bir şeydi yani, benimle alakası yoktu. Ama o kadar değişik gelmişti ki anlatamam. Biz Trabzonlu olduğumuz için midir bilmem, kadınlarımız çok çalışkan olduğu için bazen erkeğin yapması gerekenleri bile kendileri yapardı. Kaldı ki bir erkek ev işi yapsın! Olacak iş değildi. Benim de iki ağabeyim vardı ve genelde biz kızlar onlara getir götür işleri yapardık. *Kalk da bir paspas at yerlere desem önce o paspasla ağzımı döver, sonra da bana o yerleri yalatarak temizletirdi.* Tamam, biraz abarttım. O kadar da gaddar değildiler.

Ben süpürmeyi bitirince Emrah paspası kaptı geldi, o silerken ben de tozları alayım dedim. Zaten toz kovasını Nermin Teyze hazırlayıp banyoya koymuştu. Kovayı aldım geldim ki Emrah koca evi paspaslamış. Onun yaptığı da ancak bu kadar olurdu zaten. Bir de yorulmuş gibi hof pof ediyor ne ara bitirdiyse koca evi paspaslamayı!

Düşündüğümü anlamış gibi, *"Ne var? Böğönömödön mö, kollarım koptu,"* dedi.

"Yok," dedim. "Mümkünse o paspası bir daha alma eline, silmeden önce daha temizdi," dedim ama içimden! Ütüden nefret ederim ama tabii ki nezaketen ütüyü de yaptım ve yaklaşık bir saat daha oturdum.

Özgür Abi dışarıdan resmi duruyordu ve ben onunla konuşurken çekiniyordum. Uzun boylu, geniş omuzlu, zayıf, bıyıklı ve sert bakışlıydı. Zaten giyimi de bir o kadar ağırdı; siyah jilet gibi kumaş pantolon, beyaz gömlek ve elinden düşürmediği tespihi vardı. Anlayacağınız ağır abiydi ama çok neşeliydi. Beni de çok sevmişti hatta ufak tefek olduğum için bana 'fındık kurdu' lakabını takmıştı. Ben de çok sevmiştim onu. Meğer o sert görünüşünün altında pamuk gibi bir insan varmış, artık benim de Ankara'da ağır bir abim olmuştu.

Koray Abi ortancaydı, o daha güler yüzlüydü ama sessizdi. Hatta ben de sessiz olduğum için zoraki durumlar dışında pek konuşmazdık. Hâlbuki o da çok sıcakkanlıymış.

Yurda döndüğümde ne kadar tatlı bir aile olduğunu düşündüm. Hepsi çok sıcak ve samimiydi. Aile bağları güçlüydü, bunu görebilmek çok kolaydı. Kendi hallerinde, mütevazı bir ailesi vardı ve bu beni çok rahatlatmıştı. Bizim gibiydiler sanki…

Emrah'ı hayatıma almakla doğru bir karar vermiştim. Nihayetinde kim ne derse desin, aile çok önemliydi. O günden sonra Nermin Teyzeyle telefonda hatta daha çok mesajla sık sık görüşmeye başladık. Kızı olmadığı için bana çok yakın davranıyordu ve bu benim çok hoşuma gidiyordu. Hele o zeytinyağlı dolmaları yok muydu!

***

Zaman geçtikçe daha doğrusu Haziran yaklaştıkça içimiz bir tuhaf oluyordu çünkü bu kadar **kısa sürede birbirimize çok alışmıştık** ve duygularımız iyice güçleniyordu. Biz evlenme kararını çoktan almıştık bile. İkimiz de gönül eğlendirme mantığındaki kişilerden değildik. O yüzden de kendimizce bir karar almıştık, bilin bakalım ne? Kesin yüzük taktılar dediğinizi duyar gibiyim. Aa, nasıl bildiniz! Evet, kendi aramızda yüzük taktık. Gümüş ve içinde isimlerimiz yazıyordu. Arkadaşlarımızla **1 Haziran günü yüzüklerimizi taktık.** Belki bir semboldü ama sahiplenmek ve sahiplenilmek güzel bir duyguydu.

***

Ve işte geldi 17 Haziran. Ayrılık vakti yani... Beni otogara Emrah bıraktı. Maalesef orada otobüsler bekleme yapamıyordu, tam zamanında kalkmak zorundaydı. İki üç dakika daha bekle ağbi, diyemedik.

Tam otobüse binecektim ki arkamdan, "Dur!" diye bağırdı. İnsan bağırırken aşkım, canım, bebeğim falan der. O ne öyle, dur yolcu, der gibi. Daha gözümdeki yaş kurumamışken yine sevgilimin odunluğuna güler oldum. Bana bir kâğıt verdi yolda okursun diye.

Nihayet otobüs kalktı. Biz hâlâ el sallıyoruz, bir yandan mesajla sevgi sözcükleri yazıyoruz. Ve ben vedaları hiç sevmiyorum!

Elimiz havada kurudu sallamaktan ama hâlâ gidemedik. Meğer bir yolcuyu bekliyormuş otobüs. İçimden de artık gidelim diyorum çünkü o duygu yüklü anlar yerini karmaşık anlara bıraktı. **Garip hareketler yapmaya başladık bakışırken;** ben cama burnumu dayıyorum ki burun deliklerim de biraz büyük ayıptır söylemesi. Burnumu cama dayayınca onlar iyice büyüdü, yine de benden soğumamış olması ilginçti. **Ben olsam otogarı çoktan terk etmiştim.** Emrah gözlerini şaşı yapıyor falan. Bu arada iyice merak etmiştim şu verdiği kâğıtta ne yazdığını. 'Hey sen dostuuum, hadi çalıştır otobüsü artık. Senin derdin ne?' diye söylenmeye başladım ki araç hareket etti. Etti etmesine de içime bir şey oturdu. Resmen kalbim acıdı ve yine gözlerimi yukarı kaldırsam da akan gözyaşlarım dökülmeye başladı. Hep düşünmüşümdür: Gidene mi zor yoksa kalana mı? Birden kâğıdı hatırladım ve gözyaşlarımı sildim okumaya başladım…

"Yüreğim ne dediyse onu dinledim ben.
Kimi işaret ettiyse ona yöneldim.
Şimdi sen diyor da başka bir şey demiyor.
Ansızın bastıran bir yağmura hazırlıksız yakalanır ya insan,
İşte öyle ıslattı beni aşkın.
Seni bekledim ben.
Yüreğimdeki heyecanı, gözlerimdeki yeşili,
Dudaklarımdaki ateşi, ellerimdeki titremeyi,
Küçük dokunuşları sana sakladım.
Ne sen beni bilirdin ne ben seni
Ama bir yerlerdeydin ve mutlaka gelecektin.

Ve bir gün çıktın karşıma.
İşte o gün sevdaya dair ne kadar tortu varsa içimde eridi gitti.
Çocuk oldum yeniden.
Hani bıraksan yemyeşil bir kırda,
Bağıra çağıra şarkı söyleyip koşarım.
Seni bulmanın coşkusunu hiç bitmeyecek bir enerjiyle yaşarım.
Seninle yepyeni bir hayatın başladığını biliyorum.
O hayatın içinde vazgeçilmez kıldığım tek şey sensin.
Bilirim, bu şarkı korkutur bazen insanı.
Neler oluyor diye sormadan
Bir duygu selinin içinde bulursun kendini.
Ama zaten aşk öyle bir şey değil midir?
Sorarsan, planlarsan onun adına aşk denir mi?
Bırak kendini, bırak ki aşkın büyüsü sarsın seni.
Kendini o eşsiz duyguların ferahlığına bırak.
Tut elimi, birlikte çıkalım bu yolculuğa.
Yarınsız zamanların iki yolcusu olalım.
Kaygısızca yaşayalım aşkı, eriyelim birbirimizde.
Yüreklerimiz birbirimiz için atsın,
Soluklarımız birbirine karışsın.
Tutkunun alevleri dalga dalga sararken bedenlerimizi,
Gidersen...
Gözümdeki son parıltıyı da alır götürürsün.
Bir zemherinin ortasında titrerken bırakırsın beni.
Ama merak etme, ayakta kalırım ben.
Tıpkı fırtınaların boynunu eğip yıkamadığı kavak ağaçları gibi.
Senden bana yadigâr kalan her anıyı
Bir kez daha, bir kez daha yaşarım.
Aşkım da benden yadigâr kalır sana..."

Sonuna geldiğimde artık ağlamaktan gözlerim şişmişti. Muavin gelip şaşkın şaşkın bakıyor, ardından su isteyip istemediğimi soruyordu. O sordukça ben daha beter ağlıyordum ama nasıl ağlamayayım ki? **Bir düşünün; o kadar odun olan biri yazmıştı bu mektubu!** Çok romantikti ve güzel yazmıştı aşkım. Hemen mesaj atıp teşekkür ettim. 'O kadar süslü cümleleri nasıl yazdın, ne güzel şeyler hissediyormuşsun. Gerçekten onore oldum, çok mutlu oldum sana bunları yazdırabildiğim için,' diye de ekledim.

Ve hemen ardından bir mesaj geldi: *'O hazır bir yazıydı, ben sadece kâğıda geçirdim. Yani ben yazmadım, beceremem öyle şeyleri ama çok hoşuma gitti ve sana vermek istedim.'*

Ben boşuna mı o kadar hırpaladım kendimi yani? 'Y.B.' adında bir şaire aitmiş şiir. Neyse, en azından dürüst davranmıştı. Bu arada o mektubu hâlâ saklıyorum.

***

İstanbul'a dönmek hiç bu kadar zor gelmemişti ama mecburdum. Döner dönmez şafak saymaya başladık, yaklaşık bir ay sonra İstanbul'a gelecekti. O zamanlar bir de konuştukça kazan kampanyası vardı: Beş dakika arandıkça bir dakika kazandırıyordu ve biz de dakika biriktiriyorduk. Mesela Emrah önce Derviş Amcadan arardı sonra Nermin Teyzeden arardı, biriken dakikalarla ben de onu geri arardım. Çok çaresiz kaldığımızda ben evden arardım -ki ayrıntılı fatura gelmiyordu çok şükür-, sonra da o arardı beni. Yüz kontöre otuz lira vermek çok acı geliyordu, fakirlik işte ne yaparsın.

Bir şey diyeyim mi, o zamanlar belki bu kadar imkân yoktu ama daha kıymetliydi aranmak, mesaj almak... Hani şimdiki 'sen kapat' inatlarınız var ya, işte biz onları o zamanlar yapamıyorduk hatta diğer dakikaya geçerse kontör gidecek diye son saniyeye kadar konuşup, kim aradıysa cümlesi bile bitmeden şak diye kapatıyorduk.

Evet, ailemle beraber olmak çok güzeldi. İnsanın en huzurlu olabileceği yerdeydim, evimdeyim ama bir yanım boştu. Ne vardı o da burada olsaydı? Düşündüm de çok da farklı olmazdı çünkü bizimkiler o konuda çoğu ebeveyn gibi düşünüyorlardı: Sevgili olayları, buluşmalar, flört etmeler falan sevmezlerdi öyle şeyleri. Bilirsiniz, biz ne kadar büyürsek büyüyelim onların gözünde hep bebeğiz ve korkarlar 'el oğlu' gelir de kızımızı evlenme vaadiyle kandırıp üzer diye. Haklılardı aslında. Bu zamanda ilişkiler samimiyetini kaybetmişti. Haliyle anne-baba olarak kızlarını koruyup kollamak için bu gibi şeyleri de hoş karşılamazlardı. Bunu bildiğim için bir erkek arkadaşım olduğunu kardeşim Birgül dışında kimse bilmiyordu. Söyleyemezdim çünkü bu güzel rüyayı kâbusa çevirmeye hiç ama hiç niyetim yoktu.

Şafak saymaya devam ediyordum ve günler yaklaştıkça içim kıpır kıpırdı. Şimdiden heyecan sarmıştı ama bir yanım da endişe doluydu. **Sevgilimle buluşacağım anne,** diyemeyeceğime göre evden nasıl çıkacaktım ki ben? Oturduğumuz yer zaten mahalle baskısı olan ve pek de tekin olmayan bir yerdi. Birgül'le doğru düzgün dışarı çıkmazdık. Evimiz bahçeliydi de insan göremesek de arada börtü böcek görüyorduk. Düşündüm, düşündüm, düşündüm... İzin almamın tek yolu vardı: Tabii ki kardeş faktörü! Nasıl olsa izin istediğimde 'Git ama kardeşini de al,' cümlesiyle karşılaşacaktım ben de direkt Birgül'le çıkacağımı söylemeye karar verdim. Tamam, söyleyeyim de nasıl? Sanki gerçeği biliyorlarmış da ben izin ister istemez kızacaklarmış gibi düşünüp tırsıyordum.

Nasıl söyleyeceğimi düşünürken son geceye gelmiştik. Artık mecbur söyleyecektim, başka zamanım yoktu. Önce anneme gittim. Tabii bir haftadır ağzımda geveleyip durmuşum ve annem bir derdim olduğunu anlamış. Ve bilin bakalım annem ne dedi!?

A) Tabii ki gidebilirsin kızceğizim.

B) Git ama Birgül de gelsin.

C) Erken döneceksen git.

D) Babana sor, ben bilmem!

Cevap tabii ki 'D' şıkkı!

Stresim katlanmıştı hatta mideme kramplar giriyordu ki babam geldi. Bahçemiz büyük ve çok güzeldi, babam da bahçede elinde çayla volta atar, bir yandan da sigarasını içerdi. Daha önce hiç yapmadığımı yaptım ve babam gelmeden çayını koymuştum çünkü beklemeyi sevmezdi. Gelir gelmez de, *"Baba çay getireyim mi?"* diye sordum. Az yalaka değilim ben de, işim düşsün yeter ki. Ama o da ne? *"Yok, şimdi içmeyeceğim, bugün çok içtim,"* demez mi? Ama ben çay getir-götür yaparken bir fırsatını bulup izin isteyecektim, şimdi ne bahaneyle yanına gidecektim ki? Adam yerinde de durmuyor zaten, sürekli volta atıyor. **Baba bana da bir sigara ver, beraber volta atalım** diyemezdim ya!

Gittim odama, kedi gibi oturdum. Saatler geçti hatta gece yarısı olmuştu ama ben hâlâ fırsat bulamamıştım ve kendi kendime söylenip duruyordum. Babamın bu saate kadar çay istememesini yukarıdan gelen bir işaret olarak mı almalıydım acaba? Birgül de, garibim bana teselli veriyordu sakin olmam için.

Ve dışardan kadife gibi bir ses duydum. Öyle güzel, öyle melodikti ki sanırsın bülbül şakıyor. Fazla mı abarttım ne? "Gönöööööööl, çaaaaay!" cümlesini duyar duymaz mutfağa resmen uçarak gittim, salonda kim vardı göremedim bile. Babam arkası dönük yürüyordu, ben de sessizce arkasından elimde çayla yürüyordum. Bir yandan da söyleyeceklerimin son tekrarını yapıyordum aklımdan. Benden bir ses çıktı ama neremden çıktı bilmiyorum. O kadar ince ve kısıktı ki kendim bile zor duydum. *"Baba,"* dedim duymadı. *"Baba, çayın,"* deyince döndü ve hiçbir şey söylemeden çayını aldı. Ve ben yine söyleyemedim!

Gece on iki oldu, bir oldu, iki oldu ama yok, ben hâlâ söyleyemedim. İzinsiz gidemeyeceğime göre uzatmanın anlamı yoktu, söylemek zorundaydım. Zaten sabah altıda çıkacaktık evden, ben ne ara dinlenecektim. Bir sonraki çayla birlikte, "Sabah erkenden liseden arkadaşlarımla buluşup İstanbul turu yapacağız, gidebilir miyim?" diye sordum. "Birgül de gelecek," diye ekledim.

Babam söylediklerimi yavaşça tekrar edince, 'Aha, kesin anladı,' dedim. Ama babam, "Gidin ama beraber," dedi. "Yanımdan ayırmam, merak etme," dedim ama kalbim ağzımda atıyordu sanki, o kadar heyecanlanmıştım. Hemen Emrah'a haber verdim, sabah altıda çıkabilecektim. Ne yapsam, ne taksam, saçımı nasıl yapsam, onu mu giysem, bunu mu giysem, ay daha kaşlarımı almadım... Çok tatlı telaşlardı bunlar. Midemdeki kelebeklerle uyumaya çalıştım, olmadı. **Kim biri için dört yüz kilometre yoldan gelirdi ki?**

İkimiz de öğrenciydik ve Emrah yol parası ve harçlık için günler öncesinden **palyaçoluk** yapmıştı. Gece servisleri kaldırıldığı için otobüsle değil, daha erken saatte trenle geliyordu. Tren on saat sürüyordu ve sabah burada oluyordu. Otobüse binse erken bir saatte binmesi gerekecekti, bu sefer de gecenin bir yarısı

İstanbul'a varacaktı. O zaman da nerede kalacaktı, ne yapacaktı? En iyisi trenle gelmesiydi. On saat sürüyordu ve en azından saat sıkıntısı olmayacaktı.

Tıngır mıngır süren uzun yolculuğu Haydarpaşa Garı'nda son bulurken ben hâlâ evdeydim çünkü sabah erken çıkacağımızı söylemiştim ama saat altı gibi çıkacağımızı söylememiştim ve babam su içmeye kalkmış bulunduğu için biraz olsun uykuya dalmasını bekliyordum. Benim stresim tavan yapmıştı, Birgül ise yatağın üzerinde uyukluyordu. Yazık, benim yüzümden bu saatte kalkmıştı ama **kardeşler böyle zamanlar içindi!** Bir süre sonra ondan da horultu sesi gelmeye başlamıştı. Akreple yelkovan hızla ilerlemişti, saat yedi olmuştu bile. Bizim evle Kadıköy arası iki saat kırk beş dakika sürüyordu. Koşa koşa yedi otobüsüne yetişmeye çalıştık. Tabii saç baş dağıldı, gitti o kadar emeğim. Birgül arkada söyleniyor, Emrah bir yandan daha binmediniz mi yazıyor. Adam da haklı. O, Ankara'dan geldi ben hâlâ Kadıköy'e varamamıştım.

On beş dakika sonra otobüs geldi. Sonunda binmiştik ama tıklım tıklımdı, balık istifi gibi dizildik. Sabah erken bir saat olduğu için de çoğu kahvaltı yapmamış hatta aç karnına sigara içenlerin ağız kokusu mu dersiniz, hava çok sıcak olduğu için koltukaltları terleyenler mi dersiniz... Ne ararsanız vardı. Bir ara en arkadan biri, *"Kaptan klimayı aç, boğulduk burada,"* diye bağırıdı. Hay dedim, çok yaşa! Orta kapıda bir kadın, "Allah belanı versin sapık," diye bağırıyordu incecik bir sesle. Ardından kapılar açıldı, adam tek kelime etmeden indi aşağı. Birgül'le birbirimize bakakaldık, biz nereye düştük diye. Yoksa bir yerde gizli kamera vardı da bize şaka mı yapıyorlardı! Maalesef her şey saatin dokuz olduğu kadar gerçekti. Biri kalksa biz de otursak diye diye yol da bitti zaten.

Emrah sahilde bekliyormuş. Otobüsten indik, yanına gidiyorduk ama ayaklarım benden bağımsız yürüyordu sanki. Heyecandan Birgül'ü bile unuttum, arkada kaldı. Sahile geldiğimde gördüm onu. Kırmızı t-shirt giymişti, ne kadar da yakışmıştı. Bir anda çantamı yere atıp koşmaya başladım. *Etraf kapkara olmuştu sanki, sadece onu görüyordum.*

Sarılma faslı biraz uzun sürdü. Sanki bir ay değil de bir yıldır görüşmemiştik. **Boy farkından dolayı ben ancak göbeğine sarılabildim ama olsun, sonuçta onun göbeğiydi.** Birgül de o atmosferi bozmamak için geride bekliyordu garibim.

Daha önceden ne yapacağımızı hiç planlamamıştık, akışına bıraktık. Kafamıza ne eserse o gün onu yapmaya karar verdik çünkü ne ben İstanbul'u tam biliyordum ne de Emrah. Ama benim de bir huyum var, kesinliğinden emin olmadığım şeyi bile savunup karşımdakini bazen delirtebiliyorum. Kahvaltıdan sonra ne yapsak ne yapsak diye düşünürken vapurla karşıya geçmeye karar verdik. Geçelim de nasıl? Daha hangi vapurla geçeceğimizi bilmiyordum ama fikir benden çıkmıştı. Hâliyle bilmediğimi çaktırmamam lazımdı. Hatta yoldan geçen birine bile sormamam lazım derken hangi tarafa gideceğimize karar vermek için altıncı hissime güvenerek daha ucunu bile göremediğimiz, olmayan vapurlara doğru yol aldık. Yürüyoruz ama içimden de, *'Şimdi sıçtım galiba, yanlış yöne gidiyoruz. Offf, nasıl söyleyeceğim bunlara,'* diye söyleniyordum. Hava zaten sıcak ama sıkıntıyla iyice afakanlar basmaya başlayınca acı itirafım geldi. "Yaa, inanmıyorum. Salak kafam, mutluluktan şaşkına döndüm. Vapurlar ters yönde kaldı." Neyle karşılaşacağımı bilemediğimden yüzlerine bakamıyordum. Düşünsenize; otuz beş derecede, güneşin altında en az on dakika yürümüşüz ve bu yolu tekrar geri dönecektik. Ben bile kendime sinir oldum.

Onlar da bana sinir olmuşlar ki başladılar söylenmeye. Yok efendim kabahat bana güvenendeymiş de, kılavuzu karga olanın burnu boktan çıkmazmış da, benim ipimle kuyuya inilmezmiş de. Sanki bilerek yaptım, burnumdan getirdiler. **Hadi Emrah el oğlu ama sana ne oluyor zalim Birgül.** Bir de kardeş olacaksın, daha şimdiden onun tarafına geçtin.

Tabanlara kuvvet, gerisin geri sahil boyunca yürüdük. Hâlâ söyleniyorlardı tabii! Vapurlar göründü sonunda ama bizde hâl kalmadı. Güneş bizi pişirdi, sanki çölde serap görmüştük de sürüne sürüne ona yürüyorduk. Neyse, sefer saatlerine baktık ama bakmaz olaydık. Meğer bir önceki vapur beş dakika önce kalkmış, diğerine daha yirmi beş dakika vardı. Benim yüzümden vapur kaçmıştı ama ne yapayım, sanki kasıtlı yaptım. Biz de oturduk vapurun kalkışını beklemeye başladık. Bir yandan da bol bol fotoğraf çekiniyorduk. Belki yüz fotoğraf çekmişiz ama geriye sadece ve sadece beş fotoğraf kaldı. Bilin bakalım neden? Çünkü yanınızda iki kadın varsa ancak bu kadar olur. *Yok burnum kötü çıktı sil, yok gözlerim kapalı çıktı sil, yok gülerken ağzım kayık çıktı sil, onu sil, bunu sil* derken kala kala o kadar kaldı. Tabii Emrah da çileden çıktı ama ne yapalım yani. Pimpirikliyiz, kompleksliyiz ve mükemmelliyetçiyiz. Bu kadar sorunumuz varken başka bir sonuç da beklenemez yani, beklenmemeli. Ama bu Emrah'a ders olmuş ki sonraki yıllarda bile doğru düzgün fotoğraf çekinmedik.

Sonunda vapurun motoru aşka geldi, denizi köpürte köpürte hızlandı. Cidden şu deniz insana ne de güzel huzur veriyordu, saatlerce elimde demli çayla denizi izleyebilirdim. Emrah'la sarılıp denizin güzelliğini izlerken aklıma Orhan Veli'den bir şiir düştü en anlamlısından:

İstanbul'u dinliyorum, gözlerim kapalı.
Kuşlar geçiyor, derken;
Yükseklerden, sürü sürü, çığlık çığlık.
Ağlar çekiliyor dalyanlarda,
Bir kadının suya değiyor ayakları,
İstanbul'u dinliyorum, gözlerim kapalı.

Ben bu düşünceler içindeyken düdük öttü. Geldik galiba da çok çabuk gelmemiş miydik!? Gururumuzdan kimseye sormuyoruz da nereye geldiğimizi. Ben ille de doğru geldik, inelim yoksa geri dönecek vapur diye ısrar ediyorum ama bana pek de güvenemiyorlar. Baktık çoğu yolcu iniyor, biz de inelim dedik.

Vapur bizi bırakıp tekrar demir aldı, meğer biz Haydarpaşa Garı'nda inmişiz! Olamaz! Şaka mı? Cehalet ne kötü bir şey ya! Hani sorarlar ya çok gezen mi bilir, çok okuyan mı diye, bence kesinlikle çok gezen bilir. Yaşayarak bunu da öğrenmiş olduk. Koskoca İstanbul'da yaşa ama hiçbir yeri bilme. Özgüven eksikliğinden dolayı da kimseye adres madres sorama. Sonra da dımdızlak kal böyle ortada. O arada annemlere de kızıyordum, bizi dışarıdaki kötülüklerden korumak adına içe dönük bireyler olarak yetiştirmişlerdi.

O değil, bir de yine bunların zırıltısını dinlemek vardı. Benimle yola çıkılmazmış, sanki kaç kere gezmeye çıkmışım da ne bilirmişim, bir daha ağzımı açmayacakmışım, bir şey söylersem tersini yapacaklarmış o zaman doğruyu bulurlarmış... Nasıl olsa gezmeye çıkmıştık ve önemli olan beraber vakit geçirmek değil miydi? Ne güzel macera yaşıyoruz şurada, diye konuşunca saçmalamaya başladığımın farkındaydım ama kendimi de ezdirmek istemedim, günah bana!

Bir dahaki vapuru bekliyorduk ama bekle bekle gelmiyor. Hayır bir de Haydarpaşa'dan görünüyordu Kadıköy rıhtımı! Nihayet vapur geldi ama bu sefer işimizi garantiye aldık, birilerine sorduk soruşturduk ve emin olduktan sonra bitap bir şekilde vapura bindik. **Ulan millet sora sora Bağdat'a gitmiş, biz kaç saattir bir karşıya geçemedik, iyi mi!** Eminönü'ne gidelim diyen dilimi eşek arıları soksaydı keşke, vallahi çıldırmamak mümkün değil! Vapurdan inince insan bir sorar Kapalıçarşı, Mısır Çarşısı ne tarafta, diye. Turistler burada geziyor ama biz göremedik bir yeri. Niye mi? Tabii ki yine ters yöne yürüdüğümüz için! Yok artık dediğinizi duyar gibi oluyorum ama maalesef acı da olsa gerçek. Resmen salaklık, başka bir şey değil. Bu sıcakta yürü babam yürü, tabanlar şişti ama hâlâ o meşhur turistik yerleri göremedik. Birimiz hadi geri dönelim diyor, öbürü de belki az ileridedir o kadar yolu geri dönmeyelim diyor ama ben bu sefer ağzımı açmadım. Arkamıza bakınca baya yol almış olduğumuzu da gördük ama kimse sesini çıkarmadı on beş dakika falan. Bu sırada kafe gibi bir yer gördük. Biraz dinlenelim, sonra planlı bir şeyler yaparız dedik. Kafeye yaklaştıkça oranın aslında kafe değil de daha çok kahvehaneye benzediğini gördük ama inanın hiç umurumuzda değildi, yeter ki popomuz bir yer görsün diye oturduk. Umutla bakan gözlerimiz garsona döndü. Garson dediğime bakmayın;

beyaz atletli, omuzları kıvırcık kıllı, pantolonunun kemerine de beyaz bir havlu asmıştı. Hoş beyazdan eser yoktu ya, neyse.

Soğuk bir şeyler istedikten sonra bir de tavla oynayalım dedik. Gerçi her zaman Emrah yenerdi ama yine de oynamak güzel oluyordu. Oyun sırasında Emrah'ın telefonu çalınca ben de lavaboya gidip şu kayan tipime bir bakayım dedim ama tek tuvalet varmış. Ve kapısı bile kapanmıyor! Haliyle hemen geri döndüm, Birgül de gitmek istedi ama izin vermedim.

Anadolu yakasına tekrar dönelim, dedik toplu kararla. Etraftakilere nasıl gideceğimizi sorduk ama müşteriler de aynı garson gibiydi. Vallahi bir an Emrah'a, **'Gösterelim anam,'** diyecekler diye korktum. Okey oynayanların sigara dumanları, taşların aşırı gürültüsü, bir adamın durmak bilmeyen çay karıştırması... *'Acaba,'* dedim *'annem sevgilimle buluştuğumu anladı da beddua mı etti?'* Öğlen olmuştu, biz hâlâ bir şey yapamamıştık. Tamam, önemli olan birlikte vakit geçirmek ama böyle de değil yani!

Yol tariflerine göre baya bir yürümemiz gerekiyordu ama ne yapalım, geri dönemeyiz. Otobüs de geçmiyor, mecburen yürüdük. Bir baktık ki bir iskele! Yanına varınca oranın Fener İskelesi olduğunu gördük. Etrafta hiç yolcu yoktu, daha da çok vardı vapurun gelmesine. En iyisi çimenlerde oturalım, en azından gölge bulmuşken tadını çıkaralım dedik. Tam hatırlamıyorum ama bir şekilde Üsküdar'a geçtik vapurla. Aha, yine bir karar zamanı; yukarı doğru mu yoksa aşağı doğru mu gidelim? Açlıktan ölecektik artık. Bu sefer altıncı hissime güveniyordum, konuşmayacaktım ama tutamadım kendimi. "Yukarı doğru yürüyelim, oralarda mutlaka dürümcü falan vardır," dedim. Bunlar da ben ne dersem tersini yapacaklardı ya, hadi aşağı yürüyelim dediler.

'İyi hadi yürüyelim ama bu sefer Gönül haklıymış dersiniz!' dedim içimden de. Tam da dediğim yönde dürümcüler, fast food ve uygun fiyatlı yerler vardı. Diyeceksiniz ki hayret, bu kızın bildiği bir yer çıktı. Üniversite sınavına Üsküdar'daki bir okulda girmiştim. Sınavdan çıkınca da babamla biraz dolaşmıştık, oradan hatırladım. Hiç aklıma gelmezdi bir gün işime yarayacağı. Bunlar var ya bunlar, hani şu Emrah'la zalımın kızı Birgül, illa dediğimin tersini yapacaklarmış ya, o zaman yürüsünler bakalım. En azından bu sefer ben dırdır yaparım.

Az gittik uz gittik, dere tepe düz gittik. O da ne, ta Beylerbeyi'ne varmışız. Nasıl olduysa da büfe gibi ufacık bir şey bulduk da su aldık. Yola devam ederken solda bir işletme gördük. **Lüks bir restoranmış, bunu çıkınca öğrendik hem de en acısından!**

Jilet gibi giyimli bir garson geldi. Hani bu yalılı dizilerde olur ya, hazır ola geçip ellerindeki mönüyü uzatırlar ve selam verirler. *"Hoş geldiniz. Ne arzu ederdiniz?"* Emrah'ı bir göreceksiniz, sanki cebinde çek koçanı taşıyormuş gibi bir de soruyor hem de nazik nazik, *"Siz ne önerirsiniz?"* diye. Böyle bir garsonu olan yer zaten kazıktır, hele bir de önereceği yemeği de en pahalı olanından söyleyeceğini düşünürsek biz buradan çıkamayız. İnşallah bulaşık yıkarken ojelerim çıkmaz diye düşünmeye bile başlamıştım. Neymiş efendim günün en leziz yemeği -tavuk fajita- imiş! **Tavuk tamam da fajita ne gardaş?** 'Sen hayırdır, ne diyon? Sen bizi mi kekliyon, fajita majita ayağına hesabı mı şişircen,' diyemedim ya la! Emrah hiç tereddüt etmeden onayladı, yanına bir de light kola istedi. Birgül de yemeğin adını söyleyemedi, *"Bana da aynısından,"* dedi. Yanına içecek söyledi ama ben iyice sandalyeye yapıştım, olacakları tahmin ettim çünkü. Ben de mönüde güya yemeklerin isimlerine bakıyorum ama çaktırmadan da fiyat arıyor gözlerim ama yok! Yok yok yok! Sadece isimleri var. Tanıdık bir yemek aradım şaşalı mönüde, hamburgeri görünce onu istedim. O bile bilmem neyli hamburger diye geçiyordu ama neyli olduğu hiç önemli değildi. Yani bir hamburger ne kadar değişik olabilirdi ki? Hem en azından buradaki en ucuz yiyecek olduğundan emindim! İçecek olarak da sadece su istedim.

Garson tip tip Birgül'le bana bakıyordu, bir de hafif tebessüm ediyordu. Acaba güzelliğimize mi bakıyordu ki falan diye düşünmüştük ki garson gidince ben bunlara paparayı bastım bilmediğiniz şeyi niye sipariş veriyorsunuz diye. Emrah da arkasına yaslandı, gerine gerine, *"Amaaan hatun, keyfine bak. Parasını ne düşünüyorsunuz? Soran olursa denize sıfır, harika manzaralı bir yere götürdü dersin. Ne olacak, senden önemli mi? Baldız sen de çekinme, istediğin başka bir şey varsa hemen garsonu çağırayım,"* dedi. Ankaralı bebe, henüz İstanbul piyasasından bihaberdi. Her şeyin bir ilki vardı, o da bunu acı bir şekilde öğrenecekti.

Etrafa bakınıp duruyoruz ama hep yaşlılar, hep kokoşlar. Yahu nerede bu gençlik, biz yanlışlıkla darülacezeye mi düştük diye kendi aramızda espri yapıyoruz. Siparişler iyice gecikti, Emrah'ın ağzından salyalar gelmeye başladı, biz de sıkılmaya başladık. Bir bayan sıkılınca yapacağı ilk şey lavaboya gitmek olur, biz de iki bayan olunca beraberce lavabonun yolunu tuttuk. Masaların yanında ilerlerken yine aynı garsona denk geldik. Bu sefer Birgül'e sırıta sırıta bakıp tarif etti lavabonun yerini. Garson yanımızdan uzaklaşınca, "Kesin senden hoşlandı, gözünü senden alamadı baksana," dedim, tabii Birgül'ün de gururu okşandı.

Lavaboya girdik, aynı anda aynaya baktık ama bakmaz olaydık. Resmen maymun götüne dönmüşüz, kesinlikle abartmıyorum. Birbirimize bakıp resmen çığlık attık hâlbuki o benim yüzümü görmüştü ben de onun ama demek ki çok dikkat etmemişiz. **Resmen kırmızı şempanze şeyine dönmüştük, siz anladınız onun ne olduğunu!** Rimellerimiz de akmış, pandaya dönmüşüz. Evrimi tam anlamıyla tamamlamışız yani. İşte o anda garsonun neden tip tip baktığını anlamıştık. En acısı da Emrah'ın beni böyle görmüş olmasıydı ve daha eve dönecektik. Ayy, rezil olduk rezil.

Yapabileceğimiz çok bir şey yoktu. Rötuş yapıp en azından akan rimelleri sildik, bu sefer kafalarımız yerde masamıza döndük. Emrah'a, "Aşkım çok kötü yanmışım, hiç de söylemiyorsun. Aşk olsun," dedim. Emrah'ın cevabı, **"Valla maymun götüne dönmüşsünüz ama söylesem ne olacak?"** oldu. Ağlamak istedim o anda. Allah'ım bu adam neden hep düz hem de dümdüzdü? İnsan bir iltifat eder, *'Yok canım, ne yanması? Ben allık sürdünüz sandım, o kadar güzelsin ki gözlerim kamaştı da yüzünün yandığını fark edemedim ama olsun, sen böyle de çok güzelsin,'* falan der. Sen de desene be adam!

Şükür o arada fajitalar da geldi, yanında küçük küçük kâselerde soslar da vardı. Genişçe bir bakırın altına ekmek koyup üstüne de tavuk parçacıkları serpmişlerdi. İyi de bu sosları nasıl kullanacağız, bunu nasıl yiyeceğiz, diye konuşuyorlar aralarında ama benim umurumda mı? Ben hamburgerimi ısıra ısıra yerim. **Allah'ın kekoları, fajita sizin neyinize.**

Emrah tavuktan bir parça alıp sosa batırdı sonra da ekmeğin arasına koyup tek hamlede ağzına atıp yuttu. Bir de Birgül'e akıl veriyor, "Kanka, bak böyle yap, nefis oluyor," diye. "Hatun sen de tadına bak la, çok güzel," deyince belki gerçekten lezzetli bir şeydir, bir parça yiyeyim dedim. Yedim ama ne tadı var ne tuzu.

Sosyete bunlar, ne anlar yemekten falan. Sürekli salatalar, diyet yemekler derken ağızlarının tadı kaybolmuş onların. Biz de paramızla rezil oluyorduk resmen. Ben fikrimi açık açık söyleyince Emrah'la Birgül de itiraf ettiler hiç beğenmediklerini. Ama ben ne yaptım, o minnacık hamburgerimi onlarla paylaştım. Ah ah, içimde bir anne yatıyordu ve ben minnaklarımın aç kalışını izleyemezdim. Aç değilim deyip böldüm ve hunharca yediler minicik hamburgeri.

Da da da daaaaa! İşte hesap geliyor! **Emrah havada kaptı hesap kutusunu. Açtı, baktı, sonra bir daha baktı, bir daha ve bir daha!** Gözlerine inanamadı çünkü hesap o zamanın parasıyla doksan lira geldi. Hepimiz öğrenciyiz, zaten o saate kadar da para harcamışız, inşallah hesabı denkleştiririz. Nerede şimdi o siz parayı düşünmeyin diyen Emrah?! Özellikle bekledim bakalım ne yapacak diye ama gıkını çıkarmıyor, cüzdanını karıştırıyor, ceplerini karıştırıyor. Neyse dedim bu da size ders olsun, bir daha da bilmediğiniz şeyi yemezsiniz. Hesabı hep beraber ödedikten sonra bahşiş bekleyen garsona para yerine selam verip oradan hızlıca uzaklaştık.

Saate bir baktım ki altı olmuş. Daha otobüse bineceğiz de eve gideceğiz. Annem beni öldürecek, benim yüzümden Birgül'ü de azarlayacak. Bir daha o yolu geri yürüdük. Harem'den şehirlerarası otobüsler kalkıyordu, sora sora orayı da bulduk ama nasıl! Hani bizim milletimiz bilmese de illa o yolu tarif edecek ya. On kişiye sorup ancak bulduk. Allah'tan yol paralarını ayırmıştık. Bileti alıp otobüsü beklemeye başladık. Emrah bize ille de gidin, geç kalmayın, dese de onu öylece bırakıp gidemedim. Onun beni yolladığı gibi otobüs gözden kaybolana kadar el sallayacaktım.

Hem nasıl olsa geç kalmıştık eve. Tabii ki otobüsün tam zamanında gelmesini bekleyemezdik, ne de olsa şanssız günümüzdeydik. Hatta abartmıyorum, çöle düşsek karşımıza kutup ayısı çıkardı. İkide bir otobüs firmasının yetkilisine soruyorduk ama arıza yapmış otobüs. Tabii afakanlar bastı yine bana. *Ulan filmlerdeki gibi romantik bir otogar ayrılışı yapalım diyorum, annemin bende yarattığı göt korkusundan onu bile yaşayamıyoruz!*

O sırada beklerken Emrah da yanına yolluk amaçlı bir iki şey aldı. Neredeyse dükkânı satın alacaktı! Güya Ankara'ya kadar idare edecekmiş, o nasıl mide anlamadım.

Şükür otobüs geldi o arada. Geç kaldığı için de acele kalkış yapacaktı ve bir anda ortalık kalabalıklaştı. Sağdan soldan birileri otobüse koşuyordu. Ayrıca etrafı iplerle sarılı karton koliler, ağzına kadar dolu çuvallar, her boydan bavullar ve birbirini iten yolcular... Anlamadığım şu; bagajını erken versen ne olacak? Ancak yerine erken oturabilirsin, o kadar. Ablanın biri muavine tembih ediyor, 'Oğlum, kolinin içinde yoğurt var aman dik koy onu,' diye. Yok artık ya! Bazen memlekete gidip gelirken getir götür erzaklarını abartıyoruz. Ama olsun, yurdum insanının tatlı halleri işte. Annem de bana her ay mutlaka patatesli börek yapıp yanına da bir sürü şey koyup yollardı. Akşama bana paparayı basacaktı ama olsun...

Sesler gittikçe karışıyordu, otobüsten de sık sık anons sesleri geliyordu, tam kulağımızın dibinden! Bagajın kapısı da kapandığına göre artık sarılma zamanı gelmişti. Benim içimde bir hüzün, Emrah'ın gözlerinde hüzün... **Sevdaluk güzel şeydur; şu ayriliklar olmasa!** Hiç konuşmadık, sadece sarılıp muavinin 'kalkıyoruz' demesini bekliyorduk. Tren biletini bana verdi o arada.

Zaten o günden sonra her geliş gidişinin uçak, tren, otobüs biletlerini saklarım.

Muavinin uyarısıyla ayrıldık ve otobüse geçip en arka koltuklardan birine oturdu Emrah. Otobüs kalktığında gözümden yaş gelmeye başladı. **O an anladım ki ayrılık kalana daha zormuş!** Otobüs gözden kaybolmaya başladı ki biri beni dürttü, ana Birgül! Kendimi ne kadar kaptırmışsam onu unuttum, *'Hadi,'* diyordu. *'Annem ağzımıza sıçacak!'*

Gerçeklerle tekrar yüzleştikten sonra koşa koşa otobüs duraklarına gittik. Ben önde, Birgül arkada otobüsümüzü aradık. Baktım bir tane geliyor, hemen atladık. Birgül nedense doğru otobüse bindiğimizden emin olamadığı için ikide bir bana soruyordu. "Ya güven bana, o kadar salak mıyım! Otobüsün 14 yazan kısmını gördüm," diyorum ama yine de rahat edemedi.

Sonunda boş yer bulup oturduk ve günü değerlendirmeye başladık. Zalımın kızı Birgül, enişteciğini çok sevmiş. Tam kafa dengi, doğal, biraz şişman olsa da en azından boyu uzundu. Sanki ben manken gibiydim ya!

Çok yorulmuştuk, güneş de pestile çevirmişti bizi. Hadi biraz kestirelim dedik, nasıl olsa yol uzundu ve zaten telefonlarımızın şarjları da günün temposuna dayanamayıp bitmişti. İnşallah annem aramadan eve varırız, bir de telefonlarımızın kapalı olduğunu görünce iyice meraklanacak, bu da onda sinire yol açacaktı. Uyku tutmayınca dışarıyı izlemeye karar verdim ama bakıyorum, farklı yerlere giriyoruz. İster istemez tedirgin oldum. Birgül de uyumamış, ısrarla birine sor diyor bu nereye gidiyor. Yahu zaten birilerine yer yön sorabilen biri olsaydım bugünümüz böyle geçmezdi! Yanlış otobüse bindiğimizi düşünmek bile istemiyorum zaten geç kaldık, bir de yanlış otobüse binmişsek mahvolduk! Sen sor, yok sen sor, ben utanırım sen sor, senin yüzünden buna bindik sen sor! Bir cesaret yanımdaki adama sordum ama hiç beklemediğim cevapla sarsıldım! Yanlış otobüsteyiz, kahretsin! Şimdi ne yapacaktık, insek mi yoksa son durağa kadar gitsek mi? Neyse son durağa kadar gidelim, en azından oradan direkt doğru otobüsümüze bineriz dedik ve son durakta indik ama öyle toplu duraklar yok. Etrafta ev falan da az, yanımızdan tavuklar geçiyor, yollar çakıllı! Lan biz neredeyiz, nasıl gideceğiz eve?

Artık el ele tutuşmaya başladık Birgül'le çünkü korkmaya başlamıştık. Yoldan birileri geçiyor ama kime sorduysak otobüs yok diyorlardı. İyi de buradakiler nasıl gidiyordu yahu? Meğer dolmuşla gidiliyormuş. Ya olsun, isterse kağnılarla olsun ama bir an önce eve doğru gidelim. Eve varalım, evin duvarlarını öpeceğim. Mahalleyi bu kadar özleyeceğimizse hiç aklımıza gelmezdi.

Karşıdan gelen bir dolmuş gördük ama bu kez temkinliydik. O acı tecrübelerden sonra bir daha burnumun dikine gitmedim, kuzu kuzu sordum kaptana. Yüzümüz de iyice acımaya başladı artık ne kadar yanmışsak. Hava da kararmaya başladı, kaptan dolmuşun mavi pembe ışıklarını açtı, fonda da iç karartan şarkı. Dolmuşun ön tarafında tepeden sallanan püsküllerin tam ortasından kocaman bir nazar boncuğu sarkıyordu. Neyse ki dolmuş cidden dolmuştu da hareket etmiştik. Öff, biri de yellenmiş mi üstüne! Birgül'e baktım, burnunu iki parmağının arasına sıkıştırmış, gözleri yuvalarından fırlayacak neredeyse. Vicdan yaptım o an, kız benim yüzümden neler çekti bugün.

Aha! Bizim semte giriyoruz, Allah'ım sana şükürler olsuuuuun. Bir yandan da bir sıkışmışım artık patlayacağım, zaten hep eve yaklaştıkça bastırır bu melet. Dolmuştan indik ama yürüyemiyorum, mesanem patladı patlayacak. Eve sadece üç dakika var ama o yolu on dakikada ancak gidebildik benim yüzümden. Bahçe kapısına geldik. **Ben daha fazla tutamadım, saldım gitti.** En azından kimse görmedi. Annem olay yerine intikal ettiğinde gözlerinden ateş püskürüyordu ta ki paçalarımın ıslandığını görene kadar! *"Sen altina işeduuuun, girma eve. Girma girma girma! Geç ha o yana, kocaman kız işeyi altina. E tabi korktun anandan, anladun siçacak bacağina!"*

Ve kadın beni eve almadı ya la! Bahçe hortumuyla kendime müdahale ettim ancak ikna oldu hanımefendi. Neyse ki siniri geçmişti bir de üstüne yemek yiyin diye ısrar ediyordu. Anne yüreği işte, dayanamadı.

Annem yüzlerimize yorum yapmadan da duramadı, **o da maymun götüne benzetti.** Arkasından da bastı kahkahayı. Babam da eve daha gelmemiş, abimler de maç yapmaya gitmiş. Oh dedim yaa, sanırım şansımız normale dönüyordu.

Saat sekiz buçuk gibi, yemek falan yemeden yattık. Odaya girince önce telefonu hemen şarja takıp açtım çünkü Emrah, Ankara'ya varınca haber verecekti ama varması on ikiyi bulurdu. O zamanlar otobüste telefonları kapattırdıkları için Ankara'ya varmadan haber veremiyordu, e ben de yorgundum. Ertesi gün on bire kadar uyuduk. Emrah mesaj üstüne mesaj atmış, aramış ama hiç duymamışım.

Bir uyandık, hâlâ kıpkırmızıyız. Gözler uyumaktan şişmiş, yüzümüzü bile yıkamamışız ve o makyaj iyice akmış. Halimiz rezillikti yaa ama neyse ki hiçbir tartışma olmadan ertesi güne başlamıştık. Ohh, şimdi kahvaltı zamanı!

***

Bugün günlerden doğum günümün bir önceki günü. Yani 21 Temmuz. Yanımda olmasını çok isterdim ama şartlar gereği ayrıydık. Özel günlere çok takılan biri değilim. Hatırlamayabilir, insanlık hâli. Bu bana değer vermediğini mi gösterir, güleyim bari. Telefonuna hatırlamak için alarm kurmadığını ne bileyim, o zaman hatırlamış mı oluyor? Aman ne sürpriz yapsam, ne beğenir, ne ister, ne alsam diye kurup duran hatta uykuları kaçan arkadaşlarımı biliyorum. Hem de bir hafta on gün öncesinden bir telaş, bir kasılmalar. Allah aşkına bırakın bu işleri, alıştırmamak lazım. Sonra her sene daha fazlasını beklerler. On sene yaparsın ama oldu ya on birinci sene unutmuşsundur ya da sürpriz yapamamışsındır, hah işte o on sene hoooop silinir ve bu sefer trip yersin.

Ben de konuyla ilgili düşündüklerimi baştan söyledim. Bak dedim, doğum günüm geliyor. Sakın hediye mi alayım, çiçek mi yollayayım ya da sürpriz mi yapayım diye hiç teşebbüste bulunma. Benim için hiç önemli değil. Sen de öğrencisin zaten ayrı şehirlerdeyiz dedim, baktım o da aynı fikirde. Sırf bu yüzden tartışıp günlerce küs kalanları gördüm ben. Canım benim, yine de unutmamış, gece tam 00.00 iken uzun bir mesaj geldi. Belki otuz defa okumuştum çünkü çok güzel şeyler yazmıştı. İleriye dönük güzel dileklerini okurken hayal bile kurmuştum. Samimiyetinden zerre kadar şüphem yoktu ya, o mesaj yeni yaşıma mutlu girmeme yetti ve hemen klasöre attım mesajı. O zamanlar hoşumuza giden bayram ve kandil mesajlarını, güzel söz, komik ve şekilli mesajları klasöre atardık ki zamanı gelince biz de başkasına atarız diye. Bir de böyle özel mesajları tekrar okumak için klasör yapardık…

***

Okulların açılacağı tarihi iple çekerken Ağustos ayında yine kırk takla atarak buluştuk. Benim annemlerden bin bir zorlukla izin almam, Emrah'ın öğrenci hâliyle on saatlik tren yolculuğu... **Ah "aşk" zor olunca güzel galiba!** Her şey çok güzeldi hatta bu zorluklar, kaçamaklar, korkular, yorgan altında sessiz konuşmaya çalışmalar, kontör yok diye ardı ardına sürekli çaldırmalar, yatmadan önce bütün mesajları baştan baştan okumalar... Her şey çok gü-zel-di! **Taa ki küçük abim bilgisayarda bizim sarılmış fotoğrafımızı görene kadar!**

Bilgisayar abimlerin odasındaydı, biz de arada oradan görüşürdük. Birlikte çekildiğimiz fotoğrafı bana gönderdi ama nasıl olduysa kaydetmişim, o zamanlar pek anlamıyordum bilgisayardan. Ben odamda ağzım kulaklarımda Emrah'la konuşurken abimlerin odasından bir ses geldi hem de en şiddetlisinden: **Gönüüüüüül!** Eyvah dedim, ne bok yedim acaba? Kesin bir şey bulmuştu, ne yapacaktım şimdi? Belki sadece çay istiyordur diye kendimi teskin etmeye çalıştım ama bir terslik olduğunu kılcal damarlarımın en uç noktasına kadar hissetmiştim. Sesim de içime kaçmıştı, "Efendim abi," derken fark ettim. Korkudan yanına gidemedim ama fark eden bir şey olmadı çünkü abiceğizim anında burnumun dibinde bitmişti.

Hiçbir şey sormadan ve ben ağzımı dahi açmadan sağ tarafımdan bir Osmanlı tokadı geldi! Sağımdan yediğim tokat beni saat yönünün tersine çevirmişti. Yani vücudum sabit ama kafam olabildiğince uzaklaşmıştı sağ omuzundan. Hani dizilerde, filmlerde olur ya *'şlak'* diye abartılı bir tokat, hah işte onun tıpkısının aynısıydı. Sıcak bir şey hissettim, dudağıma doğru geliyordu. Yok artık dedim ama hakikatten burnum kanamış, sağ arka dişlerim yanağımın içini şişirmişti. Annem geldi, bir anda ne olduğunu anlamaya çalışırken abimi geri çekmeye çalışıyordu. Fotoğrafı söyleyince korktuğumun başına geldiğini anladım. O fotoğraf da ben İstanbul'a gelmeden, bir kafede arkadaşlarla otururken çekilen gayet normal bir fotoğraftı ama Emrah'ın kolu benim omuzumda olduğu için kıyameti kopardı. Çok üstüme gelince yalan söylemek zorunda kaldım, sıradan arkadaşım olduğunu söyledim ama inanmadı.

Annem abimi çıkarıp bana döndü. Bir tokat da ondan yedim, oh ziyade olsun bana. Ulan kendime geldim ya, mayışmıştım telefonla konuşurken. Telefonu da Emrah'ın suratına kapatmıştım şimdi merak etmiştir, ne oldu diye. Çünkü durduk yere böyle bir şey yapmazdım. Mesaj atmak daha mantıklıydı, *bu bünye bir Osmanlı tokadını daha kaldıramazdı.*

En kötüsüne hazır olmak için kafamda onlarca senaryo kurdum. En kötüsü durumun babama intikal ettirilmesi, benim okuldan alınmamdı ama sanırım fazla abartmıştım, o kadar dramatize etmenin de âlemi yoktu.

Işığı yakmadan yatağa uzanmıştım. Sanki tek dostum battaniyemmiş gibi ona sıkı sıkı sarılmıştım. Kulaklarımsa içeriden gelecek seslerdeydi. Birgül nerede kaldı yahu, gelse de az konuşsak. Bana biraz destek olurdu. Hiçbir şeyden haberi yoktu tabii. Tam karşımızda oturan teyzemdeydi.

Aha! **Odanın kapısını biri açtı ama ışığı yakmadı,** bana doğru sessiz adımlarla geldi. Kalbim yerinden fırlayacak hatta öyle ki kalbim sanki ağzımda atıyordu, sesini o kadar yakın duyabiliyordum. Abim miydi acaba, sinirini alamadı da yine hesap sormaya mı gelmişti? Yoksa annem miydi ya da babam mı?! Hiç kıpırdamıyordum, uyuyor numarası yapmak işime geliyordu. Biri yanağıma dokundu ama gayet şefkatle ve adımı söyleyerek, meğer büyük abimmiş. Canım benim, bana teselli veriyordu. *"Biliyorsun, o benim gibi sakin değil. Çok fevri. Ani tepkiler veriyor. Sen üzülme, bir şey olmayacak. Hadi kalk, yemek ye,"* dedi, öptü ve gitti. O kadar rahatlamıştım ki anlatamam, zaten sonra bu abime gerçeği söyledim.

Dostoyevski ne güzel söylemiş, **"Korku, yalan doğurur,"** diye. Belki bana sakince sorsaydı, küçük abime de gerçeği söyleyecektim hatta en başından gizlemeyecektim. Neyse... Birgül gelince olanları öğrendi ve kulaklarına inanamadı. Abim daha da abarttı. O zamanlar MSN vardı, myspace denen bölümüne de birkaç tane fotoğraf yüklenebiliyordu, onları da gördü. Hâlbuki abes fotoğraflar değildi ama sonuçta bir erkek arkadaşım vardı ve bu ona yetiyordu! Emrah'a da gece yarısı yatarken olanları anlattım, resmen dünya başına yıkıldı. Hayal kuruyordu, birlikte şafak sayıyorduk. Okullara çok az kalmıştı, açılacaktı ve biz yine hep yan yana olacaktık... Hayaldi işte... Her yerden sildi bütün fotoğrafları, üzüntüsü sesini çatallaştırmış hatta konuşurken artık harfleri yutar olmuştu. Bu beni her şeyden çok üzmüştü ama keşke zamanı geri alabilseydim de bütün bunlar olmasaydı. Gece ikiye doğru babam geldi ve nihayet o da öğrendi. Annemle bahçede fısır fısır konuşuyorlardı, çok merak ediyordum çıkacak sonucu. Gözlerim ağlamaktan şişti ve artık göz kapaklarım çok ağır geliyordu, uyusam iyi olacaktı galiba...

***

Hayatımın en unutulmaz, en zor anlarını hatta günlerini geçirdim. Bu süreçteki en büyük ya da şöyle söyleyeyim, 'tek' destekçim Birgül'dü. Neler yaptığını, benim için ne kadar mücadele verdiğini anlatsam kelimelere sığdıramam. Sonucu merak ediyorsunuz değil mi? Ben de sizin kadar merak ettim acaba ne olacak diye ama ne olacaksa bir an önce olsun istedim çünkü gerçekten psikolojik olarak da, beden olarak da yıpranmıştım. Her yeni güne mutsuz uyanmak istemiyordum. Babam beni çağırdı sonunda ve sanki bana seçenek sunuyormuş gibi hatta ve hatta fırsat tanıyormuş gibi **tekrar dershaneye gidip üniversite sınavına hazırlanmamın** çok iyi bir karar olacağını söyledi. Ben aslında çok iyi bir iç mimar olabilirmişim, Ankara'da boşuna okumanın anlamı yokmuş çünkü zaten severek okumuyormuşum. Puan sistemi değişecek diye zorunlu yerleştiğim doğruydu ama tekrar dershaneye gitmek de eziyetti benim için. Ne diyordum, en iyisi yol yakınken başka bir bölümü okumammış. Parantez açıyorum, hem de en kocamanından: Seni okuldan alıyorum demek oluyor bütün bu kurduğu cümleler ve sunduğu bu teklif ama mecburi teklif. Hani şok anı olur ya, etraf kapkaranlık olur da *karşında konuşan kişinin yerini hayali bir görüntü alır ve sesler anlaşılmaz bir hâl alır.* İşte o an, onu yaşadım. Birazcık Birgül gibi dik durabilsem, içimden geçenleri söyleyebilsem diye kendime kızdım durdum. Ben hep uyumlu ve aman kavga gürültü olmasın da ben susarım diyen biri olduğum için ancak böyle üzülmekle kalırdım zaten. Nefret ediyorum bu huyumdan! Benden cevap bekleyen gözlerle bakıyordu babam. Sıkıysa hayır de, o zaman dershaneye de gidemezsin der gibiydi!

Biliyordum, hâlbuki beni Ankara'dan uzak tutarak Emrah'la aramıza mesafe sokmak istiyordu. Bir atasözü vardır ya, gözden ırak olan gönülden de ırak olur diye, tam da buydu amacı. Nihayetinde sadece üç dört aylık bir arkadaşlıktı ve mesafelere mutlaka yenik düşecektik, yani ayrılacaktık! Aklımdan bir an olsun ayrılık geçmedi ama çok büyük bir sınavdan geçeceğimizi de adım gibi biliyordum. Olsun be, **aşk o zaman aşk değil miydi!** Kolayı herkes yaşar ki ben kendime güveniyordum, her şeyin üstesinden gelirdim. Tek ihtiyacım olan şey ZAMAN! Kabul ettim, tamam dedim. Tekrar üniversite sınavına hazırlanacaktım.

Emrah'ı arayıp durumu anlatınca küplere bindi. İlla gelip alacağım seni, ne demek okuldan almak, yarın çıkacağım babanın karşısına ve seni alıp döneceğim. Bir daha da göstermeyeceğim seni onlara. Ben senden ayrı kalamam, yaz tatili bile şafak saya saya geçti. Benim yüzümden oldu bunlar. Ve daha neler neler... Ben ne diyeceğimi şaşırdım çünkü söyledikleri çılgınlıktı. Babamın karşısına çıkmak, beni götürmek falan ne bileyim. Hani dizilerde, filmlerde izlemek kolay da bunu yaşamak açıkçası çok da mantıklı gelmedi. En baştaki korkularımın ilk senaryosunu yaşıyordum resmen: *Ailemle aşkım arasında kalmak...*

En azından Emrah beni dinlese belki biraz daha rahatlardım ama bir yandan da onu sakinleştirmekle meşguldüm. Sabah olunca geleceğim dedikçe ben yapma diyordum. Her şeyin daha zor olacağını, birbirimize inanıp güvendikten sonra bunu da atlatacağımızı ama rest çekip onunla gidemeyeceğimi anlatıp durdum. Aileme bunu yapmaya hakkım yoktu. Kaçmak mı? Asla kendime yakıştıramam. Çok çok ilerisini düşünmeliydim, hadi şimdi bir cahillik yapıp kaçtım:

1- Okulum yarım kalacak ve ileride bunun pişmanlığını mutlaka yaşayacağım.

2- Ailem benim kötülüğümü isteyecek en son insanlar ama ben onları ele karşı mahcup edecektim.

3- Emrah'ı tanımalarına fırsat vermeden, işin kolayına kaçıp önyargılarına yenik düşecektim.

4- Gönül kocaya kaçtı olacaktı.

5- Bizi rahat bırakmayacaklar ve belki de ömür boyu uzlaşamayacaklardı, arada hep kötülük olacaktı.

6- Belki ben bir daha ailemi göremeyecektim.

7- Ya annemin, babamın bedduasını alırsam? O zaman zaten hiç mutlu olamayacaktım.

8- Kaçmış olmanın verdiği vicdan azabıyla belki de Emrah'tan bile uzaklaşacaktım.

9- Bir tarafım hep eksik olacaktı...

Ve daha birçok olumsuz sonuç... Bunu yapamazdım, kolaya kaçamazdım. Mücadele etmeliydim ve Allah'tan daima hayırlısını dilemeliydim. Çok sabırlı biriydim ve önümüzdeki yıllar beni korkutmuyordu, eğer Emrah benim için doğru insansa o da buna dayanabilmeliydi.

***

Uzun bir konuşmanın ardından biraz daha sakinleşmişti ama daha hiçbir şey net olmadığı için belki bir umut, her şey aniden düzelir diye düşünüyordu Emrah. O sırada da yaz okulu nedeniyle Haymana'daydı ve orada telefon bazen hiç çekmiyordu. Benden sürekli haber almak istese de bazen hiç ulaşamadığım oluyordu hatta sesini duymaya çok ihtiyacım olduğu zamanlarda bile.

Aslında çok merak ediyordum ben burada bunları yaşarken Emrah orada ne hissediyordu, ne düşünüyordu. Acaba o da kendine güveniyor muydu yoksa mesafeler gözünü korkutacak, vaz mı geçecekti? Onu suçlayamazdım, sadece hayırlısı buymuş derdim çünkü mücadele edecek kadar güçlü değilse duyguları, o zaman neyin hesabını kime sorayım ki. Her hayırda bir şer, her şerde de bir hayır olduğuna inanırım ben. Şu anda yaşadığımız ve yaşayacağımız bu zor günler belki de iyi günlerin habercisiydi!

Gelelim bugüne! Arada şımarık olmak benim de hakkım dedim ve soruyorum. "Aşkım anlatsana ne hissettin o zamanlar, hadi ne olur!"

***

- Ve esas oğlan -adamın dibidir kendisi- **hikâyeye girer.-**

Öhöm öhöm! Merhaba arkadaşlar. Hikâyenin şüşko prensi geldi. Gönül'ün buraya kadar anlattıkları tamamen doğru. Tabii benim hissettiklerimi bilemez ve erkek gözüyle göremez. Düşünsenize, asker yolu gözler gibi Ankara'dan gönderdiğiniz ve geleceği günü saydığınız sevdiceğiniz sizi arıyor ve *"Artık Ankara'ya dönmüyorum,"* diyor. İlk önce bunun Birgül'le beraber hazırlanmış kusursuz bir şaka olduğunu düşünsem de Gönül'ün ağlamalarının bu kadar gerçek olması beni ürkütüyordu. Çünkü hep filmlerde görmüştük, uzaktan ilişkiler hep yarım kalıyordu ve ben bu aşkın yarım kalmasını göze almak istemiyordum. Gönül'le her konuştuğumda içim kararıyor, nasıl Ankara hikâyesini yeniden başlatırız diye teoriler üretiyordum. Haymana stajından eve döndüm ve benim moralim sıfırdı.

Biz üç kardeşiz. Evin en küçüğü benim ve abilerim benim için canını verir. Büyük abim moralimin bozuk olduğunu fark etti, sorunca da olayı anlattım. Abimin maşallahı var. Boyu 1.90, filinta gibi. Hani bilen bilir, **Keçiören bebesiyiz biz. Atar damarlarımız çok hızlı atar.** Bir de abartı gibi olmasın, mahallenin en ağır abisi kendisi. Benden olayı duyunca, *"Yarın gidiyoruz. Gönül'e haber ver, hazırlansın,"* dedi. Ben de böyle bir şey bekliyorum zaten aha dedim rüzgârı aldım arkama, yürürsün be Emrah. Neyse, hemen Gönül'ü aradım. *"Aşkitoşkom hemen hazırlan, yarın seni almaya geliyoruz,"* dedim. Gönül başta şaşırsa da, Özgür Abim kafaya koyduysa yapardı, hiç uğraşmaya gerek yoktu. Ama sevdiceğim çok üzüldü; ailesi ve benim aramda kalması onu çok yıpratacaktı. Düşünsenize ben yirmi bir yaşındayım ama sanki dünya benim etrafımda dönüyormuş gibi sadece kendimi düşünüyordum. Allah'tan Gönül akıllı kızdı. Ne yaptı etti, beni yumuşattı. Abimle konuştu, o da ikna oldu ve biz İstanbul'a gitmekten vazgeçtik. Artık her şeyi zamana bırakmıştık. Bakalım bizi neler bekliyordu...

"Aşkım çayını içtiysen gel, devam et. Benim bilgisayarda biraz işim var."

***

Kıyamam, neler hissetmiş şüşkom benim. Kaçırma meselesi de böylelikle ortadan kalkmış oldu çok şükür. Şimdi geriye bakıp üzülmenin, kırılıp dökülmenin, ah vah çekmenin hiç anlamı yok. Zaten yeterince yıpranmıştım, bir de arkamda kalanlara tekrar takılamam. O zaman bundan sonra daima önüme bakmalıyım. İstikrarla, hiçbir zaman umudumu kaybetmeden, kim ne derse desin aldırmadan, sadece bana göre doğru olan bu yolda emin adımlarla yürümeliyim. BİZ vazgeçmediğimiz sürece, birbirimize güvendiğimiz sürece HİÇ KİMSE engel olamazdı. Haydi Gönül, toparlan dedim kendi kendime. Sil akan rimellerini, topla dağılan kalbini, yakanı paçanı bir düzelt, bir silkelen! Bak her şey ne kadar güzel olacak ve ileride bu günleri gülerek anlatacağını bil, hepsi geride kalacak. Birgül'le konuşmak beni inanılmaz rahatlatıyordu ve son kez de onunla konuştuk zaten o da aynı şeyleri söyledi. Artık daha güçlü hissediyordum kendimi.

***

Hani şu iki saat kırk beş dakikalık yol vardı ya, hah işte dersane de orada. Hep bu Birgül'ün işleri, ne vardı o kadar uzak yere dershaneye gitmeye. Neyse, nankörlük yapmaya gerek yok. İsterse dünyanın bir ucunda olsun, tıpış tıpış giderdim. Kadıköy ne kadar uzak olsa da en azından sahili vardı, arada kafamı dağıtmak için çekirdeğimizi alıp gitmek bana gayet cazip gelmişti. İç mimarlık ve çevre tasarımı konusuna gelecek olursak, o zaten yetenek sınavıyla oluyor ama sınavla alan sadece birkaç tane üniversite vardı. Yetenek sınavı için kursa gitmem lazımdı ama dershaneye gitmeyi seçtim nedense.

Offf bir daha baştan sınava hazırlanmak, o stresi yaşamak, koca bir yıl böyle... Bilgilerim ne kadar soğumuş olsa da zamanla hatırlıyordum. Özellikle geometrim çok iyiydi zaten hayatımdaki en büyük hatta tek pişmanlığım sayısal bölüm okumamamdı. Hâlbuki ders notlarım yettiği halde eşit ağırlık okudum, böylece geometri öğretmenliği hayal oldu. Diyeceksiniz ki madem geometriyi bu kadar seviyordun neden eşit ağırlık seçtin. Çünkü bu dersi sevdiğimi öğrendiğimde çok geç olmuştu, hiç anlamadığımı düşünüyordum ve umutsuzca ertesi günkü geometri sınavıma çalışmaya çalışıyordum. O sırada babam geldi. Salak salak deftere baktığımı görünce bir el atmak istedi. Öyle güzel anlatıyordu ki anlamamak için ultra salak olmak lazımdı. O zaman ben bu işi çözdüm ve dersin ne kadar zevkli olduğunu gördüm. Babam makine mühendisi olmasaydı ya da onca yıl sonrasında hatırlamasaydı, hiç öğrenemeyecektim. Ertesi günkü sınavımdan sanırım doksan almıştım ve hakikaten dersi sevdirenin de nefret ettirenin de öğretmen olduğunu daha net kavradım. İşte o zaman geriye dönüp bölümümü değiştirmek istedim ama maalesef olmadı.

***

Zaman çok çabuk geçiyordu, daha doğrusu zaman yollarda geçiyordu. Hani şu otobüste test çözenler vardır ya, onlara bir kez daha şaşırdım. Çünkü yolda benim yapabildiğim tek şey uyumaktı. Sabah 8.30'ta ders başlardı, bunun için bizim evden en geç 5.15'te çıkmamız lazımdı. Sağ olsun büyük abim bizi her sabah ilk durağa bırakırdı. Bazen geç kaldığımız olurdu, o zamanlar da direkt dershaneye bırakırdı. Yol hikâyeleri çoktur, hangisini anlatsam bilemedim.

Bir gün dershane dönüşü ama nasıl yorgun bitkin ve uykusuzuz anlatamam. Eve dönerken de ilk duraktan binerdik ki oturarak gidelim. Akşama doğru olmasına rağmen camdan o güneş öyle bir vuruyordu ki derimin esnediğini hissettim. Birgül de kulaklığını takmış, müzik dinliyordu. Çok sıkıcı bir yolculuk olacaktı zaten yorgundum da. Kafayı dik tutmaya çalışıyordum çünkü koltuğun arka kısmı alçaktı yani kafamı yaslasam boynum ağrıyacaktı. Gözlerim iyice ağırlaştı, ben açık tutmaya çalıştıkça onlar kapanmaya yemin etmişçesine inat ediyorlardı. Gözlerim şaşı olmaya başladı, kafamsa boynuma ağır geliyor, habire öne düşüyordu. Rezil oldum düşüncesiyle bu sefer de kendim kafamı sağa sola çevirip boynumu kütletiyorum. Sanki az önce uykudan kafam düşmemiş de ben bilerek yapmışım gibi. En sonunda nasıl kendimi kaybetmişsem kafam arkaya düşmüş, ağzım açık kalmış. Birgül zaten müzik dinlerken hayattan kopuyor ama insan arada bir bakar ablam ne âlemde diye. Tıklım tıklım otobüste bir de horlamışım, valla kendi sesime uyandım. Gözlerimi açtım, otobüsün tavanı karşımda. Hâlbuki ne rüyalar görüyordum o arada! Yavaşça kafayı kaldırdım, utana utana ayaktakilere bakındım ve neredeyse hepsiyle de göz göze geldim. Demek ki onlar da uyanmamı bekliyordu artık ne kadar horlamışsam! O günden sonra yanımda minik yastık taşıdım, cama yaslayıp uyuyordum.

Ama bir gün uyuma numarası yaptım, itiraf ediyorum. Yolu yarıladık ve ben yine yorgunum ama uyku moduna henüz geçmedim. Bu sefer de koridor tarafındayım ve orta kapının şoför hizasında olan en arka koltukta oturuyoruz. Hani boş bir alan oluyor ayaktakilerin en yoğun olduğu yer, hah işte o alana sırtını dönmüş koltuk var ya, tamaaam orada oturuyoruz işte. Orta kapıdan bir teyze girdi ama gayet sağlıklı, dinç. Sana bana taş çıkarır, tabii git gel derken artık insan sarrafı olduk. Kesin yer vermemizi bekliyor dedim. Şöyle bir baktım otobüse, oturanlara göz attım. Geneli erkek ve gençlerdi, dedim onlardan biri yer versin zaten yorgunum. Hem ayaktakiler de artık balık istifi gibi olmuş, neredeyse üst üste çıkacaklardı. O hengâmenin içine giremem deyip kafayı arkaya yasladım, baktım Birgül de yaslamış ve kapattık gözlerimizi. Teyze bizim koltuğun arkasına geçti, oradan tutuyor. Uyuduğumuzu da görüyor ama gıcıklığına sanki koltuğun tutma demirini tutuyormuş gibi yapıp saçımı çekiyor, güya uyandıracak da yer vereceğim. Ulan yer miyim bu numaraları, erkeklerden biri yer versin işte. Yol çok uzun valla hiç kalkamam teyze, kusura bakma, diye konuşuyorum kendi kendime.

Yahu bir oldu, iki oldu, üç oldu ama yeter da! Saçlarımı yoldun zalim kadın! Kafayı kaldırdım ve saçlarımla oynadım. Ama yok, kadın benden inat çıktı. Birgül de kapüşonu çekti kafasına, saçlar artık ulaşılmaz. Gönül'e çile bülbülüm çile! Ofladım, pufladım ama yok. Üstüne bir de kadın, *"Şimdiki gençlerde iş yok, eskiden hep yer verirlerdi. Şimdi terbiye kalmamış anacım, yazık çok yazık. Cık cık cık! Ana babaları hiç mi terbiye vermemiş bunlara, ahlaksızlar!"* diye söylenmeye başlayınca benim cinler tepeme çıktı. Zaten etraftaki genç erkekler de üstüne alınmıyor, iyice başıma vurdu yorgunluk.

"Hop hop teyze, ne oluyor? Sabahtan beri saç bırakmadın kafamda. Sen yumuşacık yatağında horul horul uyurken ben sabah dört buçukta kalkıyorum. Ders dinleyeceğim diye kafam şişiyor. İki saat kırk beş dakika git gel, beş buçuk saat her gün yol yapıyorum, senin haberin var mı? Benden yaşlı olabilirsin ama ben senin kadar dinç değilim. Madem ayakta gidemiyorsun, birileri yer verir diye tıklım tıklım otobüse binme de git taksiye bin. Aaa bu ne ya, sanki mecburum. Sen benim halimden anlıyor musun ki sana yer vereyim!"

Ay ben şok! Vallahi böyle bir insan değildim ben ama demek ki sinirlenmişim. Birgül bakakaldı. Bu Gönül olamaz, içine şeytan kaçmış der gibiydi. Kadın bir daha sesini çıkaramadan arkasını döndü. Söylediklerim için sonra üzüldüm, pişman oldum ama yine olsa yine yer vermezdim.

Bir sabah yine otobüs tıklım tıklım hatta iğne atsan yere düşmez derler ya, tam da öyle. Birgül'le oturuyoruz, telefonunun şarjı bitmiş, müzik dinleyemiyor. Ben de bir yandan Emrah'la yazışıyorum; günaydın mesajları, aşk böcükleri havalarındayız falan, aptal aptal kendi kendime gülüyorum mesajları okurken. Sonra fark ediyorum güldüğümü, neyse dedim sonra devam ederiz yoksa beni deli zannedecekler. Başladım yüzüğümle oynamaya. Can sıkıntısından parmağımda çevirip duruyorum yüzüğü ve bu Birgül'ün dikkatini çekti.

"Bir versene bakayım, yüzük bana yakışıyor mu?" dedi. Çıkardım, tam uzatıyorum elimden düştü. Tam o sırada bir durağa geldik, bir hengâme oldu. Kapılar açıldı kapandı, biz o sırada eğilip bükülüp arıyoruz ama yok. Sonra yanımızda dikilen vatandaş sağ olsun eğilip bakınmaya başladı. Sonra onun yanındaki, onun yanındaki derken bir baktık ki tüm otobüs seferber oldu ama kimse yüzüğü bulamıyor! Soruyorlar çok önemli miydi diye, evet diyorum, söz yüzüğümdü.

Biz ararken otobüs boşalmaya başladı artık ne kadar zaman geçmişse fark etmemişim o üzüntüyle. Son durakta herkes inince rahat rahat ararım, kesin bulurum hem nerede olacak sanki diye beklemeye başladık. Birgül benden de üzgündü suçluluk hissettiği için ama ben nasıl olsa buluruz diye onu teselli ediyordum. Herkes inince yüzüğümü düşürdüm, arayabilir miyim deyip izin aldım şoförden. Aramadığımız yeri kalmadı koca otobüsün ama yüzükten ibare yoktu. Anladık ki durağa geldiğimizde kapı açılınca yüzük de yuvarlana yuvarlana orta kapıdan düşmüş.

Olacağı varmış dedim artık, ne yapayım. O kadar kalabalıkta sen yuvarlan, sanki gideceği yolu biliyormuş da durağında inmek istemiş gibi atla aşağı. Dizilerde görsem yok artık derdim ama oluyormuş. N'apalım, yapacak bir şey yoktu. İşin kötü tarafı ben bu durumu Emrah'a nasıl anlatacaktım? **'O yüzük o parmaktan neden çıktı?'** diye söylenmeye başlayacaktı kesin. Hem Birgül kardeşceğizimi de utandırmak istemezdim. En iyisi aynısından bulmaktı. İçine de aynı yazıyı yazdırdım mı, ohhh mis.

Hiç zaman kaybetmeden akşam dönüşte ne kadar gümüşçü varsa gezdik, nihayet bulduk ama bir seviniyorum, zannedersiniz ki altın küpü buldum. E ne yapayım, elbet İstanbul'a gelecekti, o zaman ne diyecektim. Neyse ki yüzük işi halloldu ama o kadar tembih ettiğim halde yüzüğün içindeki yazıyı italik yazmamışlar hatta çivi yazısı gibi yazmışlar. Umarım Emrah geldiğinde yüzükte bir değişiklik olduğunu fark etmez. Ama öyle ya da böyle bu krizi de atlatmış oldum. En azından şimdilik!

***

Havalar iyice bozmaya başladı artık. Güneşli son günlerin tadını çıkaralım diye etüte girme bahanesiyle kocaman bir paket çekirdek alıp sahile oturduk Birgül, ben ve iki kız arkadaşımla. Muhabbet uzadı da uzadı ve konu aldatmaya geldi. Kızlardan biri başladı *erkeklerin hepsi aynı, aşk diye bir şey yok, sen nereden biliyorsun şu anda başka bir kızla birlikte olmadığını, acaba o seni bu kadar önemsiyor mu, erkek kısmı mesafeye gelemez, yakınında o kadar kız varken seni mi beklesin, boşuna hayaller kurma...* **Dıt dıt dıt... Ve error!**

Bana diyor hem de banaa, bak bak neler de diyor bak! Birgül anladı sinirlendiğimi, ortaya başka konu attı ama ben sindiremedim dediklerini. Evet dedim, erkek olan yapar senin dediklerini ama **benim sevgilim 'adam'** ve adam olan böyle bir şey yapmaz! Bir daha da ileri geri konuşup asabımı bozma dedim, son çekirdeğimi de çitleyip kabuğunu suratına tükürdüm. İtiraf ediyorum, çok zevkliydi bunu yapmak!

***

Günler hızla ilerliyordu ve yılbaşı yaklaşmıştı. Yılbaşında İstanbul'a geleceğini söyledi Emrah. Sevinsem mi üzülsem mi bilemedim, inanır mısınız? Bir yandan içim içime sığmıyor aylar sonra görüşeceğiz diye, bir yandan da yusuf yusuf atıyorum ya yüzüğün yeni olduğunu fark ederse diye. Sonra durdum, olsun bir iki azarlar geçer dedim. Yine de değerdi, yeter ki gelsin. Aralık ayının sonlarına yaklaşıyorduk ve kar, kış bu sene fenaydı. Havalar böyle giderse gelmesini istemedim ama geleceğim diye çok ısrar etti hatta sürpriz bile yapabilirmiş. Dershaneyi tarif etmiştim ben de, kolay bulabilirdi orayı.

Bu konuşmanın üzerinden bir süre geçmişti ve bir sabah yine dershaneye gitmek için zar zor kalkmıştım. Evimiz o zaman sobalıydı ve maalesef bizim odamızda soba yoktu, sabahları kalkmak işkence gibiydi o yüzden. Küçük bir elektrikli sobamız vardı, Birgül'le sırayla onun önünde hazırlanırdık. O güzelim sıcaklık yüzümüze vurdukça mayışırdık.

Ben hazırdım, yatağın üstüne oturup bir günaydın mesajı atayım aşkitoma dedim. Tam elime telefonumu aldım ve ne göreyim? Kalp kalbe karşı, Emrah arıyor. İyi de bu saatte horul horul uyurdu nasıl kalktı ki? Yoksa yoksa? Ayy, sürpriz yapıp İstanbul'a mı gelmişti? Hemen açtım heyecanla, "Aşkım, günaydın," dedim ama beklediğim cevap gelmedi. Hatta hiç cevap gelmedi, sadece ağlıyordu. Yutkundum ve duyacağım şey her neyse kötü bir şeydi, emindim. O yüzden de korka korka tekrar aşkım dedim ne oldu, niye ağlıyorsun? Kalbim yerinden çıkacaktı, kafamın içinde hoparlör vardı sanki ve adeta zangır zangır titriyordu beynim! Hem soruyordum hem de cevaptan korkuyordum.

Hıçkırarak, *"Aşkım, Özgür Abim..."* diyebildi sadece.

"Ne oldu Özgür Abiye?" diye sordum en kötüsünü düşünmemeye çalışarak.

"Trafik kazası geçirdi..."

Zaman durdu sanki o anda. Sustum ve içimden öldü demesin diye yalvarıyordum. Bir süre daha sustum, cesaretimi toplayıp tekrar sormaya çalıştım.

"Bir şey olmadı, değil mi?" desem de anlıyordum, kötü bir şey olmuştu. Ağlaması daha da hızlandı, sesi gittikçe yükseliyordu. Ben de tutamadım kendimi, ağlamaya başladım ama Emrah'a hissettirmemeye çalışıyordum. Onu sakinleştirmem lazımdı. Bir yandan Birgül de korku dolu gözlerle bana sessizce ne olduğunu soruyordu.

"Beş arkadaşıyla birlikte gece dört civarında kaza yapmış. Özgür Abim arka koltukta iki arkadaşıyla oturuyormuş. Yanındaki iki arkadaşı olay yerinde can verdi," deyince şok geçirdim. Özgür Abim hayattaydı anladığım kadarıyla. Diğer iki arkadaşına üzülürken Özgür Abimin yaşadığına seviniyordum.

"Özgür Abim nasıl, iyi mi?"

"Hastanedeyiz şimdi, ameliyata girecek birazdan. Kemikleri kırılmış, felç kalabilirmiş," deyince beynim karıncalandı. Acaba şaka mı yapıyor diye bile düşündüm. Ama Emrah daha önce ağlamamıştı, demek ki durum anlattığı gibiydi. Allah'ım ne olur güç ver diye dua etmeye başladım.

"Tamam," dedim. "Sakin ol. Allah korumuş onu, bak düzelecek o."

Bla bla bla! Ne kadar telkin edebilirdim ki? O anın acısıyla benim söylediklerimi ne kadar dikkate alabilirdi? Ne diyeceğimi, ne yapacağımı şaşırdım. Biraz daha konuştuktan sonra haber beklemeye başladım ama ameliyat çok uzun sürecekti. Birgül de bana destek olmaya çalışıyordu, her şeyin düzeleceğine inandırmaya çalışıyordu. İnandım da. Evet dedim, **Özgür Abim çok iyi bir insan, Allah ona yardım edecektir.** Emrah arayacak ve ameliyat mükemmel geçti, sadece bir iki kırık var; onlar da zamanla düzelecek diyecekti.

Dershaneye gittik ama hiçbir şey dinleyemiyordum. Gözüm telefonda, haber bekliyordum. Sekiz saat süren ameliyat iyi geçmişti ancak hastanede uzun bir süre kalması gerekiyormuş. Felç kalma riski varmış ama doktorların daima en kötüsünü söylediklerini düşünerek kendimizi rahatlatmıştık. Ardından Nermin Teyzeyi ve Derviş Amcayı aradım, geçmiş olsun dileklerimi sunduktan sonra Özgür Abimin kendine gelmesini bekledim. Sesini duymak istiyordum çünkü bir abim de oydu benim. Gerçekten onu çok seviyordum.

Yılbaşı geldi ama hiçbir şey planladığımız gibi gitmedi. Bu durumda Emrah'ın İstanbul'a gelmesi zaten uygun olmazdı. Tek dileğimiz, abimizin sağlıkla taburcu olmasıydı. İyi haberler geliyordu, özel fizik tedavi uygulanacak ve inşallah eskisi gibi yürüyecekti. Her gün vardiyalı olarak hastaneye gidip geliyorlar, ben de sürekli haberleşiyordum. Gitmeyi çok istedim ama yapamadım. Annemlere zaten söyleyemezdim. Kaçıp gitsem nasıl gideceğim, yakın yol değildi. En iyisi sakin olmaktı.

Günler aynı geçiyordu, nihayet Ocak ayının sonunda taburcu olacak haberini aldık. Gata'da fizik tedavi görecekti ve düzelecekti. Kendimizce bir tarih belirleyip yine şafak saymaya başladık. Bilin bakalım hangi tarih? 14 Şubat, da da da daaaaa! Çok şaşırdınız değil mi?

***

Günler daha çekilir gelmeye başladı artık, **hava buzzz gibi olsa da kalplerimiz sıcacıktı.** Emrah'ın ertesi gün sınavı olduğu için hastaneye gitmemişti, arkadaşlarıyla toplanıp ders çalışıyorlardı. Ya da çalışır gibi yapıyorlardı! Ki öyleymiş de, ben de ders çalışıyorlar sanırken gülmekten fırsat bulamamışlar. Hatta Emrah hiç bu kadar güldüğünü hatırlamıyormuş, bunu da sabahın dördünde yazdı bana.

Sabah da geç kalktık. Birgül de ben de alarmı duyduk ama o sıcacık yataklardan kalkamadık. Uyudunuz mu derseniz, yoo! Alarmı beş dakika ertele, sonra beş dakika daha... Aman ya uyuyakalırsak diye diken üstünde yattık ama o bile güzeldi. Annem gelip kapıyı tıklatınca yataklardan asker gibi fırladık. İtiraf eder miyiz, tabii ki hayır! Neymiş, alarmı duymamışız çünkü gece dörde kadar test çözmüşüz de, yorulmuşuz da. **Ama annem yedi mi, bilmem.**

Saat yedi civarıydı ve en azından iki saat fazla uyumuştuk. Ama yine tıngır mıngır otobüse binecektik, ne vardı abiceğizimiz dershaneye kadar götürseydi. Maalesef o da geç yatmış, üstelik bu sefer ilk duraktan değil, evin oradaki duraktan binecektik. Ayakta gidecektik yani.

Birgül'le resmen birbirimize tutunup orta kapının oradaki kocaman cama yapıştık çünkü yine tıklım tıklımdı otobüs. O arada çantada bir şey titredi. Ama elimi çantama atıp o kalabalıkta konuşmak zor geldi. Zaten Emrah'tır, başka kim olacak sabah sabah. Sınava giderken sesimi duymak istemiştir. Neyse dershaneye gidelim de, ararım. Hem derse de geç kalma ihtimalim vardı, oyalanacak zamanım yoktu.

Derse girer girmez oturup telefonuma baktım, Emrah aramış hem de iki kere, üstüne bir de mesaj atmış! Allah Allah, neden ısrarla bana ulaşmaya çalıştı diye düşünürken mesajı açtım. Gelen mesaj ne günaydın mesajıydı ne de sıra sıra yazılmış aşk cümleleri! Gelen mesaj kötü bir haberi bıçak saplar gibi gözüme gözüme soktu! Önce algılayamadım, sürekli okudum durdum. Hâlbuki sadece iki kelime yazıyordu koskoca beyaz ekranda!

Abimi kaybettik...

Nasıl ya? Taburcu olacaktı, ne demek abimi kaybettik! Bu bir şaka olmalıydı ya. Taburcu olacağını söyleyecekti kesin ama ben telefona bakmadığım için ceza vermişti bana! Öğretmenden acil izin isteyip çıktım. Arıyorum arıyorum açmıyor. Kafayı yiyecektim artık. Telefonumu açmıyor, mesaj atıyorum cevaplamıyor, yine arıyorum yok. En iyisi arkadaşlarından birini aramaktı, ben de Şişko'yu aradım ama sesi donuk ve üzgündü. "Serdar! Emrah'a ulaşamıyorum, haberin var mı?" diye sordum.

"Seni aradı, haber verecekti ama sana ulaşamadı..." Gerisini duymak istemiyordum, doğruydu yazdığı...

***

Böyle zamanlarda insan ne söyleyeceğini, ne yapacağını, nasıl teselli edeceğini bilemez ya tam da öyleydim çünkü ben de tanıyordum ve inanılmaz üzgündüm. Bana her zamankinden çok ihtiyacı vardı Emrah'ın, biliyordum.

Ağlamaktan içim dışıma çıktı benim de, derslere giremedim. Umurumda da değildi. Birgül de yanımda, doğru rehber öğretmenine gittik. Uzunca konuştuk ve biraz rahatladım. Emrah'ın yanına gitmemin doğru olmayacağını söyledi. Gidersem ailemden habersiz gidecektim ama bu da geri dönüşü olmayan yanlışlara yol açabilirdi.

Gözlerim şiştiği için eve gittiğimde annem de anladı bir şey olduğunu, anlattım ama hiçbir şart altında gidemeyeceğimi söyledi. Bu sefer abim de, babam da daha ağır bir ceza verirlerdi. İçim içimi yiyordu ama elimden de bir şey gelmiyordu sürekli konuşmaktan başka. Allah rahmet eylesin, mekânı cennetin en güzel köşesi olsun inşallah...

**

Aklıma koymuştum artık iç mimarlığı kazansam da Ankara dışında bir il olursa gitmeyecektim. Yarım kalmamalıydı Ankara hikâyesi...

Bir kere daha geldi İstanbul'a Emrah o olaydan sonra. Öyle özlemişiz ki birbirimizi tıpkı **koalanın ağaca sarılıp bırakma-**

dığı gibi öylece sarılı kaldık en az on dakika. Çok ağlamalı, bol sarılmalı, çok konuşmalı bir gündü. Diğer günler gibi değildi, vedalarsa her zamankinden daha uzun sürdü. Hani olur ya belki…

Neyse anladınız işte. Hiç ummadığın yerden gelince acının en büyüğü, işte o zaman korkarmış insan her an her sevdiğim ya ansızın terk ederse diye...

Emrah geldikten kısa bir süre sonra sınava girdik. Hedefim Ankara'yı kazanmaktı ama puanı çok yüksekti. Yine de elinden geleni yaptım.

Sırtımdan koca bir yük kalktı sınavdan sonra ama başka bir yük daha geldi. Ankara'ya geri dönmeyi nasıl kabul ettirecektim bizimkilere? Günler geçtikçe sıkıntıdan yüzüm sivilcelerle mayın tarlası görünümünü almış, her biri patlamaya hazır bekliyordu. Kilom zaten kırk yediydi, o da gittikçe azalıyordu. Artık dışarı çıkarken kum torbalarıyla çıkacaktım rüzgâr eser de uçarım diye.

Bu zorlu bekleyiş nihayet sona erdi sonuçların açıklanmasıyla. Sonuç beklediğim gibiydi, sınav çok da iyi geçmemişti zaten ve Ankara hayal oldu. Yine de tercih yapmıştım ve **İzmir Ekonomi Üniversitesi, İç Mimarlık ve Çevre Tasarımı**'nı kazanmıştım. Emrah'a söyledim ama hiç memnun kalmadı.

Ben de olsam memnun kalmazdım. Hazırlık sınıfıyla beraber beş sene yapıyor okulun bitmesi. Zaten sekiz saatlik de yol mesafesi var. Koç'un ya da Sabancı'nın torunu değildik sonuçta, öğrenciydik. Ve mecburen bir tercih yapmam lazımdı. Bir terazi hayal edin: Bir kolunda yepyeni ve gerçekten başarılı olabileceğiniz bir mesleğiniz ve yepyeni bir çevre ki İzmir çok güzeldir. Diğer kolunda ise sade ve sadece AŞK var! En güzelinden, en gerçeğinden... Terazide o kadar ağır bastı ki AŞK, hiç tereddüt etmeden İzmir konusunu kafamda kapattım. Şimdi asıl mesele bunu babama nasıl açıklayacağımdı. Hadi açıkladım diyelim, bakalım inanacak mı?

Sonuçların açıklandığı günün gecesi babam beni yanına çağırdı. Dizlerim titriyordu ama çaktırmamaya çalışıyordum. İzmir konusunda ne düşündüğümü sorunca başladım bahaneleri sıralamaya: Evet, bölüm çok güzel ama sonuçta özel üniversite ve beş sene. Bunun altından nasıl kalkarız, çok pahalıdır okul. Bir de bunun iç mimarlık malzemeleri var, her bir gereç çok pahalı. Sonra bunun yurdu var, yemesi içmesi var... Ben diyorum ki en iyisi hazır üçüncü sınıfa geçmişim, gidip bitireyim okulumu.

Babam ne dese beğenirsiniz! *"Sen onları hiç düşünme, maddi olarak bütün imkânlarımı senin için kullanırım. Ankara nereden çıktı şimdi? Yoksa başka amacın mı var? Sen hâlâ görüşüyor musun o çocukla?"*

"Yok," dedim. "Görüşmüyorum baba, neredeyse bir sene olacak zaten," dedim çarpılma korkusuyla. Cevabım üzerine hiç çalışmadığım yerden bir soru geldi.

"Görüşmüyorsunuz, hımm. Peki, ona karşı duyguların ne?"

Şok şok şok! Babam ne zaman bu kadar açılmıştı da bana duygularımı soruyordu? Yani normalde **ayıptır bizde, babayla aşk meşk işleri konuşulmaz.** Çok düşünmeden karar verdim salak gibi. Daha inandırıcı olur diye tahmin etmiştim.

"Onu hâlâ seviyorum ama artık bitti. Bundan sonra bir daha bir araya gelmem, kapattım bu defteri..."

Babaya bu söylenir mi! Hep diziler, filmler yüzünden bendeki bu cesaret ama benimki tam bir Türk babasıydı. Gerçi ben de olsam böyle bir baba olurdum herhalde. Babamın elinde yine bir bardak çay vardı, benimle konuşurken volta atıyordu taa ki ben bu cümleyi kurana dek! Bir anda durdu ve derin bir nefes aldı. Elindeki çayı öyle bir fırlattı ki yere bardak tuzla buz oldu. Dişlerini gıcırdattığını bir yandan da yumruğunu sıktığını görünce bana inanmadığını anladım.

"Sen benimle dalga mı geçiyorsun?" dedi. *"Ankara'ya döneyim diyorsun ama onunla görüşmem diyorsun. Ben de buna inanacağım, öyle mi? Bana bak Gönül, senin karşında çocuk yok!"*

Sesim içime kaçtı yine ama saygı işte. Kısık ve titreyen sesimle, "Estağfurullah baba," dedim.

"Sus!" diye bir bağırdı ki o neydü gız? *"Ya İzmir'e gidersin ya da okul hayatın biter!"*

Öylece sustum, sessizce haykırıyordum ama benden başkası duyamıyordu. Boğazım düğümlenip acımaya başladı. Gözlerim doldu ama ağlamaya cesaret edemedim çünkü bir de buna sinirlenip benden açıklama isteyecekti ama tek bir kelime dahi konuşmaya ne cesaretim vardı ne de mecalim. Dua ediyordum artık beni def etsin de odama gidip rahat rahat ağlayayım diye. Şükür ki bu duam anında tuttu ve Gönül'ün babasından kocaman bir DEF OL geldi.

Odama girer girmez yorganın altına girdim, kafama kadar çekip bütün dolmuşluğumla ağladım, ağladım, ağladım... Birgül uyanmasın diye ne kadar sessiz ağladıysam da uyandı. Aslında uyanmasını da istiyordum çünkü desteğine çok ihtiyacım vardı. Yorganı tepemden çekip de beni öyle görünce önce sarıldı sonra olanı biteni anlattırdı. Konuşarak bana destek olmaya çalıştı, çok da iyi gelmişti. **"Sana söz veriyorum,"** dedi. **"Ben bu işi çözeceğim ve sen Ankara'ya geri döneceksin!"** Biliyordum,

Birgül dediğini yapardı. Fevridir, babama dahi kendini ezdirmez, kitap gibi konuşur, kendini çok iyi ifade eder ama bu başkaydı, hiç umudum yoktu. Sadece beni rahatlatmak için söylüyor diye düşündüm ama yine de mutlu olmuştum bir iki dakikalık da olsa gerçek olduğunu hayal edince.

Sabah annemle babamı dışarıda konuşurken duydum, en sonuna yetişmiştim maalesef. *"Git konuş onunla, beni sinirlendirmesin,"* diyordu. Hemen odama döndüm, yatağa girip uyuyor numarası yaptım. Zaten gözlerim şişmiş, burnum tıkanmış, kafam bedenime ağır geliyordu. Yine aynı şeyleri yaşamaktan korkuyordum. Çektim kafaya yorganı, beklemeye başladım. Kapı açıldı, annem seslendi ama hemen cevap vermedim. Bir daha seslenince kalktım, annem beni öyle görünce çok üzüldü. Uzunca bir süre sustu ama sonunda suskunluğunu bozdu.

"Senin niyetin ne, ciddi soruyorum," dedi. Annemle bu konuları konuşmak daha kolay geldi o an ve içimi döktüm ama yine de Ankara'ya gidince onunla kesinlikle görüşmeyeceğimi söyledim. Beni ikna etmeye çalışıyorlardı hatta ertesi gün araya teyzemi de soktular. Saatlerce sürdü konuşmamız. Teyzem ve annem bir taraf, Birgül ve ben bir taraf olmuştuk. Sonra Birgül girdi devreye. Günlerce hiç bıkmadan, vazgeçmeden babamla her fırsatta konuştu. Yeri geldi tartıştı, benim söyleyemediklerimi söyledi...

Günler iyice azalmıştı artık, kayıt günleri geliyordu ve bu işin bir sonuca bağlanması gerekiyordu. Sonuçlandı! Birgül bana verdiği sözü tuttu ve sonunda babamı ikna etti! Bana güzel haberi verince mutluluktan deli gibi ağladım. Meğer babam onunla konuşup söz vermem için yanına çağırmış, hemen yüzümü yıkayıp gittim ve söz verdim. Aşk insana yalan da söyletiyor işte.

Bu kadar yalan söyleyebilen biri değildim hatta yalandan nefret ederdim ama dedim ya, aşk işte!

Emrah'a olanı biteni anlatınca karşılıklı ağladık mutluluktan. Bitmişti kötü günler, inşallah son anda yine bir şey olup her şey altüst olmaz. Birgül'e duyduğum minneti anlatamam, haklı **mücadelemizin kahramanıydı** resmen!

***

Vee Ankara serüveni
Kaldığı yerden devam ediyooor, oleey!!!

Allah'ım bu bir rüya mı? Ne yani, şimdi ben tekrar Ankara'ya mı dönüyorum? İçim içime sığmıyordu. Valla ne yalan söyleyeyim, okulu bitirmek bahane, **Ankara'da aşk şahaneydi.** Şimdilik bu engel aşılmıştı. Bakalım bundan sonra ne engeller çıkacaktı? Gerçi bunun kadar zor ve büyük engeller çıkacağını sanmıyordum, o yüzden felaket bir enerji doluydum. Çok yıpranmıştık. Hem ayrı kalışımız hem benim buradaki psikolojik baskı altındaki hissettiklerim hem de Emrah'ın orada yaşadığı en acılı günler ve daha bir sürü şey... Birbirimize çok ihtiyacımız vardı, ikimizin içinde de bir çocuk vardı ve uzun bir süredir gülmeyi unutmuştu resmen. Şimdi o çocukları rengârenk giydirip tekrar güldürme zamanıydı...

***

İşte o gün geldi... Ankara yolcusu kalmasıııın!

Yolculuk boyunca hep hayal kurup durdum. Heyecandan iştahım da kesildi, Bolu'da durduk ama mola için aşağı bile inmedim. O yarım saat boyunca hep telefonda konuştuk, İlker' le -soyadımız tesadüfen aynı olduğu için ben ona amcaoğlu derdim-. Beni almaya gelecekti ama saatler geçmiyordu. Yolculuk neden bu kadar uzun sürdü bu sefer?

Neyse ya, yaptığım strese bak. Bir düşünsene Gönül, saatler sonra da olsa nereye gittiğini düşün! İnşallah aşırı heyecandan cırcır olmam diye dua ediyordum. Gözünü sevdiğim Ankara, ne de güzel duruyorsun bıraktığım yerde…

Sonunda otogara girdik, ben hemen ayaklandım. Orta kapı açılır açılmaz atladım aşağı. Biraz hasret giderdikten sonra bagajımı aldık. İlker bizi okula bırakacaktı ama önce yurda gittik, valizi bırakıp hemen çıktım. Akşama kadar ağzımız kulaklarımızda gezdik ve hâlâ inanamıyorduk. Sanki ben gelmemişim de birazdan Emrah otobüse binip Ankara'ya dönecekti...

Sabredince her şey oluyordu. Yeter ki inanın, direnin!

Her zamanki gibi yurda kadar bıraktı beni. Zaten bir huyumuz vardı, yurt kapısına kadar gelemiyordu ama sokağın başına kadar gelebiliyordu yurt sahibinin özel emriyle. O yüzden beni hep orada bırakırdı, **en az on dakika vedalaşırdık** sonra zar zor ayrılıp arkamızı döndüğümüz an telefonlara sarılıp mesaj atardık özledim diye.

Bir yemek yiyeyim sonra da kırmızı odaya gideyim bakalım dedim kendime, eskilerden kim kalmış? Odama çıkıp valizi açtım ki ne göreyim? Çiçekli böcekli lastikli donlar, artık altlarda ne vardı bilemiyorum! Olamaz dedim ya, valizler karışmış. Bunlar hep dizilerde olmuyor muydu? Hemen firmayı aradım, bendeki valizin sahibi de sabahtan beri bekliyormuş. O saatte Emrah'ı arasam mı aramasam mı diye düşündüm ama aramamaya karar verdim. Arasam o da İlker'i arayacak; arabasıyla gelecekler de, beni alacaklar da, tekrar otogara gideceğiz de ohoo!

Akılsız başın cezasını yine ayaklar çeker ama bu sefer cüzdan da çekti çünkü mecburen o saatte taksiyle gittim. Güvenemedim de aslında ama mecburdum işte. Normalde babamı arayıp plakasını söylerdim ama şimdi arayıp ne diyecektim babama? Babacığım bu salak kızın Ankara'ya ayak basar basmaz sevgilisine koştu. O yüzden bu saate kadar da onunlaydı, valizler karışmış ancak fark ediyor mu diyecektim? Yok daha neler? En iyisi konuşuyormuş gibi yapmaktı. Nereden anlayacak taksici? Aldım telefonu elime, karşıda babam varmış gibi bir güzel anlattım yol boyu. Otogara gelince bir baktım tontoş bir teyze, yanında da oğlu yaşında biri. Saatlerce bekledikleri hâllerinden belliydi. Önce özür dileyip yeni fark ettiğimi izah ettim, bir de helallik alınca aynı taksiye binmek üzere koştum. Yurdun önüne gelince bir oh çektim. Valla koca bir şehirde tek başına kız olarak yaşamak ne kadar zor olsa da kendi ayakları üzerinde durabilmek için çok iyi bir deneyim ve fırsat! Ertesi gün olanları Emrah'a anlattım. Gerçi biraz kızdı aramadığım için ama neyse ki uzun sürmedi.

***

Benim bir huyum vardı; param bitse bile ay dolmadıysa babamdan para isteyemezdim. Hatta ısrarla sorduğunda bile söyleyemez, idare etmeye çalışırdım. Param yoksa hiçbir yere de gitmezdim. Bir gün arkadaş ortamında palyaçoluk lafı geçmişti. Birkaç arkadaşımız ajansa bağlı olarak palyaçoluk yapıyordu. Sonra dedim neden olmasın, biz de yapabiliriz. Çünkü biliyorum, Emrah da baba parası yiyemezdi. Hep kendi çabalarıyla bir şeyler yapardı. Sonuçta palyaçoluk yapmakta ayıp bir şey yoktu üstelik parası da iyiydi. Bu konuyu Emrah'la konuştum meğer o daha önce zaten yapmış.

Bu işi sürekli yapan iki sevgili arkadaşımız vardı, sevgili derken cidden sevgiliydiler. İşte tesadüf ya onlardan biri hasta olmuş, diğerinin de hafta sonu maçı vardı ve yerlerine bir erkek bir bayan bulmaları gerekiyordu. Emrah ertesi gün beni arayıp güzel haberi verdi, ünlü bir AVM'de hafta sonu çocukları eğlendirecektik. Önce heyecanlandım sonra da yapabilir miyim diye panik yaptım. Hem utanırdım da. Yüzümüzün boyalı olacağı aklıma gelince rahatladım epeyce.

O hafta sonu çok eğlendim. Satenden pembe bir tulum giydim, üstüne de yeşil kıvırcık palyaço saçı taktım, bir de güzelce kocaman ağızlı makyaj yaptım. Emrah da sarı bir kostüm giydi ama kendi boyu uzun olduğu için kostüm kısa geldi, ayak bilekleri görünüyordu. Neyse ki kocaman palyaço ayakkabısı da vardı, onu giyince daha şirin göründü. Saçları da turuncu, olabildiğince gür ve kıvırcıktı. Onun da makyajını ben yaptım. Birbirimize baka baka güldük, en azından heyecanım geçmişti.

AVM o gün çok kalabalıktı. Genelde de çocuklu aileler vardı. Palyaçoyu gören geliyordu. Çalan şarkılara eşlik edip dans ediyorduk ama arada yaramaz çocuklar da vardı. Hele biri ikide bir gelip Emrah'ın poposuna çimdik atıyordu, kafayı sallayıp tövbe estağfurullah çekip oynamaya devam etse de dayanamadı sonunda Emrah. Çocuğu kulağından tutup dişlerini sıkarak bir şeyler söyledi. Kızdığı belliydi de acaba ne diyordu onu merak etmiştim, **meğer çocuğa sövmüş!** Çocuk dediğime de bakmayın ama Hüdaverdi'nin modifiyeli haliydi. Ama palyaço olduğunu, sakin olmasını, ne olursa olsun sen mutlu görünmesi gerektiğini de hatırlattım elbette.

Yemek arası verince beraber yemeğe gittik. Sonuçta mesai arasıydı ve serbesttik. Güldürmek ve oynamak zorunda değildik, biz de el ele tutuşup yürümeye başladık. Bizi görenler de kendi aralarında ne tatlı olduğumuzu konuşuyorlardı. **Çok şirindik ama gerçekten de.**

Sonunda hafta sonunun da sonuna geldik ve peşin paramızı aldık. Yüzlerimizi yıkadık, kostümleri çıkardık ama kendimi nasıl kaptırmışsam çıkarken gördüğümüz çocuklara şirinlik yapıyordum. Haliyle bu sefer yüzüme anlamsız anlamsız bakan çocuklar vardı. Emrah da beni dürtüyordu kendine gel diye.

Gerçekten çok eğlenceliydi; hem eğleniyor hem de para kazanıyorduk. Zaten işveren de bizi çok sevmiş, o yüzden sonraki hafta sonları da çalıştık. Artık ayrı gayrımız da kalmamıştı, çekinmeden söyleyebiliyorduk paramızın kalmadığını. Benim yoksa Emrah cebindeki tüm parayı bana verirdi. *"Sen kızsın, parasız kalmamalısın. Ben erkeğim, bana bir şey olmaz,"* derdi ve eve yürüyerek giderdi. Onda olmadığında da ben verirdim. O zamanlar öğrendik **senin-benim yoktu; ne varsa 'bizim' idi!** İyi ki de öyleydi...

Zaman geçtikçe birbirimizden çok şey öğrendik. Evet, çok iyi anlaşıyorduk ama bu karakterlerimizin de aynı olduğu anlamına gelmiyordu. Mesela kıskançlık herkeste vardır ama kimisi belli eder kimiyse belli edemez. Ben bu konuda biraz abarttım, itiraf ediyorum. Hatta bir örnek vereyim: Bir gün okul çıkışında arkadaşlarımızla AVM'ye gidelim dedik hem sinemaya da gideriz. -sinema demişken bir şey anlatacağım, unutturmayın- İstediğimiz filmin seansına daha bir saat falan vardı, biz de dolaşalım dedik. Arkadaşlar önden yürüyor, Emrah'la ben de arkadan muhabbet ederek yürüyorduk. El ele tutuşmuşuz, gayet mutlu aşk böcüklerini oynuyorduk. Neyse efendim, bir iç çamaşırı mağazasının önünden geçerken gözüme bir tehlike takıldı: Duvarı boydan boya iç çamaşırlı bir mankenle kaplamışlardı! Manken sarışın, sen de 36 ben diyeyim 34 beden. Sen de otuz ben diyeyim yirmi beş yaşlarında. Çok çirkin, kara kuru bir kadındı desem de inanmayın, gayet de güzeldi. Off tamam, kıskandım işte!

Bir anda kafamı yukarı kaldırdım ki ne göreyim? Emrah da bakıyor! Saçlarım dikildi anında, ellerini tutarken bir anda tırnaklarımı geçirdim ellerine ama refleks olarak yaptım yani, planlanmış bir şey değildi.

"Aaah!" diye bir nida geldi Emrah'tan. **"Ne yapıyorsun, ne oldu durup dururken?"**

Ney! Duydunuz mu ne dedi, durup dururken dedi! Bir düşün bakalım ne oldu! Hâlâ anlam veremeyince, "Ne bakıyorsun kıza?" dedim bir afalladı. "Ne kızı, hangi kız, ne zaman baktım? Ne saçmalıyorsun aşkım?"

Aslında açıklama yapmasını istiyordum ama susmasını söyledim. Baktım ki cidden sustu, adamdan gık çıkmıyor. Tabii ben iyice sinirlendim ama çirkefliğe de vuramayacağım. Sakinleşmiş havası verip, "Tamam, hadi açıkla bakalım," dedim.

Bakmıyormuş da elin karısına, tesadüfen gözü kaymış da, ben de o ara görmüşüm. Niye bakacakmış elin karısına, kızına?

O sadece bir fotoğrafmış da ben ondan mı kıskanıyormuşum da, hem o sapık mıymış da... Daha bir sürü şey.

Tabii ki hemen yelkenleri suya indirmedim. Hani şu klasik kız tripleri vardır ya, işte ondan attım. Biz kızlar böyleyiz ne yapalım, bazen bir fotoğraftan bile kıskanabiliyoruz. O gözler başka bir kadına bak-ma-ya-caaaak! Şeytan bir kere girdi aklına, şüphe insanı yer bitirir. Hele de bu bir bayansa! *Gerçekten bizler karşımızdaki erkekten asla şüphe duymamalıyız yoksa ne kendimize huzur veririz ne de o erkeğe!*

Benim de kendimce güven problemim vardı, eğer ben bu insanla bir gelecek düşünüyorsam ondan adım gibi emin olmalıydım. Kafaya koydum, ne kadar sosyal medya hesabı varsa hepsini kontrol edecektim hatta didik didik edecektim. Güya ben mailimin şifresini unuttum da onun mail adresine bir ödev attım ama acil onu kırtasiyeden çıkartmam lazım. E tabii şifresi gerekiyor bahanesiyle istedim ve ister istemez verdi! Yurtta bilgisayarı rehin aldım, genelde her yerde aynı şifre kullanılır diye ne kadar bildiğim adresi varsa hepsine girdim. Maillerine baktım nerelerde üyelikleri var, kimlerle mailleşmiş ne demiş, kim ne yazmış. Hiçbir aykırı şey yok! Yav hiç de heyecan verici olmadı, en ufak bir şey bile yok! Paylaştığı fotoğraflara bakıyorum kim var kim yok, kim beğenmiş kim ne yorum yazmış, kız varsa bir de onların profiline girip orada küçük çaplı bir araştırma yaptım.

Google'da arayıp ne kadar arkadaşlık sitesi varsa hepsinin listesini çıkardım, tek tek üyelik açıp Emrah'ı aradım ama hiçbirinde yok! En eski maillere indim ama önemsiz posta kutusundaki maillere baktım, bir şey gördüm. Şimdi sitenin adını hatırlayamayacağım ama arkadaşlık sitesiydi. Tıkladım, sayfa açıldı. Ama sadece kullanıcı adı görünüyor, şifre istiyor. Bendeki şifresini denedim olmadı. Bir sürü şey denedim, yine olmadı. Ne yaparım diye düşünürken çözümü şifreyi değiştirmekte buldum. Hemen maile şifre sıfırlama yolladım ve değiştirip girdim de Allah'ım bu ne? Bu nasıl bir site! Homurdanmaya başladım kendi kendime. Mesajlara bakıyorum, hep bayanlardan gelmiş ama genelde aynı tür mesaj. Gardımı aldım fırtına gibiyim, kafamda neler neler kurdum. Güya oradan kız bulmuş da, ben İstanbul'dayken onunla gezmiş tozmuş da… **İki dakikada senaryo yazdım.**

Hemen giyinip haber bekledim Emrah'tan. Ders çıkışı görüşecektik, bekleyemedim. Ben de gidip dikildim okulun önünde. Baktım, bir süre sonra arkadaşlarıyla çıktı. Hiç belli etmedim tavrımı, sonuçta arkadaşları vardı ve ne olursa olsun bir açıklama duymadan onu kimsenin yanında rencide edemezdim, bana da yakışmazdı zaten.

Bekledim ama içim içimi yedi bir an önce yalnız kalsak da şu durumu bir açıklığa kavuştursak diye. Bunun mutlaka bir açıklaması olmalıydı, her ne kadar araştırsam da yine de Emrah'ın böyle bir şey yapacağını sanmıyordum. Kendi kendimle kavga ettim, yapardı yapmazdı diye.

Nihayet yalnız kaldık. Zaten anlamış bir derdim olduğunu ama kendinden o kadar emindi ki hiç kaygısı yoktu. Ben de hiç gevelemeden söyledim sitenin adını, sana ne hatırlatıyor dedim. Adamın yüzü buruştu, bilmediğini söyledi. Meğer iş bambaşkaymış; bizimki film izlemeye bayılırdı, bu site daha önceden filmlerin altyazılarının indirildiği bir siteymiş sonradan üye sayısını arttırdıkça adını ve amacını değiştirmiş, gelen mesajlarsa sistem mesajıymış. Başta inanmadım ama tartışma da çıkarmadım, nasıl olsa didiklemeye devam edecektim. Ki hiç ertelemeden didiklemeye devam ettim ve bilin bakalım ne yaptım? Siteye ben de üye oldum, üstelik erkekmişim gibi. Özelliklerimi bir göreceksiniz; 1.90 boy, yeşil göz, iş adamı... Sonra da pusuya yatıp beklemeye başladım o meşhur sistem mesajlarından bana da gelecek mi diye?

Aha! Kullanıcı adı Ahu olan birinden bir mesaj geldi. Baktım cidden aynı mesajdan. Hem de noktasına, virgülüne kadar. Sadece kullanıcı adı farklı. Bu internet yuva yıkar valla. Ben de onlar yüzünden bir sürü dırdır ettim be! Günahını aldım adamın boş yere bir de. Yahu Gönül dedim kendi kendime, ne istiyorsun bu çocuktan. Bak haksız çıktın belki de ona tamamen güvenmelisin. Nihayetinde o da bir erkek ama genelleme de yapmamak lazım, istisnalar kaideyi bozmaz ki **benim sevgülüm de istisna!**

Arada sırada ufak tefek denetimlerim olmadı değil ama dedim ya, küçük çaplıydı. Örnek vereyim mi? Mesela ben yurttayım, Emrah da evde olduğunu söyledi. Bunu teyit etmek çok kolay ama çaktırmadan olacak! Nermin Teyzeye bir mesaj attığımda ya da aradığımda hemen öğrenmiş oluyordum. Hem fırsattan istifade halini hatırını da sormuş oluyordum. Ve inanır mısınız, bir kere dahi yalanını yakalamadım. Böyle sınavlardan tam not alarak geçiyordu ve her defasında ona daha fazla güveniyordum. Zamanla bir bakmışım ki artık sorgulamıyorum, nereye gitmiş, kiminle gitmiş, kaçta dönmüş... Kendisi zaten gerekli açıklamayı baştan yapardı. Ben de hiç şüphe duymadan, acaba demeden inanırdım. Kendimi onun yerine koyar, sürekli onu anlamaya çalışırdım.

Biz kadınız, çok duygusalız, ince düşünürüz, imalarda bulunur bir de anlaşılmak isteriz belki de o yüzden zoruz ama bir erkek düz hatta dümdüz. O yüzden onu anlamak çok kolay olmalıydı hele bir de karakteri hakkında biraz bilgin varsa iş daha kolaydı. Ben erkek olsam dedim sonra da Emrah nasıl bir erkek dedim ve ortak bir sonuç çıkardım: **Arkadaşlarının yanındayken kim rahatsız edilmek ister ki?** Kim zırt pırt mesaj almak ister? Hayır yani sana açıklama yapmasa tamam, bir kere mesaj atarsın. Baktın ki cevap vermiyor, bir kere çaldırırsın o da telefonu kapalı mı değil mi diye. Sonrası ona kalmış. Mesajını görünce ya da çağrını görünce mutlaka döner. Dönerse senindir dönmezse o döner değildir. -Çok iğrenç bir espriydi, kabul ediyorum.-

Velhasılıkelam, ben de hiç rahatsız etmezdim. Kafam rahat çünkü güveniyorum. Gözüm telefonda değil, en sevdiğim dizide olurdu. Aynı şey benim için de geçerliydi yani nereye kiminle gideceksem, ne zaman döneceksem mutlaka haber verirdim. Ha diyeceksiniz ki haber verirdim derken birbirinizden izin almaz mıydınız? Çoğunlukla almazdık çünkü neyi yapıp neyi yapmamamız gerektiğini bilirdik. Neye kızacağımızı bilirdik, o yüzden birbirimizin damarına basmazdık. Mutlaka istisnai durumlar oluyordu mesela benim geç bir saatte dışarıda olmam gerekiyor, kızacağını bilirdim ama yine de söylerdim çünkü bir yalan bin yalanı doğurur. Başta izin vermezdi ama ben gerekçemi söylerdim zaten çok nadir olurdu böyle durumlar. İkna ederken ya da itiraz ederken asla tartışma boyutuna taşımazdık. Belki de bu yüzden birbirimize karşı saygımız hiç sınırını aşmadı ve anlayışlı olmamız gerektiğini öğrenmiştik. Çünkü biliyorduk ki asla yanlış bir şey yapmayız biz. Kim bilir, belki o da beni defalarca denemişti. Hani derler ya kavga olmadan olmaz, ilişkinin tuzu biberidir diye, biz buna hiç inanmazdık. Çünkü ne zaman bir yanlış anlaşılma olsa; ikimizin de boğazı düğümlenir, acır ve yutkunamazdık. Bence her kavga o ilişkiden her defasında bir parça götürüyor. Off, ne kadar da çok konuştum. Sanki yaşlanmışım da hayat dersi veriyorum!

***

Beraber zaman geçirme olayını iyice abarttık, artık birbirimizin derslerine de giriyorduk. Hadi ben ufak tefektim, çok göze batmıyordum da Emrah baya göze batıyordu. Üstelik sınıfımızda sadece iki erkek vardı. Baktı ki olmuyor, beni kantinde beklemeye başladı. Ben derslerine girmeye devam ediyordum hatta olayı abarttım, birilerinin yerine yoklamaya imza atmaya bile başladım. Emrah'ın yerine ciddi ciddi ders dinleyip not bile tutuyordum, üstelik bir gün süt ürünleri dersindeyiz ve hoca benim yabancı olduğumu anlamadı. **Nasıl anlasın ki her hafta düzenli olarak derse giriyordum.** Beni tahtaya kaldırdı ve formüllü antin kuntin bir işlem çözdürdü. Millet kıs kıs gülüyordu ama hoca neden olduğunu hiç anlamadı.

Bir gün yine süt ürünleri dersindeyiz ve beyaz peynir yapımını uygulamalı olarak öğreniyoruz. Her defasında aynı lezzeti almak için de malzemelerin oranlarını hesaplayıp her defasında aynı oranla karışım hazırlıyoruz. Çok da ilgimi çekti ve tontişimle beyaz peynirimizi de beraber yaptık. İki gün sonra kontrol edip rapor hazırlamamızı söyledi. Yine beraber gittik ve kontrol ettik ama ortada bir yiyecek olur da Emrah durur mu, o peynirin yarısını kemirmişti hem de ekmeksiz! **Neymiş efendim, aşkla yapılmış bu peynir yetim mi kalsınmış?** Acıktım demiyor da şirinlik yapıyor ayucuğum. Sonraki derste hoca peynirleri görmek isteyince Emrah'ın yüzü kıpkırmızı oldu. Neyse ki yarısı duruyordu da en azından ortada bir peynir vardı. Hoca olmayan kısmı sorarken bile Emrah'a resmen **ulan bunu da mı yedin ayı,** der gibi baktı. Ah, bu çocuk yemek yemek için gelmiş dünyaya. Ha, bir de benim için.

***

Klişe bir soru vardır hani *boş zamanlarında ne yaparsın, hobilerin neler* gibi. Bizimkinin en büyük hobisi de İddiaa oynamak. Adam hafta sonları spor gazetesi alıp saatlerce İddiaa çalışırmış. Bu kadar çalışmayı derslerinde gösterseydi onur öğrencisi seçilirdi herhalde. Gerçi çok da tutturuyormuş. Hafta sonları olan bu hobisi artık hafta içine de sıçradı. Tabii hiç ayrılmadığımız için İddaa oynamaya da beraber gidiyorduk. Valla ne yalan söyleyeyim, bir süre sonra ilgimi çekmeye başladı. Böyle alengirli, atraksiyonlu olduğundan mıdır nedir, oynamak istedim ben de. **Düşünsenize çıtı pıtı bir bayan, elinde İddiaa kuponuyla sıra bekliyor!** Ne kadar komik, değil mi? Ama neyse ki o kadarı ilgimi çekmemişti.

Bir gün ver dedim oradan bana da bir boş kupon, haliyle Emrah şok! Uçak mı yapacaksın diye dalga geçti bir de. Şansımı deneyeceğimi, bir kupon yapacağımı söyledim. Nasıl oynamam gerektiğini anlatmasına fırsat vermeden oynamaya başladım. Çok net hatırlıyorum; İrlanda liginden beş maç oynadım. O zamanlar bir lirayla da oynanıyordu ben de bir liralık oynadım tam 90,5 lira veriyordu. Emrah bu mu tutacak diye benimle dalga geçince ben de iki liralık oynayamaya karar verdim. Tutacağına o kadar inanmıştım ki evrene olumlu enerjimi fişekledim resmen. Baktım bozuk bir lira var, neyse dedim. Emrah'tan istemeye de gururum el vermedi çünkü beni kızdırmıştı.

Akşam sekizde başlayacaktı maçlar. O saatte yurtta olacağım için rahat rahat takip edebilirdim. Meğer Emrah da aklında tutmuş maçları, o da takip etmiş. Yurda gidince saat sekize rezervasyon yaptım malum yurtta iki bilgisayar var ve boş kalmıyordu. İnşallah tutar diye hatim indirdim resmen. Mesele parası değildi, sadece tutmasını istiyordum çünkü bu olay artık gurur meselesi haline gelmişti. Peki, sizce tuttu mu? Yani ben yaparım da tutmaz mı, tuttu tabii ki.

O değil, maçları takip ederken habire spor sayfasını açıyorum ya arkadan kızlar kikir kikir gülüyorlarmış, sonra fark ettim. E haklılar da bir kız neden maç takip etsin ki? Hiç istifimi bozmadan abimin oynadığını ve takip etmem için bana verdiğini söyledim. Ne yapayım, ben oynadım desem iyice güleceklerdi.

Ertesi gün hemen parayı alıp sinemaya gittik, gezdik tozduk. Son kuruşuna kadar harcadık. Zehri bir kere almıştım sonra da çok oynadım ama tutmadı. **Hatta bazen beni arayıp maç sonucu sorardı sevgülüm.** İddiaa ile ilgili bir anımız daha var ama onu şimdi anlatmayayım...

Para yine suyunu çekti hatta dibi tuttu. Her ayın yedisinde öğrenim kredimiz yatardı ama o zamana çok vardı, babamı da arayıp söyleyemiyorum. *Babili bütün para bitti, çoğu da kumara gitti* mi diyecektim adama. Daha önce bir AVM'de palyaçoluk yaparken bir organizatör gelip numaralarımızı almıştı, Ankara'da etkinlik yapmaya başlayacaklarını söylemişti ama hiç umudumuz yoktu derken aradılar. Turkcell'in yeni çıkan bir kampanyasının tanıtımı yapılacak, dört günlük bir organizasyon ama ilk iki gün Selocan son iki gün de Turkcell tavuğu olacak biri lazımmış. Bir de yanında sivil gezecek bir korumaya ihtiyaçları varmış, hemen kabul ettik.

Perşembe, cuma okulu astık mecburen ama ucunda para vardı. Kostüm de Ankara'nın bir ucundaki AVM'de ama çalışacağımız yer Ankara'nın öbür ucunda. Kostümü de bizim almamız gerekiyormuş! Ne ara onu alacağız da, ne ara döneceğiz de, ne ara çalışmaya başlayacağız. Ve en geç saat 10.00'da hazır ve nazır olmamız gerekiyordu.

Mecburen erken kalkacağız, bize limuzin yollayın diyemezdik ya! Sabah erkenden buluşup Allah'ın def ettiği yere gittik koştur koştur, kostümü aldık. Tek araçla dönemezdik illa aktarma yapmak zorundaydık ama yetişmemiz mümkün değildi. Kostümü alırken kasalı bir arabadan bir amca indi ve "Ankara Forum'a gidecek malları getir Kamil," diye bağırdı. Nasıl yani, yok artık! Bu tontiş amca resmen bizim gideceğimiz yere gidiyor. Emrah da durur mu, hemen atladı araya. "Abi yardım edeyim mi?" Adam sevindirik oldu ve yükleme sayemizde çabucak bitti. Durumumuzu anlattık, bizi de götürmesini rica ettik ama arabada iki kişi daha vardı ve bize sadece kasada yer kalmıştı. Yine de tereddüt etmedik, hemen atladık. Kasada yolculuk yapmadık demeyiz.

Şimdi siz zannediyorsunuz ki bu akıllılar tam zamanında vardılar, he canım heee! Araba yolda arıza yaptı! Araba yapıldı ama akrep on biri gösteriyordu artık! Durumu anlatmak için yetkili kişiyi bekledik, bir şekilde telefonla konuşma imkânı bulduk meğer bayanmış, ben aradım hani bayan bayanı anlar diye. İki üç saate ancak gelirmiş, beni bekleyin dedi. İş kesin gitti dedik, o saatten sonra zaten çalışılmaz çünkü altıda bitiyordu mesai. Elimizde kostümlerle kalakaldık. Saatler de ilerlemek bilmiyordu. Kendi kendimize senaryo kuruyoruz, işi elimizden alacaklar, bize inanmayacaklar falan derken beklenen telefon geldi. Hemen ofise çıktık. Ayy bize bayıldı, bizi çok sevdi o yetkili bayan ve o günü çalıştı olarak gösterdi, hiçbir kesinti olmadan hem de! Gidin dinlenin, yarın tam saatinde burada olun dedi.

Geri kalan üç gün daha kolay geçecekti. Kostüm kalın keçeden yapılmıştı ve biz elektronik mağazasında çalışacaktık. Ki orası da çok sıcaktı, anlayacağınız Emrah sersefil oldu garibim. Yarım saatte bir mola veriyorduk ancak hava alabiliyordu. Ben rahattım, t-shirt giyiyordum. O gün de öyle bitti, ertesi gün tavuk kostümü gelecek diye sevindik çünkü o keçe olmayacaktı, içinde de fan olacaktı.

Evet, aynen böyle oldu ama biz tavuğun boyutunu hiç düşünmemiştik! 1.90 boyundaki adama bile kocaman oldu, düşünün. Üstelik yirmi beş kiloydu ve kırk beş dakikada bir on beş dakikalık mola ancak veriyorduk. Allah'tan benim cengâverim geniş omuzluydu da o koca tavuğu taşıyordu. Ama mahvolmuştu onun içinde. Fan dediğin de küçücüktü, ne kadar üfleyebilirdi ki. Zaten üfleyemedi, sırılsıklam oldu içinde. Öyle ki sadece atletle durduğu halde o atlet resmen suya batırılıp çıkarılmışçasına ıslanıyordu. Bana da onu kanadının altından alıp soğuk suyla yıkayıp getirmek düşüyordu. Cidden para kolay kazanılmıyordu.

Bizim insanımız da bir acayip. Diyeceksiniz ki niye? Niyesi mi var, **maskot olan bir tavuğu koca koca adamlar taciz eder mi?** Evet, ettiler. Orasına burasına vurup duruyorlardı uyardığım halde üstelik. Hatta ve hatta biri geldi, *"Yavruuum, senin butlarını yerim,"* dedi! Ay ben şok! Emrah içeride zonk zonk sese maruz kalıyordu ve çok sinirleniyordu. Dıştan kimse fark edemiyordu ama ben yanında olduğum için içeriden ettiği küfürleri rahatlıkla duyabiliyordum ve suratımda anlamsız, kocaman bir sırıtmayla sakinleşmesini söylüyordum.

Aslında bu kadar stresli geçmesine rağmen güzel tarafları da vardı. Elektronik eşya mağazası olduğu için Emrah'ın ilgisini çekecek çok şey oluyordu. Görüntüyü bir gözünüzün önüne getirin: İki metreden daha yüksek bir tavuk var; gidiyor Wii oynuyor, Playstation oynuyor, telefonlara bakıyor, laptopla uğraşıyor. Bunları yaparken de ayrı bir tatlı oluyordu yahuuu. **Tavuk haline de ayrıyeten âşık olmuştum.**

Bu dört günlük iş bize çok iyi gelmişti, baya para kazanmıştık. Güya zor kazanılan para da zor harcanır, kıyılmaz derler ama biz de zor kazanmamıza rağmen paranın çoğunu okulun şenliklerinde afiyetle yedik. Hiç unutmuyorum, şenliklere lunapark getirmişlerdi -lunapark dediğime bakmayın, alt tarafı bir balerin vardı- Ben ne kadar seviyorsam Emrah da bir o kadar nefret ederdi lunapark oyuncaklarından ama ısrarlarıma dayanamadı. Balerine binerken tesadüfen ben içe bakan kısma o da dışa bakan kısma oturdu.

Ve genç çocuk düğmeye basar, balerinin etekleri de havalanmaya başlar. Ben eteklerinde havalanmaktan gayet mutluyken, coşku çığlıkları atarken o, yani sevdiğim cengâverim korku naraları atıyordu hem de hunharca. **"Durdurun ulaaaaaan!"** diye bağırırken bile acı çekiyordu. Meğer balerinin eteği aşağı inerken ben Emrah'ın üstüne ağırlık yapıyormuşum, kemiğini acıtıyormuşum da ondanmış acısı. Neyse ki uzun sürmedi, hemen durdu. İndik ama cengâverim hala kendine gelemedi. Bir de yükseklik korkusu varmış, bunu da o gün öğrendim. O gün tövbe etti, gerçekten de bir daha binmedi…

***

Geri sayım başladı yine… Nereden çıktı bu yaz tatili, ne güzel okula gidiyorduk! Duyan da okulu sevdiğimden söylüyorum zanneder he! Hâlbuki aklım fikrim sevdalukta.

Şenliklerin hemen arkasından da finaller başlardı yani bu bir nevi final tatiliydi. İsteyen memleketine giderdi, isteyen kalırdı. Şenliklerle final öncesini birleştirip on beş günlüğüne evine giderdi herkes genellikle. Doğal olarak yurttan kızlar da bir bir eksiliyordu. Altmış kişilik yurtta kala kala beş kişi kaldık: Ben, yurt müdüresi, temizliğe bakan abla, yemekhanedeki abla ve tabii ki sürekli uyuyan güvenlik görevlimiz! Ulan hepiniz mi gittiniz, yok mu sevdiğiniz burada, birinizin de mi bir bahanesi yoktu Ankara'da kalmak için bre ana kuzuları! Yalnızım dostlarım, yalnızım yalnız!

Odam ikinci katta, müdüre zemin kattaki en dip odada. Müdüre sağ olsun gel benimle aynı odada yat hem korkmazsın dedi ama Karadeniz kızıyız, hiçbir şeyden korkmayız ya ona yok falan deyip geçiştirsem de içimdeki bir canavar, *"Korkuyorum ulan, hadi biraz daha ısrar etsene zalımın kızı,"* diye hunharca bağırıyordu ama olmadı. Ne kadar inandırıcı söylemişsem artık hiç ikiletme gereği bile duymadı! Yapacak bir şey yoktu, yalnız uyuyacaktım. Tabii uyuyabilirsem! Üstelik bu dediğim durum dört gün devam edecekti. Sonra bizim kattan bir kız gelecekmiş memleketinden. Şu ilk geceyi bir atlatırsam, sanırım diğer günler daha kolay geçecekti, alışmış olurdum. Gece iki mi neydi, odama çıktım. Kapıyı kilitledim, oturdum yatağın üstüne. Bir yandan da Emrah'la yazışıyorum bana arkadaşlık etsin diye. Baktım, saat dörde geliyor, sabaha az kaldı. Gün ağarınca uyuruz artık ne yapalım dedim ama o da ne? Mesaj gelmiyor! Bir daha yazdım, yine cevap yok. Aradım, açan yok! Ay ben şok! Arka arkaya yağdırdım mesajları:

"Uyudun mu?"

"Uyudun muuuuu???"

"Huuuuuuu!"

"Aşkitoooş?"

"Bebüüüüüş??"

"Aşkuuum…"

"Aşkım!"

"Lan!"

"Kalk laaaaaaan, korkuyoooom!"

O an anladım ki ayılar derin uykuya dalabiliyor! Çok sinirlenmiştim çünkü yalnızlığım bir tokat gibi yüzüme vuruyordu. Ne yapacaktım ben? Holden sesler mi geliyor, yoksa ben yanlış mı duyuyorum? Bir kapı açıldı sanki! Acaba müdüre katları mı geziyor? İyi de niye gezsin ki kimse yok! Neyse ya, kuruntu yapma Gönül. Müdüre ayaktadır, doğal olarak ışıklar da açıktır. Hemen şu kapıyı aç ve koşa koşa aşağı in! İndim ama ışıklar kapalı! Nasıl yaaaa, ben yukarı çıkınca hemen yattın mı müdüre abla?

Ah Emrah ah! Uyuyacak zamanı buldun. Nankör, ben senin için elin memleketlerinde bir başıma kalayım ama sen sıcacık yatağında yellene yellene uyu. Hatta kesin horluyorsundur da! Bunlar ve benzerleri epeyce cümle kurdum haliyle.

Valla dedim bana ne, müdüreyi uyandıracağım. Benden sorumlu sonuçta. Duvara sırtımı dayadım, sürüne sürüne odasına gittim. Yurt o kadar sessizdi ki arkamı dönüp yürüsem, sanki biri beni arkadan bıçaklayacaktı. Sonunda kara göründü ve odasına girdim. Kadın beni görünce bir korktu ki anlatamam.

"Gönülcüm, ablacım bir şey mi oldu? Korktun mu güzelim?"

Kendimi üç yaşında çocuk gibi hissettim ama erkeklik yapmanın zamanı değildi. *"Ya ben aslında korkmadım da belki sen kokarsın diye... Korktum abla ya, valla bahane bulamayacağım."*

Sağ olsun, o gece rahat uyudum o saatten sonra. Sabah oldu, beyefendi utanmadan günaydın mesajı atıyor! Ben ecel terleri dökerken sen uyudun ya, el oğlu işte! Ama neyse dedim ya, o da ne yapsın, uyuyakalmış. Şimdi üstüne gitmenin de anlamı yoktu, zaten sinirim geçmişti. O geceyi anlattığımda yeteri kadar üzüldü. Sonraki üç gün hiç odaya çıkmadım. Bir yandan bilgisayarda okey oynuyordum geceleri, bir yandan da mesajlaşıyorduk ve Emrah uyumadı!

Sonunda beklenen o kız geldi ve artık benim katımda bir kişi daha vardı. En azından gelebilecek her türlü sesi ondan gelmiş zannedebilirdim. Derken yurt doldu artık sınavlar da başladı. Biz de iki sevgili her gün buluşup beraber çeşitli aktiviteler yapıyorduk ve çok eğleniyorduk. Bu arada akşamları tabii ki sınavlara çalışıyorduk! Mesela İddiaa kuponu yapıyorduk. Çok eğlenceli, değil mi? Ama olsun ya, bakmayın böyle dediğime. Yan yana olmak kadar eğlenceli bir şey yoktu. Önemli olan o anı eğlenceli hâle getirmekti. Akşam olunca da Emrah'la İlker'in o meşhur

Pes turnuvaları başlıyordu. Ama dedim ya, önemli olan yan yana olmak diye.

Pes oynadıkları kafe yurda iki dakika uzaklıktaydı ve kızlı erkekli karışık, temiz bir yerdi. Oranın vahşi görünümlü ama çok akıllı ve tatlı bir köpeği vardı, ben de bazen onla oynardım. Öyle ki artık oranın müdavimi olmuştuk, resmen kafe sahibiyle akraba olduk.

Pes oynayanlar koltukta, yanındakiler de armutlarda otururdu. Doğal olarak o rahat armutları bırakıp koltukta da oturamazdım. Oyun boyunca çenem hiç durmazdı, hep konuşurdum. Emrah'ın gollerine sevinir, İlker'i de demoralize ederdim. Nasıl gıcık olurdu, nasıl uyuz olurdu anlatamam. Bazen de kendimi yorgun hissederdim ama yine de yurda gidip uyumaktansa sevdiceğimin yanında, armut koltukta uyurdum. Oyunları bitince uyandırırlardı. Tabii ki yenen her kimse yol boyunca konuşurdu yok öyle yendim, yok böyle yendim diye. Öteki de mutlaka yok sen hile yaptın, yok kol bozuktu, yok kesin bir şey vardı, yok bilerek yenildim... Ciddi ciddi tartışırlardı bir de. Beni yurda bırakınca da birbirlerini yemeye devam ederlerdi herhalde. Hâlâ bir araya gelince aynı şeyi yapıyorlar inanır mısınız, yaşlar olmuş otuz!

***

Ne ara bitti günler ya, her gün aynıydı ama çok güzeldi be! Ne yani şimdi yaz tatili mi başlıyor? Ben gidiyorum yani öyle mi ve üç ay yokum ha? Hadi otogardan uğurla beni yine ama geçen seferki gibi olmasın. **Hemen dönecekmişim gibi uğurla da yine ayrı kalmak zorunda kalmayalım**, aynı kötü şeyleri yaşamayalım. Aklımızca totem yapıyoruz. Hey gidi akıl hey, yine nereyesun! Aynen de dediğimiz gibi oldu, gülerek vedalaştık sanki bir iki günlüğüne gidiyormuşum gibi. Yine cam kenarı, yine yanımda bir teyze sorular sorup duruyor. Muavin nerede kaldı ya, kekle bir çay getirse belki o ara yiyip içerken susabilirdi. Susmadı! En iyisi uyuma numarası yapayım, her zaman işe yarar! Bekle beni İstanbul ya da neyse beklemesen de olur. Hadi, uyudum ben.

***

İnsanın evi gibisi yok valla. Ne vardı aynı şehirde olsaydık, hem ailemi özlemezdim hem de sevdiceğimi. Düşündüm de aynı şehirde olsaydık kesin bizimkiler bizi yakalardı, o zaman da nanay gülüm nanay. En iyisi böylesi.

Bu yaz tatilinden umutluyum yani gündemi meşgul eden başka bir konu vardı: *Eylülde yapılacak abimin düğünü.* Yine de göze çok batmamak lazımdı. Muhtemelen yine bir ay sonra falan görüşürdük. O zamana kadar dışarı çıkmazsam, izin istemezsem sonra bir aydır dışarı çıkmıyorum yahu diye sitem edebilirdim. Yoksa bir aydır dışarı çıkmadığım için hayırdır, nereden çıktı bu mu derlerdi? Alıştırmamak lazım derler ama ne bileyim, bence izin verirler.

Bir şey diyeyim mi, ben çok uyuşuğum galiba. Başlarda kotamı doldurmamak için dışarı çıkmazken sonraları canım da istemedi. Annem git hava al dediğinde bile gitmiyordum. Zaten oldum olası evcildim. En huzurlu olduğum yer evimdir, o yüzden evden çıkmama düşüncem çok da olumsuz etkilemiyordu beni. Ha evde bütün gün ne mi yapıyordum? Çok şey! Toz alıyordum, pasta börek yapıyordum, süpürüyordum, tertemiz olan camları tekrar tekrar siliyordum yani kendime mutlaka bir iş çıkarıyordum. Ha bu arada ben Ankara'dayken başka bir ilçeye taşınmışız. Burası daha sakin, daha az insan var, daha medeni! O yüzden daha rahattım açıkçası. Annem hep derdi size güveniyorum ama burası kötü yer diye, ben de bahane zannederdim. Meğer doğruymuş çünkü baktım ki neredeyse beni zorla dışarı atacak git insan içine karış, yabani olacaksın diye. Demek ki Emrah İstanbul'a geldiğinde izin almam çok da zor olmayacak diye sevindim.

***

Günler geçmek bilmiyordu sanki. **Ne zaman gelecek bu uşak, özledum daa!** Oturduğumuz yer siteydi, yürüyüş yapmak için çıktığımda çardakta oturur, bir saat boyunca telefonla konuşurdum. Annem de yürüyüş yapıyorum zannediyordu. Ama ne yapayım, görüştüğümü anlamamaları lazımdı. Başlarda beni anlamıyorlar, mutlu olmamı istemiyorlar, hatta beni sevmiyorlar diye düşünüp triplere giriyordum. Sevgiye, aşka saygıları olmadığını, çocuk olmadığımı ve mecburen yalan söylettiklerini, ne kadar geri kafalı olduklarını düşünüyordum. Hâlbuki onlar sadece iyiliğimi istiyor, beni de korumaya çalışıyorlardı. Ha bir de uzaktı, evlenince göndermek istemiyorlardı. O yüzden bu işin olurunun olmaması gerekiyordu ama ben bunu çok sonra anladım, cahillik işte! Çoğu zaman içten içten kızıyordum da. Gizli gizli konuşmak için evin içinde de ayrıyeten köşe kapmaca oynadığım da çok oldu hatta yakalandığımda da telefonu Emrah'ın yüzüne kapatırdım sonra da üzülürdüm ama panik işte. Yanımdan telefonu hiç ayırmazdım, yarım saatte yapacağım işi iki saatte ancak bitirirdim sürekli mesajlaşmaktan. Bir de yüzümde o aptal âşık sırıtması belirirdi mesajları okurken.

Kararlaştırdık, önümüzdeki hafta gelecekti. İçim içime sığmadı, kem küm ede ede izin aldım. Ve Birgül de gelsin demediler! Yazık, benim yüzümden sabahın köründe kalkmak zorunda kalıyordu diğer türlü. Daha bir hafta vardı ama ben şimdiden ne giysem diye düşünmeye başladım. Giydim çıkardım yok olmadı, beğenmedim. Dolapta ne varsa hepsini çıkarmışım, farkında değilim. Annem pat diye geldi, odayı öyle görünce kadın şok oldu. Aha dedim, kesin anlayacak **ne bu heyecan bir hafta önceden** diye. Hemen kıvırdım, "Can sıkıntısı işte, dolabımı temizleyeyim dedim. O yüzden boşaltıyorum anne," diye çıktı ağzımdan ama beklemediğim bir şekilde, *"Yaaa, temizlik yapmak için çok şık değil misin?"* diye karşılık buldum. Tüh, üstümdekileri unuttum yaa! Neyse ki lafı sokup hemen gitti.

Midemde kelebekler horon tepiyordu. Hâlbuki iki seneyi geçti ama demek ki hâlâ heyecan bitmemişti. Her gece gizli gizli konuşup o günü sabırsızlıkla bekliyorduk. Son gece ikimiz de uyuyamadık. Telefonları kulağımızla yastığın arasına koyup öyle konuşalım dedik, e buna el mi dayanır! Ama konuşurken ben uyuyakalmışım. Birden telefon kulağımın altında zangır zangır titreyince yattığım yerden öyle bir sıçradım ki Birgül bile uyandı. Baktım arayan Emrah, uyku sersemiyle anlamadım niye arıyor diye sonra dank etti. Açtım, *"Ayy aşkitoooom, uyuyakaldıııığm kusura bakma,"* dedim şımarık şımarık ama ne dese beğenirsiniz! *"Ses gelmeyince şebeke gitti sandım, sen uyumuş muydun?!"* Yahu bu çocuk niye bu kadar düz? Ben de sanıyorum ki uyuyakaldığım sırada benim nefes alışverişimi dinledi romantik romantik meğer adam anlamamış bile. Yok şebekeymiş de, yok uyumuş muyum da peeeh!

"Hııı uyumuşum."

"Hadi sen de yat."

"Yok, sana bir şey soracaktım."

"Çok mu önemli aşkım?" Ayy yoksa evlenme teklifi mi edecekti ki çünkü romantik romantik konuşuyorduk ya sonuna saklamıştı herhalde diye düşünüyordum ben.

"Önemli tabii. Dur bekle, susadım. Bir su içip geliyorum." Aha dedim, heyecanlandı ondan susadı.

"Git git, beklerim ben. Zaten uykum kaçtı."

"Geldim aşkım, burada mısın?"

"Buradayım tabii canımın içi, seni ömür boyu beklerim"

"324 ne olur aşkım?"

Error... Burada beyin yanar! Nasıl ya, ne diyor bu çocuk? 324 ne alaka? Şifreli konuşuyor da ben mi anlamıyorum acaba?

"Anlamadım aşkım, 324 derken?"

"La sabah maçlarına İddiaa oynuyorum. Sana soracaktım altıncı hislerin kuvvetli ya. Geç kalkarsın, daha soramam."

"Haa onu mu soracaktın, üst olur aşkım," dedim içimden geçen **ayısın ayı ayı ayı** nidaları eşliğinde!

"Tamam, şimdi yatabilirsin. Ha bu arada bir şey daha söyleyecektim." Aha dedim ikinci maç da geliyor ama "Seni çok seviyorum, rüyanda beni gör," dedi şapşirik. Hiç ummadığım zamanlarda böyle de yumuşatıp şımartıyor beni. Belki de sürekli romantik olsa ben sıkılırdım.

"Yaa! Aşkoom, ben de seni çok seviyoroom!" Ağzımı yaya yaya şımarmam yok mu, benim bile ıslak terlikle ağzıma vurasım geliyor ama işte o an kontrol edemiyordum...

***

Saatler geçti, bir uyandım saat iki olmuş. Ağzım açık kalmış, kolum yataktan sarkmış ve tutulmuş, göz makyajımı temizlemeden yatmıştım ve yastığa bulaşmış... Off, ne pis bir şey oldum yaa! Hemen yastık kılıfını söktüm, durduk yere annemi sinirlendirmeyeyim dedim. Görürse kadın başlayacaktı yine, *"Şu boyalarunuzi çikarmadan yatmayin ya, bıktum bıktum. Siz nasil kızlarsunuz ya! Ben senun yaşundayken üç tane çocuğum varidi, kaynana, kaynata, bahçe..."* diye. Sonu gelmezdi, otomatiğe takmış gibi her fırsatta da aynı şeyleri nasıl söylüyordu. En sonunda da, *"Sizi kim alsun, alan da iki gün sonra kapuma koyar,"* der ve kapanışı yapardı.

Uzun bir tren yolculuğu başladı Ankara'dan İstanbul'a hem de aşk dolu...

Tahmin edersiniz ki yine heyecan bastı beni. Saati 5.30'a kurdum, yarım saatte hazırlansam tam 06.00'da çıkarım diye düşündüm. Sanki uyuyabildim de alarmla kalkmam kaldı! Alarmı duyamam da uyuyakalırım diye diken üstünde yattım hem heyecan da vardı zaten. Saat iki oldu, üç oldu, dört oldu ama uyuyamadım. Aslında uykum da vardı ama işte dedim ya, uyunmuyor. Emrah'ın şarjı bitmesin diye de mesajı kestik. Sabah ezanına hocayı kaldırsam sevap işlerdim en azından.

Öyle böyle geçti zaman. Hazırlandım aşağı indim -evimiz dubleksti ayıptır söylemesi- ve Allah'ım bu şaka mı? Babam koltukta uyuyakalmış! E baba bu, valla antenleri var galiba. Sanki hissediyormuş gibi o sabah mutlaka bir engel çıkarıyor bana. Ya su içmeye kalkar, ya lavaboya kalkar, ya uyuyakalır... Hey şansım ya, bu kadar mı uyuzsun bana?

TV açık kalmış, onu bile kapatmadım uyanır diye. İyi hoş da kapıyı nasıl açacağım, hadi açtım diyelim nasıl kapatacağım? Diyeceksiniz ki bunda ne var şimdi? Kapı, kapı değil, ses bombası! Açması ayrı ses, kapatması zaten ayrı bir dert. Hem illa çekeceksin hem de çelik olduğu için duyulmaması mümkün değil.

Aklıma bir fikir geldi! Mutfak kapısı PVC yani ses çıkarmaz. Oradan da balkona çıkarım, zaten yerle mesafesi bir metre. İnşallah komşular görmez ama bu saatte karga bile kahvaltısını yememişken kim kalksın da beni görsün diye düşündüm. Yavaşça kapıyı açtım, babam homurdanıp öbür tarafına döndü. Ben hemen yemek masasının altına girdim, olur da yine çişe kalkarsa beni kesin görürdü. Baktım horlamaya başladı, saat de yediye geliyor ve bir taraftan da neredesin, daha çıkmadın mı yazıyor Emrah. İyice gerildim ve artık ne olursa olsun deyip açtım kapıyı, çıktım. Atladım aşağı ve tabanlara kuvvet bir koşarsın, vuh huuuuu! Otobüs durağına varınca ohh dedim, dünya varmış.

Bu sefer Taksim'e gidelim dedik. Yine Haydarpaşa'da buluştuk. Gittik mi gittik ama nerede oturacağız, bir dükkân bile açık değildi. Sokaklarda sadece çöp toplayanlar ve şehrin asi kedileri vardı. Biz yine avare avare gezdik bir dükkân açılsın da girelim diye. Bir simitçi dükkânını açtı, biz de daldık içeri. Neredeyse abi yardım edelim, yapılacak bir şey var mı diyecektik.

Orada kahvaltımızı yapıp baya oturduk. Sohbet, tavla, dedikodu derken üç saat geçmiş. Zaman yine çabuk geçmeye başladı. Ne var sanki **yan yana değilken de zaman böyle hızlı geçse...**

Kahvaltı faslından sonra sinemaya gittik ama ilk seansı bitirmeden çıktık, çok kötü bir filmdi. Galata Kulesi'ne yürüdük ama çok sıra var diye geri döndük. Önceden oldukça kötü şeyler düşündüğüm kokoreci ben de yedim ve sevdim. Asla dememek lazımmış demek ki!

Hava kararmaya başlayınca geri dönme vaktinin geldiğini anladık. Nasıl döneceğimizi bilemedik, bir taksi çevirdik. Emrah, İngilizce konuşmaya başlayınca önce anlamadım niye öyle dediğini. Sonra dedim en iyisi ben susayım, mutlaka bir bildiği vardır. Gideceğimiz yer yakındı ama nerelerden gitmemiz gerektiğini bilmiyorduk. Hâlbuki taksici dolanmaya başladı, turist zannetmişti bizi. Emrah'tan ses çıkmayınca anladım makara yapmanın peşinde olduğunu, göz kırpınca da emin oldum. Taksici sonunda iskeleye götürdü bizi, tam hatırlayamıyorum ama o zamanın parasıyla baya istemişti ama Emo çıkardı, on lira verdi. Adam itiraz edince bizimki Angaralıya bağladı.

"Hayırdır gardaş, turist mi sandın bizi? Biz mi yol tarif ettik sana, sen dolandırdın. Demek ki turistleri böyle dolandırıyorsunuz. Ben mesafeyi bilmesem bana da geçirecen!"

Adam utandı ama erkekliğine de yediremedi, başladı bır bır yapmaya. Niye İngilizce konuşuyorsun o zaman da, madem yolu tarif etseydin de, ooo... Bizimki yine dellendi.

"Yürü git lan. Bak amcam emniyette polis, ararım görürsün. Vermiyorum lan on lirayı da," deyip adamın elinden çekti parayı. Sonra kıyamayıp bıraktı, indik taksiden. Hem güldük hem korktuk adam haydarını alıp peşimizden koşar diye.

Onu bu sefer Kadıköy'deki otobüs firmasında bıraktım, servisle gidecekti. Ben de kendi otobüs durağıma gittim ama açaydım kollarımı gitme diyeydim keşke! Neyse, duygusala bağlamayalım. Baya geç oldu, inşallah anam kızmaz geç kaldım diye. Eve varınca da baktım, annem anneanneme gitmiş. Bugün de sorunsuz bitti şükür.

***

Son bir sene kaldı böyle gizli kapaklı konuşmaların, görüşmelerin bitmesine. Aslında bu da güzel, ileride hatırladıkça güleceğiz belki de vay be ne engelleri aşmışız diyeceğiz. Bazen kendime inanamadığım zamanlar oldu. Ben ki bu kadar sessiz, uyumlu, aman kimse kırılmasın üzülmesin diyen bir insanım; nasıl bu kadar cesaretli olabiliyordum hatta yalan söyleyebiliyordum, sonunu göze alarak başından kafama eseni yapabiliyordum? Kendimden beklemezdim, hiç tanıyamamışım kendimi. Tüh bana!

O değil de cidden sessiz olandan korkacaksın derler, doğru. Aman canım ne yapalım, aşkımızdan vaz mı geçelim? Hem sanki çok meraklıydım yalan söylemeye, diken üstünde oturmaya! Amacımız okullarımızı bitirip evlenmekti. Doğal olarak da o zamana kadar kimseyi kırmadan, kimseye bir şey hissettirmeden yolumuza devam etmek zorundaydık. **Eccük de atraksiyon yaşamış olalım,** değil mi ama?!

Neyse ki artık masaüstü bilgisayar falan beni bağlamıyordu, laptopım vardı ve oradan kameralı konuşuyorduk. Arada annem geliyordu, o zaman da panikle tıpkı telefonda yaptığım gibi kamerayı da kapatıyordum.

Sürekli laptop başında oturmaya başladım. Evden çıkmak istemiyordum, nasılsa Emrah da aynı benim gibi ev kedisiydi. O zaman bir şeyler yapalım dedik meğer bizimki İddiaa oynamaktan başka bir hobi daha edinmiş: poker! Facebook'tan oynanıyordu, dünyanın her tarafından insanlar online olarak gerçek gibi poker oynuyordu. Anlatıyor işte dokuz kişilik masalar var, herkes kendi profilinden oynuyor... **Hmm peki konuşma yeri var mı?** Var demez mi? Aha tehlike çanları çaldı, kesin kadınlar Emrah'a yazıyordur. Bilirim bizimki muhatap olmaz ama yine de *hiçbir bayan ona ya-za-maaaz! Yazanı çizerim!* İlla oynamak zorunda değilsin ama mesela Emrah poker oyununa girdiğinde bende görünüyor ve tıkladığımda onun olduğu masaya seyirci olarak girebiliyorum. Hiç demedim niye oynuyorsun, oynama falan diye. Güvendiğim için sıkıntı yoktu ama onu diğer kadınlardan koruyordum, **o saatten sonra artık herifim nereye ben oraya!**

O oyun oynuyor, ben de güya onu izlemek için masasına izleyici olarak giriyordum. Arada bayanlar yazıyordu slm, nbr falan. Ben durur muyum, hemen oradan kendimi belli ediyorum, *"Emrah ben geldim aşkım, oyun nasıl gidiyor?!"* diyerek. Yani bakın sevgilisi var, ayağınızı denk alın der gibiydim. Ben böyle yazınca Emrah da cevap verirdi olay kapanırdı ama bazı cadılar bundan da anlamaz, yazmaya devam ederdi. Emrah cevap vermese de o devam edenleri bu şekilde zapt edemeyeceğimi anladım çünkü hakikaten çok yüzsüz kadınlar vardı. Diğer erkeklerle sohbetler muhabbetler, birbirine telefon vermeler, ekleşmeler falan... Artık Emrah'ı hiçbir sosyal ağda yalnız bırakmamak bana farz oldu çünkü bu kadınlar her yerde varmış, onu gördüm.

Pokeri izleye izleye de öğrenmiştim, artık beraber oynuyorduk. Hatta abarttık, sabahlara kadar başından kalkmıyorduk. Başından kendimi mecbur hissetmiş olsam da sonraları oynamaktan çok keyif alıyordum, telefon konuşmalarımız da artık renk değiştirdi. *İddiaadan, pokerden sıra gelmiyordu canım cicimlere.* Olur da annem rastlarsa telefon konuşmalarımıza, hiç şüphelenmeyeceğinden o kadar emindim ki telefonu suratına kapatmıyordum. Hani derler ya sevgili demek en yakın arkadaşın demek, dostun demek, bazen kendinden daha yakın demek...

Biz bu dost olma kısmını biraz abarttık galiba. Zaten zamanla fark ettim ki arkadaşım kalmamış. Tabii ki onların yeri ayrı ama kendimi soyutlamışım. Doğru mu yapıyordum yanlış mı bilmiyorum, keza bunu planlı yapmıyordum. Cidden görüşmeye üşeniyordum. Canım sıkkın olduğunda da, mutlu olduğumda da en uç konuları bile sevgilimle konuşup dertleşebiliyordum ve belki de o yüzden soyutlamıştım kendimi. İlişkimle ilgili olan kısımları da zaten kardeşimle konuşuyordum, evden çıkmadan kafamı dağıtabiliyordum. Ohh, tam da miskinlere göre bir yaşam işte. Gerçi burası daha güvenli demiştim ya o yüzden kısıtlama da yoktu artık, kendim çıkmak istemiyordum ama bazen Birgül'le çıkardık. Gerçi sürekli telefonla konuştuğum için Birgül pek memnun kalmazdı. Hazır dışarıdayken, sessiz konuşmaktan sıkılmışken bu fırsatı değerlendirmeyeyim mi?

***

Günler yaklaşıyordu, düğüne az kalmıştı. Ankara'ya gidince zaten bir hafta sonra geri dönmek zorunda kalacaktım, en iyisi düğünden sonra gitmekti ve ailecek bu kararı aldık. Sıkıntı çıkarmamış olmama da çok şaşırdılar çünkü normalde hemen atlamam lazımdı, "Gitmem lazım, devamsızlık yapamam, uygulamalı derslerim var, kayıt işini elden yapmam lazım," diye. Allah Allah, Gönül itiraz etmeden kabul etti!

Valla bu sefer gönderseler de ben gitmeyecektim, o yüzden hiç gıkımı çıkarmadım. E iki ayağım bir pabuca mı girsin? Görümceyim ben, gerekirse gelinden güzel olmalıydım! Abarttım, o kadar da kötü değilim aslında.

Yaz tatili bitene bir kadar daha görüşmeyecektik Emrah'la, düğün dolayısıyla benim gitmem on beş gün daha gecikeceği için bir kere daha görüşmeye karar verdik. İki gün sonra gelecekti. Evet, gelecekti diyorum çünkü gelemedi çünkü çok kötü bir haber aldım: On dokuz yaşında nişanlı bir genç kızı akşam altı sularında dolmuşçu -şerefsiz, adi köpek, namussuz- alıkoymuş. Son yolcuymuş genç kız ama inmesi gereken yerde indirmemiş şoför. Bizim buralar da tenha ve ormanlık alanlar oldukça çok. Adi köpek de kızın ırzına geçip öldürmüş on altı yerinden bıçaklayarak...

Çok şey söylemek istiyorum ama söylemeyeceğim, her an ağzımı bozabilirim. Bu durumu Emrah'a anlattım, çok etkilendi o da. Malum ben de toplu taşıma araçlarını kullanarak gidiyordum yanına. Olsun dedik, bu sefer de görüşmeyelim. Nasıl olsa gidecektim Ankara'ya. Yıl 2015 olmuş ama maalesef aynı lanet olaylar ilerleyerek devam ediyor!

Etkisinden uzun süre kurtulamadım bu olayın ve annem ile babamı daha iyi anladım. Ne kadar haklılardı... 'Hava kararmadan evde ol, yalnız değil Birgül'le git, sen kimseye gitme arkadaşların eve gelsin, kimseye güvenme, giyimine dikkat et,' derken bana güvenmediklerini düşünüyordum yine ama görüyorum ki yerden göğe haklılardı, ortam çok kötüydü. Bu zamanda kız çocuğu büyütmek gerçekten çok zor ya... Ben anne olunca herhalde dizimin dibinden ayırmam…

***

Düğün öncesi bir telaş bir telaş, ooo… Bir şey yapıyor muyuz deseniz, hayır ama işte insan telaş yapıyor. Yoksa şimdi gençler zaten her şeyi kendileri yapıyor. Evmiş, eşyaymış, düğün salonuymuş büyüklerin karışmasına gerek kalmadan kendi zevklerine göre yapıyorlar, seçiyorlar. *Kaynana gibi mi konuştum ne?* **Özüne dön Gönül!**

Yine de düğün temizliği yapacaktık sanki gelin bizim eve gelecek gibi. Yok bahar temizliği, yok kış temizliği, yok bayram temizliği derken şimdi de düğün temizliği… **Bu ev ne ara pisleniyor allasen?**

Koskoca evi bir haftada bitirdik, Allah'tan pis değildi yoksa annem herhalde tırnaklarımızla kazıtırdı. Temizlik öyle böyle bitti ama biz de bittik. Düğüne kaldı mı bir hafta, eyvahlar olsun ki ortada ne giyeceğimiz kıyafet var ne kuaförümüz hazır! E malum bunun kına gecesi var, düğünü var; ayrı ayrı kıyafet lazım.

Erteleye erteleye son güne bıraktık. Birgül de bana çekmiş bu konuda. Annemi de kafaya aldık, kınadan bir gün önce koştura koştura çarşıya gittik sabah erken saatlerde ama ne yaptık? Hazır sahile inmişiz boş ver dedik, bir saatte hallederiz. **Sahilde gardaşımla, anamla çay da mı içmiyah!** Dedikodu, muhabbet aldı başını gitti. *Yok saçımı maşa mı yapsam topuz mu, ay ne renk abiye alsak, sana siyah yakışır kııız, ayy sana da beyaz çok yakışıyor ama gelinle yarışıyor derler boş ver, başka renk bakarız...*

Annemin zaten öyle bir derdi yok, kaynana oluyor ya karaları bağlamış gibi illa siyah giyeceğim diyordu. Bir de başörtü, tamaaam. Saç, makyaj sorunu bile yok.

Çarşı baya büyük, zaten abiye cenneti burası. Gezdik gezdik akşam oldu. Bir yerde çok güzel bir abiye buldum ama bilin bakalım ne renk...? Tabii ki beyaaaaz! "Aman ne var canım! Evet, beyaz. Gelinlik değil ya! Uzun ve çok zarif bir abiye, hiç kaçıramam valla. Zaten geç olmuş, daha güzelini arayamam," dedim ve aldım onu. Alınacakları bitirdiğimizde akşam dokuz oldu. Neyse ki almamız gereken her şeyi aldık ama tadilat için kınada giyeceğimiz kıyafetleri bıraktık. Onları da yarın sabah alacağız, akşam da kınaya gideceğiz. Ne kadar da sorumluluk sahibiyiz, değil mi?

Görümce olarak saç baş özenle yapıldı, kontes gibi hissettim kendimi ama ne var ki gecenin sonunda o saçtan, makyajdan eser kalmadı. Çünkü deli gibi oynadık. **En son ayakkabıları çıkarıp kolbastı oynuyorduk.** Çok eğlenceliydi valla içimdeki canavar çıktı ortaya. Hiç kasamam kendimi, zaten beni beğenen beğenmiş. Aman bir kaynana adayı bulur muyum diye hanım hanım oturamam. Hem sadece bayanların olduğu bir geceydi. Ooo dımtıs dımtıs, sabahlar olmasın ama maalesef bitti. *Biz bittik mi kızlar? Hayıııır! O zaman gece de bitmesiiiin!*

Komşularımızdan çok tatlı iki ablamız ve iki yaşıt arkadaşımız vardı. Bu ablalarımızdan biri taşınacaktı, o yüzden evi yarı boşaltılmıştı. Tam da bizim yan komşuydu, arada bir duvar vardı. Evlenecek olan abime rica ettik bize içecek alsın diye. Adam bir şaşırdı hem de **'Abiden nasıl istersin bunu bre deyyuuus?'** der gibi baktı ama maksat kız kıza abimin evliliğini kutlamaktı. Hem de evdeydik yani, sıkıntı yoktu. Gecenin o saatinde kendimiz de alamayacağımıza göre mecbur abimi yolladık. Kendi bile içmiyorken gitmiş yanına bir de kuruyemiş, cips falan almış.

Başladık sohbet, şarkılar, türküler, hikâyeler, fıkralar... Yerlerdeyiz gülmekten ki abartmıyorum; gerçekten yerlerde süründük, karnımız ağrıdı. İki arkadaşımız gitti, ablalarla kaldık biz ama artık iptaldik. Normalde de içemiyoruz, hem sevmiyoruz hem de bünye zayıf, ama anı olsun işte...

O kafayla aradım Emrah'ı ve neler neler söylemişim... Seviyorum lan, yetti artık al beni diyene kadar gitmişim ve tabii ki bunları sabah hatırlayamıyordum. O değil artık ne kadar gürültü yapmışsak güvenlik geldi. Ev sahibi abla hemen kendine çeki düzen verip açtı kapıyı. Çok gürültü yapıyormuşuz, bu saatte sitede rahatsız olan olabilirmiş falan. Abla bir bağırdı, "Ben evde korkudan yerimden kalkamıyorum, sen kalkmış gürültü diyorsun. Başka yerden geliyor, ben de rahatsız oldum," diye, neredeyse biz bile inanacaktık. Adam da özür diledi gitti ya la!

O gün kendimizi videoya çekmiştik hatıra olarak kalsın diye ama bir daha da böyle bir şey olamaz ya, rezillik yeminle. **O makyaj akmış, pandaya dönmüşüz.** Saç baş cadı gibi, gülmekten ağzımız kocaman olmuş... Off valla, içki kötülüklerin anası yaa.

Videoyu hemen yok ettik o gün, bir daha içmeme kararı aldık. Emrah da sevmezdi zaten. Beraber radikal bir karar alarak evlenince de Yeşilaycı olalım dedik ve olduk!

Sabah erken kalkma olayımız yoktu çünkü ertesi gün olacaktı düğün. Ev de dolu zaten, teyzemler falan bizde. Eve döndüğümüzde de gece beş falandı, güya uyumayacaktık ama dayanamadık.

Bu düğün dernek işleri çok zor ya, çok yorucu. Yani üç dört saatlik bir eğlence için bu kadar eziyete değer mi? Bunun daha kuaför zımbırtısı var hani o gün başka düğünler de vardır ve kuaför hıncahınç doludur, leş gibi de parfüm kokar yarı ter kokusuyla karışık, bir yandan fön sesleri bir yandan bekleyenler, yetişmeyecek diye isyan edenler, araya çocuklarını sokmaya çalışanlar, bunun adı 'işkence' ama **güzel olmak için buna da katlanırız gardaşşşşş!** O gün bir karar aldım: Ben düğün istemiyorum, sade bir nikâh töreni en temizi! Gece bitti, onlar erdi muradına biz çıkalım kerevetine...

***

Pılımı pırtımı toplamıştım zaten, hazır olda bekliyordum. Düğün bitti, hemen o hafta başı Ankara'ya döndüm. Alttan da bir sürü dersim vardı, bu moralle de sezonu açmış oldum. Gerçi Emrah da benim gibiydi, o yüzden birbirimizden destek alıyorduk. Ee ne demişler, tencere dibin kara seninki benden kara.

Ders kayıtlarını yapmak için okula gittim, bir de ne öğreneyim! Derslerimden çakışanlar var, yani bu durumda yine dönem uzayacak. Tutuştum tutuştum! Hocalara gidiyorum yok, dekana gidiyorum yok. Zaten kredi sınırını da aşıyorum fazla dersim olduğu için. Meğer yeni bir karar çıkmış. Benim okula başladığım yıl prosedür farklıydı, o yüzden ben yeni prosedüre uymak zorunda değilmişim. Bunu da sağ olsun, bir öğrenci okulu mahkemeye vererek başarmış, bize de yaramış. Bunu da bana Emrah söyledi yoksa yine haberim olmayacaktı.

Hemen dilekçe yazıp rektöre gittim. Çakışan derslerimin yerine de farklı bir fakülteden seçmeli ders alabiliyormuşum, onu da hallettik. Artık kafa rahattı ama bu dediğim süreç tam bir ay sürdü. Seçmeli ders dediğim de çim yetiştiriciliği! Üstelik uygulamalıydı. Bir metrekare alana çim tohumları serptim, gübreledim, çapaladım, suladım, onlara masallar okudum. Her gün mutlaka gidip kontrol ediyordum, acaba çıktılar mı diye tek tek inceliyordum ama çıkmadıklarını görünce de çok üzülüyordum. Hayır, ders icabı olduğundan değil de emek harcadım ya ekinim baş vermeli, bu böyle bitmemeli...

İkili gruplar halinde yapıyorduk bu ödevi. Ne hikmetse diğer grupların çimleri çıkmıştı ama bizimki hâlâ görünmüyordu. Şansıma çimler de bana benzedi, bodur bodur olacaklar herhalde. Arada Emrah da geliyordu benimle, bir de o moralimi bozuyordu, *"Sen daha çim büyütemiyorsun, bir de evlenip çocuk mu büyüteceksin,"* diye. **Şeytan diyor şu çapayı...** Neyse, şeytan işte, uymamak lazım.

Hocaya sordum da meğer bizimkinin cinsi oymuş, geç çıkıyormuş. Tesadüf ya, o hafta çıktılar. Nasıl mutlu oldum anlatamam. Çimlere basmayacağıma dair kendime söz bile verdim ne zor yetiştiğini görünce. Siz de çimlere basmayın, basanları uyarın lütfen. Israrla rica ediyorum!

Kırk beş kredi, on beş ders... Üstüne üstlük bitirme tezim de var. Neyse ki tezi iki kişi aldık. Nurdan diye bir kızıl saçlı mahlûkat var, hiç de sevmezdim kendisini. Tabii ki şaka yapıyorum, şu anda tek görüştüğüm arkadaşım. *O da benim gibi derslere geç gelir, not tutmaz, sorumsuzun teki.* O yüzden çok iyi anlaşıyorduk. İkimiz de bu kadar sorumsuzken bu tezin altından nasıl kalkacağız, bilmiyordum.

Hocalarımız da bizi bildiklerinden midir nedir, ne kadar ödev verseler ikimiz aynı grupta oluyorduk. Her gün dört beş saat okulda boya yapmakla geçiyordu. Bu işe bir çözüm bulmalıydım sevgülümle de vakit geçirmeliydim. Anlaştık, sırayla boya yapıyorduk.

***

Son sene olmasının hüznü çökmüştü Ankara'ya... İnadına da çok çabuk geçiyordu zaman. Her saati değerlendirmek lazımdı çünkü bu zamanları geri döndürmeyi çok isteyeceğiz. Keşke diyeceğiz daha çok zaman geçirseydik. *O yüzden bu günlerin değerini bilmek lazımdı.* Diğer çiftler ne yapar, ne eder, nereye gider hiç bilmem. Hiç öyle bir kaygımız da olmadı açıkçası. Bizce **yan yana olduktan sonra mekânın çok da önemi yoktu.** Okulun içinde çok güzel bir kafe vardı. Biz de okul çıkışı kâh arkadaşlarımızla kâh baş başa oraya giderdik. Tavla oynamayı da çok sevdiğimiz için bize çok daha cazip geliyordu orası. Emrah'ın huyunu az çok öğrenmişsinizdir; bir oyunu boşuna oynamaz, illa bir şeyine olacak. Bunlar da çiğ köfte ve ayranına oynardı. Övmek gibi olmasın hep de yenerdi. Arada da vicdan yapar, bilerek yenilirdi. *(İlker gardaşım, sen bu satırları okuyorsun ve "Haddi len!" diyorsun değil mi? Ama bu gerçeği senin de bilmeye hakkın var :D)*

Artık içimiz dışımız çiğ köfte olmuştu. Vizyona da yeni yeni filmler gelmişken en iyisi artık sinema biletine oynayalım dediler. Eğer sinemayı İlker kaybediyorsa benim cengâverim de bilerek yenilir, içecekleri de o alırdı. Şimdi diyeceksiniz ki sinemaya dışarıdan yiyecek, içecek sokulmuyor ki! Evet, sokulmuyor ama özellikle sinemaya gideceğimiz gün kocaman kol çantamı alırdım ki içine erzaklarımızı doldurabilelim. Dışarıdan içecekleri alıp çantaya koymak kolay da ya cipsler, patlamış mısırlar? Onların da paketini açıp havalarını çıkarınca pıss diye sönüyorlardı zaten. Ohh, onlar da sığdı mı, geriye sadece hiç renk vermeden sinemaya girmek kalıyordu. Benim gibi miniminnacık, sevimli bir kızdan kim bekler bunu! Bir gün neredeyse yakalanıyorduk ama. Görevli çantamı açmamı istediğinde şok olmuştum.

"Pardon da yani siz ne demek istiyorsunuz, bomba mı var çantada sanki?" dedim görevlinin ne demek istediğini de anlamamışım gibi.

"Bu benim görevim, çantada yiyecek içecek var mı kontrol etmem lazım."

"Ayy, ben fakir miyim? İçeceğimi ben hep buradan alırım, siz ne diyorsunuz? Hem bir bayanın çantası açılır mı, özel eşyalarım var," diye anında tiki kız oldum. O arada Emrah'la İlker de bana destek çıkınca adam, *"Buyurun buyurun, geçin,"* demek zorunda kaldı.

Adamı bezdirdim, çok mu kötüyüm ne? E ne yapalım, içeride çok pahalı her şey. Göz göre göre enayi gibi neden daha çok ödeyelim bu öğrenci halimizle.

Kızılay'da akşam dokuz oldu mu işportacılar tezgâh sererdi, her şey vardı. Yüksel Caddesi'ni çok severdim. Bir yandan o meşhur Ankara ayazı vururken bir yandan ateş yakıp ısınmaya çalışan gençler olurdu ama öyle güzeldiler ki. Yerde kartonların ya da kitaplarının üstüne otururlardı. Kimi gitar çalar kimi ney üflerdi ve hep bir ağızdan türküler, şarkılar söylerlerdi. Yoldan geçenlerden oturmak isteyen olursa onlara da mutlaka yer açarlardı, belli ki yürekleri genişti. Ne bileyim bir başkaydı orası, banklara oturmuş heykel insanlar bile sıcacık duruyordu.

Bir köşede de kokoreç! O dumanı nasıl coşkulu coşkulu karışıyor havaya ve buram buram enfes kokuyordu. "Kokoreeç!" diye bağıran adamın sesi geliyordu kokudan sonra.

Bir köşede başka bir amca, kat kat giyinmiş. Kahverengi de bir şapkası var, hani kulakları kapatan, içi tüylü olandan. Bir elinde sigarası diğer elinde maşasıyla, "Kestane kebaaap!" diyordu yüksek sesle.

Ortada da başka bir tezgâh! Büyüklü küçüklü ayırmış ve o kadar muntazam dizmiş ki midyelerini, bozmaya kıyamazsın. Önünde de koca koca sulu limonlar... "Midyeee, taze midyeeee," dediği duyulurdu gecenin içinde.

Derme çatma bir tezgâh daha ama bu yerdeydi, branda üzerindeydi. Sakallı kafasında renkli bir örme şapkası, kulağında da küpesi, rastalı saçları, salaş giyimi ile dikkat çeken bir genç dururdu orada. Bir yandan kitap okurdu bir taburenin üzerinde, bir yandan da, "Üç kitap on lira, üç kitap on liraaa..." diye seslenirdi kalabalığa.

Biz de sinema çıkışlarında midye dolma yerdik, o gün de bu geleneği bozmadık. Tabii o kadar seri şekilde açıyor ki satıcısı, Allah bilir kaç tane fazladan alıyordu ücretini. Sonrasında da mutlaka bir süt mısırcı çıkıyordu karşımıza. Yani anlayacağınız biz sürekli tıkınıyorduk. Kar kış demezdik, buraya kar yağınca da ayrı bir güzel oluyordu. Hakikaten Ankara'da aşk da başka, öğrencilik de... Hani Yılmaz Erdoğan'ın bir şiiri var ya...

Ankara'ya öyle yakışırdı ki kar...
Asfaltlar ışıldar, buz tutardı resmi yalanlar.
Kimse keman çalmaz belki ama

Çok keman çalınsın balolarında
Diye yapılmış
Gri sisli binalar...
Alnının ortasında
Ciddi bir devlet asabiyeti.
Çok kötü günlermiş gibi en genç zamanlar,
Bu zulüm, bu sevda, bitmezmiş sevmek.
Bir halkı sevmekse aşk, o zaman sevmekmiş!
Biz bir şeyi delicesine severiz ama Tanrım neyi?
Kahve önü çatlak mozaik
Bel kemiğine tehdit
Kürsüler üstünde
Çok sigara içen
Öğrenciler
Bir daha asla yaşayamayacağı
Aşkları teğet geçerken
Hep onu sevmeyenleri severek
Hep onu sevenin gözlerinden
Kalabalıklara kaçarak
Karışarak toplumcu gerçekçi yalnızlıklara,
Yüksek rakımlarda çatlamış dudaklarını
Bir İzmirli güzele dayatmak varken
Hep kardeş olacak değiliz ya,
Yaşasın halkların sevgililiği!
Soyut bir sevdaya
Beşik kertilmiş olan
Dağda çoban,
Şehirde şark çıbanı sayılan,

Fırat'ın büyük elleri
Ararat'ın kız yelleri
Cilo'nun derin nefesleri
Hülasa kente hukuk mukuk okumaya
Mümkünse o arada da memleketi kurtarmaya gelmiş
Anadolu çocukları, Ankara'ya öyle yakışırdı ki kar
Asfaltlar ışıldar,
Buz tutardı resmi yalanlar.
Belki balkona kar seyretmeye çıkar diye
Sevdiğimiz kızlar,
Çok dibimiz donmuştur ve çoğu zaman
Bu kar mevzuu
Kızlara yeterince ilginç gelmemiştir.
Hiçbir şey kapalı bir dükkân kadar
Hüzünlü gelmez insana
Ankara'da,
Yoksa bugün bir hayat
Yaşanmayacak mı duygusu çöker bütün bozkıra.
Kimse keman çalmaz belki
Belki bu film hiçbir zaman
O kadar fiyakalı olmayacak ama
Hiçbir lahmacun da
O okul yolundaki üçüncü sınıf lokantadakinin
Tadını vermeyecek bir daha.
Çok daha iyilerini yedim sonra
Bizzat Urfa'da hatta
Ama hiçbirinde
O kadar aç oturmadım sofraya.

Ankara'ya
Öyle yakışırdı ki kar,
Çok yabancı bir soluk duyulur bazı
Bilinmez bir dilin ıslığından.
Anla ki sıkıldı bizim konsolosluktaki konuklar.
Öyle deme, Ankara'yı sevmeyene bir zulümdür
Bu kadar insanın neden Ankara'yı sevdiğini anlamadan
Ankara'da yaşamak.
Yollarına hep sevdiğimiz insanların
Adlarını vermediler ama biz her duvara
Bilvesile onların adını yazarak yaşadık.
Kül ve betondan mürekkep
Yaşadıkça yaşanılası gelen
O tuhaf bozkır kokusunda.
Ankara'ya öyle yakışırdı ki kar,
Asfaltlar ışıldar...
Bir günden bir sürü gün yapan
Mesai saatlerinde hiçbir şey yapan
Hiçbir şey alıp hiçbir şey sunan
Rakıyı bol sulu içen
Dokunması için değil
Çabuk bitmesin diye devletimin tekel rakısı,
Hep kâğıtlara bakarak,
Hep kâğıtlardan bakarak
Hem Neşet Ertaş'ı hem Bülent Ersoy'u
Aynı anda sevmeyi başararak,
Karısının bayat ekmeklerden yaptığı tatlıyı
Çok beğenmeyerek ama

Yine de bu tasarrufunu takdir ederek
Boynu hep kıdemli bir atkının içinde saklıyken
Hep bir şeylere, birilerine küsmüş gibi
Yürüyen...
Memurlar...
Ankara'ya öyle yakışırdı ki kar,
Asfaltlar ışıldar,
Buz tutardı resmi yalanlar...
Biz, şimdi kapalı bir kuruyemişçi
Dükkânının -ki bütün plan kar altında
Tuzsuz ay çekirdeği çitleyip
Yanı sıra bafra içmektir-
Kötü ışıklandırılmış vitrininden
Umutsuzca içeri bakan,
Kimliği gereğinden fazla sorgulanmış,
Merhabadan çok çıkar ulan kimliğini denmiş,
-yani sistem kendi verdiği kimliği
zırt pırt geri istemektedir-
Doğduğu yeryüzünden
Doğuştan kavgacı zannedilen ama
Pek çoğu kavgadan nefret eden
Kavgacı esmer cesur korkak
Çoğu Kürt, çoğu Türk çocuklardık.
Ankara'ya öyle yakışırdı ki kar...
Ha sonra belki Ahmed Arif'in aklına
Hiçbir şairin aklına gelmeyecek.
-çünkü hiç kimse bir daha Ankara'yı
Onun kadar sevemeyecek -bir şiir islenir:

Kar altındadır varoşlar
Hasretim, nazlıdır Ankara...
Ustam yine sen bilirsin ama
Hangi aralıkta bir şair ölmüşse
İşte o, en netameli aydır bence.
Ankara'ya öyle yakışırdı ki kar,
Asfaltlar ışıldar...
Yalanlar...
Şimdi ve sonra ne zaman Ankara'ya kar yağsa
Elim, gönlüm, çocukluğum buz tutar.

Yılmaz Erdoğan

Diyeceksiniz ki Ankara gibi bir yerde okuyorlar ve ne kadar asosyal bir çift bunlar. Tiyatroymuş, baleymiş, operaymış, cazz günleriymiş hiç kaçırmazdım. Ankara bu yönden de çok aktif bir şehir yani imkân çok, yeter ki gitmek iste. Ben de çok giderdim, çok da eğlenirdim **taa ki benim şüşkoyla tanışana kadar.** Bir gün patladım, *"Ya bir gün de tiyatroya gidelim, iki adımlık yer şehir tiyatrolarının binası. Kaldır poponu da kültürel bir etkinlik yapalım,"* diye. Hay demez olaydım! Beyefendi entel değilmiş, onun kültürel etkinlikleri belliymiş! **Hı, belli belli!**

"Ne var ben İddiaa oynuyorum, Pes turnuvalarını izliyorum, okulun maçlarını izlemeye geliyorum. Bir şekilde kişisel zevklerimizi ortak zevk haline getirmeye çalışıyorum, uyum sağlamaya çalışıyorum. Sen de bana biraz uyum sağlasan ölür müsün, hanım köylü demezler, merak etme!" dedim. Arka arkaya konuşuyorum tabii ki. "Yok ben senden önce çok sosyaldim de, şimdi asosyal oldum da. Bak bir kere gidelim belki hoşlanırsın, hem değişiklik olur... bla bla bla..." derken bir ses geldi:

"La bir sus hatun yaa! N'olur gidelim la, yalvarıyorum gidelim. Yeter ki sus!"

Ay ben şok! Sanki dırdır ettim de bana bunları söylüyordu. Çok iyi hatırlıyorum, oyunun adı; *Yaşar Ne Yaşar Ne Yaşamaz* idi. Biletlerini de zar zor buldum. Saati gelmeden Emrah'la buluştuk. Ne olur ne olmaz dedim, bahane bulur geç kalır falan diye resmen zorla götürdüm. İtiraf etti tam da öyle yapacakmış ama inanmıştım, mutlaka sever diye ummuştum.

Bir saat öncesinden gitmeye karar verdik, oda arkadaşımı da gördük hatta. Yerlerimize oturunca baktım benim herif mırın kırın etmeye başladı. Oflayıp pufluyor sanki kadınlar matinesine götürmüşüm gibi. **Başlasın artık oyun dedim yoksa bu adam kaçacak!**

Oyun ilk perdeyi açtı. Arkadaşımla arada fıs fıs konuşuyoruz, benimkine hiç dönüp bakmıyorum çünkü fikrini sormaya çekiniyordum. Sıkıldım dese ne yapacağım, çocuk gibi otur oturduğun yerde deyip azarlayamam ya!

İlk perde bitip de ara verilince mecburen fikrini almak için ona döndüm ama göz göze gelemedik, neden? Çünkü beyefendi uyumuş! Hem de kafası arkaya düşmüş ağzını bir metre açmış. Koltuktan neredeyse yere düşecek, o kadar yayılmış. Ceketinin omuzları kafasına çıkmış. Işıklar bir anda açılınca bizimki irkildi. Beni de burnunun dibine kadar girmiş, ona bakarken görünce bir daha irkildi.

"Bismillahirrahmanirrahim. Ne bakıyon la baykuş gibi gözlerini açıp? Hah oyun bitti mi, hadi gidelim."

Al işte! Ne demişler: **Alışmamış götte don durmaz.** Hem oyunun onuncu dakikasında uyumuş, bir de pişkin pişkin, "Yorgundum. Sabaha kadar İddiaa çalışıyordum, ne yapayım uykum geldi," dedi bir de. Sanki bir ders çalışmış, çok önemli bir proje üretmiş de anlayış bekliyor. Bir daha da götürmem!

Neyse ki kızlarla gitmeme ses çıkarmıyordu çünkü bu konuda haklıydım. O zaman sen de gel diyordum, gelir mi? Mecburen tamam sen git diyordu. *Odun modun ama ne yapayım, seviyorum bu çocuğu...*

***

Yavaş yavaş sınavlarımız başlıyordu. Yine stres dolu bir hafta bizi beklerken notları toparlamanın derdine düşmüştük. Sanki çalışacakmışız gibi bir de fotokopi çektirip fuzuli para harcıyorduk, maksat vicdanlar rahat olsun. Bu sınav haftalarında stresimizi atmak lazım dedik. Millet canlı müzikle falan kafa dağıtır, biz de arkadaş grubumuzla poker oynardık. Bir de o yetmezmiş gibi herkes beş lira koyardı ortaya. Öğrenci için 45-50 lira çok iyi para. Bazen kaybeden tekrar beş lira verip oyuna geri girerdi. Biz de zaten antrenmanlıyız, yaz tatilinde sabahlara kadar boşuna mı oynadık? İyice öğrenmiştim ben de, o yüzden kendime güveniyordum. Çok eğleniyorduk ya. Acayip soğuk bir ortam oluyor, kimse elini belli etmiyordu. Herkes tedirgin, kimde ne var diye düşünmekten bir hâl olmuş. Tahmin edersiniz ki çoğu zaman son ikiye sevgülümle ben kalıyordum, e doğal olarak da beraber harcayacağımız için oyunu bitirirdik. Ama ikimiz de kaybedip kalkınca tabii ki hoş olmuyordu.

Sınava az bir zaman kala topluca okula giderdik, herkes inlerine dağılırdı. Akşamları bunlar öğrenci evinde buluşup ders çalışırlardı. Meali; sabaha kadar poker oynayıp, en son da kopya hazırlarlardı. Hatta çok iyi bir yöntem buldular: Sınavda çıkabilecek yerleri bilgisayarda yazıp sonra flash belleğe atıp onu da sabah kırtasiyede çıkarttırıyorlardı.

Ama bir sınavda bir kopya çekmişiz, akıllara zarar. Dünya kadar not var, bir de üstüne üstlük kitaptan da sorumluydum. -Bu dediğim dersimden de geçen sene AA ile geçecekken bir baktım devamsızlıktan kalmışım, yanlış hesaplamışım yaptığım devamsızlığı, gitti gül gibi AA-

Bir sürü maddeli konu var, çoğunu unuttum. Aklımıza cin gibi bir fikir geldi. Bütün kitap, defter, fotokopi ne varsa Emrah'a verdim. Ben okula gittim, o da evinde.

İnanamayacaksınız ama gittim, tam yüz kontör aldım yükledim hattıma. Kulaklığı montumun kolunun içinden geçirdim, biri kulağımda diğerini de avucumun içine aldım. Mikrofon kısmı boynumda duruyor, kablo görünmesin diye de montun fermuarını çektim ve saçlarımı açtım ki kulağımdaki de görünmesin. Sınava girmeden Emrah'ı aradım, benden soruları bekliyor. Çok göze batmayayım diye de en arkadan bir yere oturdum. Yahu havanın da o gün sıcak olacağı tuttu normalde soğuk olması lazım. Her zaman yanmayan kaloriferler o gün yanıyor. Hoca da sormaz mı hasta mısın diye! Hastayım hocam, çok üşüyorum dedim. Bir yandan da elimi yumruk yapıp yanağıma dayadım, ödüm patlıyor kulaklık görünecek diye.

Sonunda sınav kâğıtları çıktı, hoca ayaktayken şöyle bir baktı sınıfa. Sen, sen, sen bir de sen! Öne gelin! Bu senlerden biri de benim! Allah kahretmesin, kesin yakalanacağım. Notları dünden vermiştim Emrah'a ve hiç çalışamamıştım, yani her halükârda kalırdım sınavdan. En iyisi bu şansımı kopyadan yana deneyeyim dedim. Saçımı montumun içinden çıkarıyormuş gibi yapıp elimi havada tutmaya çalışıyorum çaktırmadan. Geçtim en öne ve ne kadar dua varsa okumaya başladım.

Kâğıtlar dağıtıldı, hoca arkaya doğru ilerlerken ben sessizce soruları Emrah'a okudum. Bir de şifre uydurduk, eğer tekrar etmesini istiyorsam bir kere ama anlamışsam iki kere öksürecektim. Sınav boyunca öksüre öksüre boğazım gerçekten tahriş oldu hatta bir ara hoca su verdi de alamadım. Düşünsenize bir elimle aldım diyelim; öteki elimde kulaklık var, kapağı nasıl açacağım. Hocaya da diyemem ki sen aç kapağı da ver diye.

Emrah cevapları okuyor tek tek ve yavaş yavaş, arada tekrar etmesi gereken yerlerde de üç kere öksürüyorum. Hocaya hastayım dedim de bu kadar öksürmeme herhalde şüphesi kalmamıştır hatta beni verem sanmış bile olabilir! Ama var ya kalbim nasıl çarpıyor anlatamam, heyecandan elim ayağım birbirine dolaşıyor. Bir ara silgim düştü ama almasam olmaz çünkü lazım. Elim kulağımdayken yere eğildim, kalkınca hocayla göz göze geldik. Aha dedim Gönül, kesin anladı. Öyle bir terledim ki anlatamam. Zaten ortam sıcak, bir de üstümde kalın mont var, bir yandan da heyecan var. Ooo, sucuk oldum sucuk! Sınav bittiğinde kulaklıkla artık işim kalmadığı için de hemen geri ittim kolumun içine doğru. Aşırı bir özgüvenle ve alnımın akıyla bu işin içinden çıkmış olmanın verdiği gururla kâğıdımı teslim ettim.

Dışarı çıkıp cephanemi sökerken bir iki arkadaşım gördü, ben de anlatınca çok şaşırdılar. Tabii hepimiz kızız, dedikodu çabuk yayıldı ve herkes beni tebrik etti. Ama kimse cesaret edip de sonraki sınavlarda deneyemedi, ben bile! Ama Emrah'ın arkadaşlarından deneyenler oldu hatta kendisi de yaptı. Ben sınıfın kapısında oturdum, o da amfide, mis gibi kopya çektik.

Gençlik işte, şimdi aklıma geliyor da ben bile şaşırıyorum nasıl cesaret etmişim diye. Aslında kötü bir şey yaptık ama o zaman düşünemiyor insan, deli cesareti geliyor ve ders geçmek için her yol mubahtır diyoruz. Ne yapalım, şimdi şimdi anlıyoruz bir şeyleri. Siz de şimdiden anlayın diye anlatıyorum, yoksa taktik falan vermiyorum. Ya yakalansaydık, bir de onu düşünün!

***

Artık kar yağmaya başlamıştı. Hoş, yağmasa da sürekli bir kar soğuğu mevcuttur Ankara'da. Ne kadar soğuk da olsa kar, en sevdiğim beyazdı. Kızlarla çıkıp kartopu oynamaksa ayrı bir eğlence.

Yurdun hemen arka sokağında minik bir bakkal vardı, oradan alırdım suyumu. Bir gece dışarı su almak için çıktım da iki adımlık yere gidene kadar bırakın elleri, ayakları **vallahi burnumdan akan sümüklerim donmuştu.** Gözlerimi açamıyordum bile. Ertesi gün de güya sinemaya gidecektik ama vazgeçtik çünkü bir arkadaşımızın doğum günüymüş, onun pastasını kesmek için arkadaşlarla toplandık. **E toplanmışken bir poker çevirmeyek mi gardaş?**

Akşam olunca da İfot, sevgülüm ve ben erken kalktık. Beni yurda bırakıp geri döneceklerdi. Daha kestirme olduğu için okulun içinden geçmemiz gerekiyordu. Üçümüz yan yana yürürken

Emrah, tek ayağı üstünde zıp zıp gitmeye başladı. Biz de arkada bu ne yapıyor diye onu izliyoruz derken ayağı kaydı. Sırtüstü yere düşerken hâlâ kayıyor adam, hızını alamadı. Kafası yerde üç defa sekti ve biz kalakaldık. Kayarak düştüğü için de bizden uzaklaşmış bulundu. Koşmaya başladık ama koca adam yerden kalkmıyordu. Bayıldı mı acaba derken yanına varınca baktık ki gözleri açık, öyle yatıyor. Kalkınca söylenmeye başladı ah kafam diye. Yumruk gibi de şişmiş kafası. Biz de telaş yaptık, hastaneye gidelim diyoruz, istemiyor. Acısıyla kavga ediyor resmen. Bir adım ileride yürüyor, biz de arkasından konuşuyoruz. İlk başta baya tedirgindik ve korkmuştuk ama ne olduysa İfot'la birbirimize bakınca oldu. İkimizi de bir gülme aldı ki anlatamam. **Hani gülmemeye çalışırsın da tutamazsın, genizden hunharca bir ses gelir.** Hah işte, aynen öyle oldu. O ses yerini kahkahalara bırakınca bizim gözümüzden yaşlar geldi, artık yerlere yattık.

Ama görüntü çok komikti. Düşünsenize bembeyaz karların içinde ceylan gibi seke seke 1.81 boyunda, 85 kilo ağırlığında ve genişliğinde, yeşil montlu iri yarı bir adam gidiyor ve bir anda yere kapaklanıyor. Üstelik hızını alamamış, yerde bile sekmeye devam ediyor. Biz de hunharca gülünce acısını unutup bize kızmaya başladı. Ben burada acı çekiyorum da siz gülüyorsunuz, vicdansızsınız, çok mu komik, beyin kanaması geçiriyorsam ne olacak... *Ooo bir tripler bir tripler, adam yol boyu konuşmadı bizle.* Biz de nasıl açıklayacağımızı şaşırdık çünkü gülmekten konuşamıyorduk. Kartopu yapıp fırlattı İfot'a sonra da bana. Bir bakmışız kartopu oynuyoruz. Kulaklarımıza, ağzımıza, yüzümüze... Neremize denk geldi oraya attık. Kafa göz gitti, artık uyuştuk kartopu yemekten. Güle güle yurda geldik.

Onlar geri döndü ama beni bir üşüme aldı, aha dedim Gönül hasta oluyorsun, şimdiden geçmiş olsuuuun! O gece ateşlenmiş olacağım ki dudağımda uçuk çıktı. Bir de iğrenç görünüyordu, zaten üst dudağımın yarısını kapladı. Ulan dedim ben böyle nasıl gideceğim okula. **Hadi okulu geçtim Emrah'la nasıl görüşeceğim, kesin terk eder beni.**

Görüşme saatimiz gelince ne diyeceğim diye düşünmeye başladım çünkü direkt "Uçuğumu görmeni istemiyorum!" desem çok komik olacaktı ve zaten kabul de etmezdi. En iyisi hastayım diyeyim, zaten gerçekten hastaydım yani yalan söylemiş olmuyordum ama birazcık abartacaktım. Başka türlü ikna olmazdı çünkü bilirdi yeter ki ayaklarım tutsun, her türlü yanına giderdim.

Arayınca çok hastayım, ölüyorum, bitiyorum dedim. İlla cama çık, bir göreyim seni diye ısrar etti. Çok üzülmüş bana, hastaneye gidelim falan dedi. Sanki kimsen yokmuş gibi seni yurtta yalnız bırakamam, hadi hastaneye gideceğiz diye devam etti ısrarlarına. Ben yüzümü göstermemek için bu kadar uğraşırken o ılla da göreceğim seni camdan diye tutturdu.

Karadeniz inadım tuttu bir kere benim de. Ne yaptım ettim, ikna ettim gitti evine. Ertesi gün biraz daha hafifledi sevgili uçuğum. Zaten hafiflemese de bu sefer aşkitom yemezdi, beni mutlaka görürdü. Kızsal çözümler bulmaya çalıştım işte fondöten, pudra, ruj artık ne varsa denedim, yurdun önünde de ağaç ettim sevgülümü. Elime bir peçete alıp dudağıma tura tuta çıktım dışarı. Tam yanına vardım ki peçeteyi açtım, "Ce ee," dedim şirinlik olsun diye. Emrah'ın yüzü bir değişti ama öyle iğrenir gibi değil de bir şaşkın şaşkın bakıyordu. Ne diyecek diye beklerken, **"O ne la, gafam gadar uçuk,"** deyince ben de itiraf ettim dün neden çıkmadığımı. Sonra tabii gönlümü almaya çalıştı ama neyse! Ama iğrenmediğinden emindim **zaten bizim mide biraz geniş** yani, kolay kolay bulanmaz. Hatta Emrah'ın burnunun kenarında sürekli bir sivilce çıkardı ve ben her seferinde onu sıkardım. Sevgi, aşk buydu galiba. **Yahu, birbirinden tiksinir mi insan ama** değil mi!

***

Eyvahlar olsun, ilk dönem bitti ve tam bir aylık tatil başladı. Son zamanlarımız olduğu için ayrı geçireceğimiz her saniye bize bir gün gibi geliyordu. Ben giderken ikinci yarıya kadar görüşemeyeceğimizi konuşmuştuk ama dayanamadık, tam tatilin ortalarında görüşmeye karar verdik. O zaman da tatilini bizde geçirmek için Trabzon'dan kuzenim Hilal geldi. Bütün olanlardan ve olacaklardan haberi vardı.

Güya Hilal'e İstanbul'u gezdireceğiz, hafta sonu için plan yaptık. E koskoca İstanbul, bir iki saatte gezmeyle biter mi tabii ki bitmez. O yüzden sabahın altısında çıkmak lazım dedik ve hafta sonunu iple değil halatla çektim. O kadar özledim ki anlatamam.

O günün gecesinde hiç uyumadım desem yeridir! Kadıköy'de buluştuk ama hava buz, yağmurlu, esiyor hem de nasıl. Ama aşk hava şartlarını dinler mi?

Sahilde bizi bekliyordu ama çok ıslanmış, kıyamam şemsiyesi falan da yoktu. Hemen bir yere oturduk, kahvaltı yaptık. Bu sayede kuzenim de tanışmış oldu hem. Her ne kadar beraber dolaşmayı teklif etmiş olsam da kızlar kabul etmedi, baş başa gezin siz sonra haberleşiriz dediler. Hiç ısrar da etmedim, anında dağıldık. Kızlar Beyoğlu'na gitmeye karar verdiler, biz de Kadıköy'de biraz dolaşıp sonrasında Kapalıçarşı, Eminönü Yeni Camii civarında gezdik. Bir ara acıkınca balık ekmek yiyelim dedik buraya kadar gelmişken yemeden dönülmez.

Gezebildiğimiz kadar gezdik, tavla oynadık, çay içtik bol bol. Gerçekten zaman çok çabuk ama çok da güzel geçiyordu, ıslanmak dışında! **Kim demiş yağmurda yürümenin romantik olduğunu?** Sıçan gibi olmuşuz resmen. Saçlar tiftik tiftik olmuş, sümüklerimiz akıyor, o yağmurun altındaki romantik sahneler ancak kliplerde ya da dizilerde oluyor zaten. Ancak insanları heveslendirip kandırıyorlar.

Akşam olmaya başlayınca kızlarla haberleştik, yine Kadıköy'de buluştuk. Emrah servisle otobüs garına gidecek, biz de ilk duraktan rahat rahat evimize gidecektik. Her şey çok güzeldi, kızlarla yol boyu dedikodu yaptık. Sonunda eve vardık, annemin gözlerinden ateş çıkıyordu.

"Ne oldu anne, bir şey mi oldu?" diye sordum.

"Sen ne kadar sorumsuzsun, ben seni böyle mi yetiştirdim, bunu nasıl yaparsın? Avukatlık oldun, mutlu musun? Git hapiste yat, bana ne."

"Ne avukatı ya, ne yapmışım ki?"

Meğer ben üniversitenin ikinci senesi bir telefon almıştım, beş yüz liraya. Zaten kredi kartı limitim de beş yüz liraydı, taksitle almıştım ama öderken canım acıyordu, neden mi? Neden olacak, daha ilk taksitini ödemişken telefonum Kızılay'ın ortasında çalındı. Geç bir saat de değildi. Yurttan kızlarla kitap almak için Olgunlar'a gittik güya İngilizce kitaplarımızı oradan alacaktık ikinci eller daha uygun diye. Zaten kitap da kalmamış, boşuna gitmişiz. Öylece geri dönmek için otobüs durağımıza gittik bekliyorduk. Solumuzdan altı yedi kişilik bir erkek grubu gelip arkamızdan geçecekti. Benim de postacı tarzı çantam vardı, önünde de iki tane koca cep vardı. Bunların birine koydum cep telefonumu, çantayı arkama attım güya kendimi koruyacağım. Olur ya pislik yapmaya kalkarlar falan. O grup arkamızdan ilerleyerek uzaklaştı neyse dedim tehlike geçti. En az beş dakika daha bekledik otobüsü. Saate bakmak için telefonumu çıkarayım dedim ama o an kafamdan yıldızlar uçtu çünkü telefon yerinde yoktu ve emindim cepte olduğundan. Ama yine de bir umut işte, belki dalgınlıkla içine atmışımdır diye çantayı altüst ettim. Sonunda kabullendim gerçeği: Az önceki pislikler telefonumu çalmıştı!

Kızlarla hemen karakola gittik, ifade verdik ama nafile. Daha da haber alamadım telefondan. İşte ben bunun taksitlerini öderken kendimi enayi gibi hissediyordum. Anneme durumu anlattım ama nafile, hâlâ ateş püskürüyordu. Kızlar ne kadar beni savunmaya çalışsalar da fayda etmedi, paparayı bir güzel afiyetle yedim. Bu kadar güzel bir günün ardından olacak iş miydi bu? Meğer banka beni sürekli aramış ama ulaşamamış çünkü ben o hattı kullanmıyordum. Ankara'ya dönerken babama söz vermiştim ya bir daha o çocukla görüşmeyeceğim, diye bir de numaramı değiştirmiştim.

O dönem kartımı kullanıma kapatmışlar, borcumu da taksitlendirmişler ama ne var ki çoktan kara listeye girmişim. Bundan sonraki beş yıl içinde hiçbir şekilde kredi kartı alamayacağım ve hatta hiçbir şekilde kredi de çekemeyeceğim! Annemin siniri tavandaydı ve nihayet azalmaya başladı. Odama gidip biraz ağladım. Annemden azar yediğime değil, o parayı bir de faizi ve cezasıyla ödeyeceğim için ağladım.

Emrah'ın da şarjı bitmiş, zaten biliyordum biteceğini o yüzden panik yapmadım. Onunla konuşup dertleşmeye çok ihtiyacım vardı. Tamam, kızlarla da dertleştim ama o başka bu başka!

Tahmini varış saati gelince haber beklemeye başladım, o da eve varır varmaz aradı beni. O da çok yorgundu ama ısrarla uzun uzun konuşalım istedi, ben de anlattım her şeyi. Sonra sıra ona geldi, yolculuk nasıl geçti diye sordum. Canımın içi o yağmurda öyle ıslanmış ki hasta olmaya başlamış, hapşurup duruyordu. Çorapları da sırılsıklam olmuş, otobüsün en arkasında oturduğu için kimse görmeden çoraplarını çıkarmış da ayağının yanındaki o küçücük kaloriferlerin üstüne koymuş kurusun diye. **Ertesi gün sesi gitmişti çünkü o artık hasta bir âşıktı!**

Ben de bir bahane buldum, bir hafta önceden döndüm Ankara'ya. Benim bu ayı dediğim sevgilim var ya, bize palyaçoluk ayarlamış. İki hafta çalışıp benim kredi kartı borcumu kapatmam için! Gerçekten de çalıştık ve iyi de para kazandık. Paramızı alır almaz bankaya gittik. Yorulmuştuk, o yüzden bana kıyamadı. "Sen otur kartını bana ver, vezneden ben hallederim," dedi. Ben de kartımı verdim paramla birlikte, yetmediği için harçlığımın çok büyük kısmını da üstüne koymak zorunda kaldım. Sonra ne yerim, ne yaparım daha yeni geldiğim için bizimkilerden para da isteyemem diye düşünüp geri aldım parayı. Emrah'a, "Aşkım şimdilik bunu yatırayım, sonraki ay kapatırım," dedim. Nasıl olsa borcum taksitlendirilmişti. Vezneye gitti işlemi yapıp bana dekontu uzattı ama bir yanlışlık var! "Burada yazan tutar kartın bütün borcu aşkım. Bir yanlışlık var, veznedar yanlış işlem yapmış," dedim.

"Yanlış bir şey yok, senin benim diye bir ayrım var mı aramızda! Senin borcun benim borcum, o yüzden beraber çalıştık ve bu borcu da beraber ödedik," deyince nasıl utandım, nasıl mahcup olmuştum. Hiç beklemiyordum, sonuçta mecbur değildi ve o kadar saat çalışmış, yorulmuş, emek vermişti ama en başından niyeti zaten buymuş. Biz hakikaten 'biz' olmuşuz. Onu çok seviyorum!

***

Derslere de bir asılmışım, bir çalışıyorum anlatamam. Bir tek İstatistik diye lanet bir dersim vardı, bir türlü geçemiyordum. Gerçi benim gibi İstatistikzede çoktu, hocamız da sağ olsun geçirmemeye yemin etmiş gibiydi.

İlk sınavları verince de tezim için çoğunlukla okulda olmam gerekti yani bu da zaman kaybıydı bizim için. Ayrı olmaktansa tezi bile beraber yaparız dedik ve iki günde bir laboratuvarda dört beş saat boya yapıyorduk. Tabii zaman geçsin diye de bir tavla aldık, paso tavla oynuyorduk. Bir yandan da boyalar kimyasallarla kaynarken kafa bir milyon oluyordu. Sağ olsun Nurdan yani diğer tez arkadaşım arada anlayış gösterir, iki gün arka arkaya boya yapardı.

Bu arada da geleneksel Cansuyu Bayramı başladı, çok güzel bir eğlenceydi. Bilmiyorum hâlâ devam ediyor mu bu gelenek ama umarım devam ediyordur çünkü öğrenciler kendi çaplarında stant açıp para kazanıyorlardı. Tabii Emrah ve arkadaşları da açtı. Köfte ekmek, meyve tabağı, patates kızartması falan vardı, ben de yardıma gittim. Çadırın arka kısmında kızartılacak şeyleri hazırlıyorduk, üstümüz başımız yağ kokusunun içinde kaldı ama çok da gülüyorduk. Çok hızlı olmak zorundaydık çünkü bir ara çok yoğunlaştı stant. Yetişemiyoruz, baktık olmuyor; bıraktık nezaketi, hijyeni. Başladık ellerimizle hızlı hızlı hazırlamaya, baya da satıldı. Köfteler piştikçe Emrah'ın ağzından sular aktığının farkındaydık ama yiyecek zamanımız yoktu. Bizimkinin rengi atmaya başlayınca en son gelip, *"Üç tane yarım köfte ekmek çeek,"* dedi. Biz de panik panik hazırladık, baktık Emrah aldı ekmekleri gidiyor. Öğretmenler istemiş de onlara götürüyor ama adam gitti gelmek bilmiyor. **Acaba açlıktan bayılmış olabilir mi diye endişelendik ki sonunda ayı göründü, pardon Emrah.** Gayet dinç gelince herhalde hocalar fazla fazla para verdi dedik meğer hiç para vermemişler. Hocalar böyle bir şey yapmaz derken bizimki bütün ekmekleri bir ağacın altında hunharca sömürmüş! **Dişinde domates kabuğu kalmasa biz de inanacaktık!** O da haklı, o cüsse nasıl aç kalsın ki!

En son standı kapatıp biz de yedik. Tabii o zamana adam yine acıktı, tekrar yedi. Bütün para Emrah'ta kaldı, teknik gezi için kullanılacaktı. Bu kazanılan para yani sınıfın ortak parası, gerekli yerlere harcanacak kadarı alındı ama baya da kaldı yine. Bizim de o ara maddi olarak sıkışık dönemlerimiz, palyaço işi de çıkmıyordu. Ne yapalım, ne edelim derken cebimizdeki son paralarla İddiaa oynayalım dedik. O gün de derbi var yani tek maça oynayabiliyoruz ve şampiyonluk maçı. Banko bu takım alır diye bir de yorum yapamıyoruz. İddiaa bayiine varınca kuponu doldurduk, sırada beklerken ceplerimizi didik didik ettik, ne kadar para varsa kuruşuna kadar çıkardık. Emrah da aranıyor oradan buradan ne çıkarsa. Montunun cebinden bir naylon çıkardı, içi para dolu. Şeytana uymayalım desek de siz bunu alın, kazanınca yerine koyarsınız diye vesvese veriyordu ve bizi kandırdı!

Çok heyecanlıydık maç başlayana dek. Hayır, bizim paracıklar gitsin de teknik gezinin parasını nasıl yerine koyacaktık? Maç başladı ama hâlâ gol yoktu. İlk yarı bitti, bir gol geldi ama karşı takımdan!

İkinci yarı başladı, gol yok. Dakika doksan, hakem düdüğü çaldı ve maçla birlikte biz de bittik! Kendimi çok suçlu hissettim keşke engel olsaydım, gaz vermeseydim hatta teşvik etmeseydim diye. Düşündüm, düşündüm, düşündüm ne yapacağımı. Stresten tırnaklarımı kemirdim, saçlarımın diplerini oynaya oynaya yara yaptım, kolyemi çevire çevire gırtlağıma dayadım! Tabii yaa, kolyem! Ulan kolyem vardı, ben daha neyi düşünüyordum! Hemen kuyumcuya koşup kolyemi bozdurdum. O zamanın parasıyla baya da iyi para etti. Ertesi gün buluştuğumuzda parayı verdim ama kolyemi bozdurduğumu söylemedim çünkü üzülebilirdi. Geri kalanı da bölüştük. **Giden kolye olsun, yeter ki kafalar rahat olsun gardaş!**

***

Teknik gezi haftası gelince dört günlüğüne Antalya'ya gidecekleri belli oldu. Üstelik başka bölümler de var ve kızlı erkekli gidilecekti. Bizim bölüm teknik gezi yapmadı, hoş yapsa da gitmeye üşenirdim. Ben bu geziyi mesleki zannediyorum yani adı teknik gezi, başka ne düşünülebilir ki? Meğer bu bildiğin tatilmiş. Ama ben bunu geziden döndüğünde öğrendim. Gitmeden önce de Emrah benden izin istedi daha doğrusu sorun olur mu diye sordu, gitme desem cidden gitmeyecekti ama sorun çıkarmanın âlemi yoktu, alt tarafı teknik gezi ve dört gün yani. Belki bana belli etmiyor ama arkadaşlarıyla topluca böyle bir şeye katılmak istiyordur.

Onun bölümü Tarım Makineleri'ydi. Sınıf erkekti, bir iki tane kız vardı zaten onları da tanıyordum yani gözüm arkada değildi, sonuna kadar güveniyordum. Ankara'da onsuz da kalmak istemedim. Ben de İstanbul'a, ailemin yanına geldim. Sık sık haberleştik ama asla kontrol etmek amaçlı aramadım. Bizimkiler de bir şok geçirdi beni görünce, sürpriz yapmıştım. Cidden de sürpriz oldu. Az bir zaman kalmıştı okulun bitmesine, haliyle bizimkiler de merak ettiler geliş sebebimi. Bir şey olup olmadığını sordular ama **sürpriz de mi yapmayalım** diye susturdum. *Sevgilim dört gün yoktu, ben de sıkılırım diye geldim diyemedim ya la!*

Ankara'ya dönünce orada neler yaptıklarını anlattı ama içim rahattı, hele bölüm arkadaşlarıyla konuştuktan sonra. *"Bunun gibisini bulamazsın, orada biz eğlenirken Gönül de Gönül deyip durdu. Gece biz çıkardık, o odasına çekilip seninle konuşacağını söylerdi,"* dediler. Demek ki gerçekten fırsatı olmadığı için değil, adam olduğu için bana sadıktı. **Şüşko olsun, bir tek benim olsun!**

***

Bir gün yürüyerek öyle hava alıyorduk. El ele tutuşup okula doğru gidiyorduk. Kaldırımdan yürürken solumuzdan da trafik akıyordu. Kafayı bir kaldırdım, siyah bir jeep. Sonra plakaya baktım, olamaz! Ben bittim, mahvoldum, şimdi ne yapacağım! Kesin gördüler! Nasıl tutuştum, nasıl heyecan yaptım anlatamam. Kafam zonk zonk atıyor, kalbim zaten ağzıma çıktı, elim ayağım birbirine dolandı, ne yapacağımı şaşırdım. O panikle Emrah'ın elini bıraktım hemen. Adam da şoka girdi, ne olduğunu anlamaya çalışıyordu. Ne olduğunu korka korka sorunca takılmış plak gibi, *"Abim, abim, abim... abim geçti şimdi. Kesin gördü, yine okuldan alacaklar,"* dedim.

Her zamanki gibi başladım en kötü senaryoları yazmaya. Beni sakinleştirmeye çalışsa da baktı olmuyor hemen yan sokakta bir park varmış, oraya oturduk. Görüp görmediğini tartışırken telefon titredi ve acı acı çalmaya başladı. Arayan tabii ki abimdi. Açamadım çünkü bu kadar tesadüf olamazdı. Kesin görmüştü, kesin!

Cesaretimi toplayıp aradım, bağırmasına hazırlıklıydım. "Abi beni aramışsın duymadım," dedim. "Sizin okulun oradan geçtim de bir işim vardı. Hafta sonu için alayım seni diyecektim, evde işler birikti," deyince kamera nerede, nereye el sallıyoruz diye düşündüm. Benden bir süre ses çıkmadı çünkü inanamadım, hâlâ bağırmasını bekliyordum ama yok tekrar kadifeden bir ses geldi: **"Gönül alo, orada mısın?"**

"Buradayım buradayım. Kaç dakikaya gelirsin, ben hazırlanayım," dedim. Yaklaşık yarım saat sonra yurda gelecekti, benim beş dakikalık yolum vardı. Emrah'ı postaladım, direkt yurda geçtim. Hazırlandım ama hâlâ o yaşadığım şoku atlatamadım. Hâlbuki abimler Ankara'da ofis açmışlardı ve evleri vardı. Gerçi çok uzaktı ama sonuçta Ankara'nın her yerinde, her an bulunabilirlerdi ve ben de bunu biliyordum. Yine de deli cesareti işte, el ele dolaşabiliyordum. Vallahi müstahak bana, oh oldu. İçine doğdu sanki.

Bütün hafta sonu orada kaldım. Çamaşırdı, temizlikti, yemekti elimden ne geliyorsa yaptım. Düşünmek bile istemiyordum yakalansam ne olacağını…

***

İnanır mısınız bütün derslerimi geçtim ama seviniyordum da bir yandan çünkü yaz tatilinde tek ders sınavı olacaktı ve ben MECBUREN Ankara'ya gelecektim. Kep törenim için dekanlığa gittim. Bizimkilerin gelmesine gerek duymadım, alt tarafı iki saatlik bir şeydi. Bu konularda kimseyi -annem babam bile olsa- sıkıntıya sokmak istemem. Baktım Emrah geliyor, hâlbuki ona bile gel dememiştim. Klasik kep atma töreni yaşandı ama güzeldi.

Artık törenden sonra Ankara macerası benim için sona ermişti. Yavaş yavaş bütün eşyalarımı toparlama başlayınca deli gibi ağladım, yüzüm gözüm şişti. Nasıl gideceğim buralardan diye sızlanırken başım ağrıdı artık ama yapacak bir şey yoktu. **Bu son yepyeni şeylerin başlangıcı olacaktı…**

Bu sefer beni uğurlamaya gelemedi. Abimlerle beraber döndük, korkudan anlarlar diye içime içime ağladım sonuçta kimse Ankara'dan ayrılıyor diye salya sümük de ağlamaz. Bakalım bizi bundan sonra neler bekliyor diye düşüne düşüne dört yüz otuz kilometre geçti ve evdeyim hem de artık temelli. **Canım evim, merhaba.**

***

Tek ders sınavından geçmem lazımdı yoksa mezun olamayacaktım. Gerçi tezin yazım kısmı daha bitmedi ama olsun, o kolaydı. Önce şu sınavı geçmeliydim. Dersle alakalı ne varsa yanımda getirmiştim, neredeyse her gün azar azar çalışıyordum. İstekle çalışınca anladım ki çok da zor değilmiş, anlamaya çalışmak lazımmış.

Temmuz'un ortalarıydı zaten, ben gitmesem Emrah gelecekti. Böylece gerek kalmadı. İki günlüğüne gitmeye karar verdik annemle. Hem sınavımı verecektim hem de gitmişken evi biraz toparlayacaktım. İki erkeğin yaşadığı evi tahmin edersiniz. Neyse ki küçük abim titizdi, o yüzden ev çok da içler acısı değildi.

Sınav günü abim beni okula bıraktı sonra da biraz gezeyim dedim arkadaşımla. Abim eve dönerken beni arayacaktı nasıl olsa. Kızılay'a gidip tavla atalım dedik. Baya da hızlı geçti zaman yine. Gözümüz saatte, ne olur geçme diye yalvarıyorduk ama Kül Kedisi gibi saat vurdu ve telefonum çaldı. Vedalaştık ama tabii öyle çok samimi bir şekilde değil. Çünkü ortam kalabalıktı ve hoş görünmeyebilirdi. Ertesi gün zaten görüşemezdik çünkü evle ilgilenecektim.

Kahvaltıdan hemen sonra abimleri yolcu ettim ve kolları sıvadım. Zaten bir gün önce hem sınavım çok iyi geçmiş hem de sevdiğimi görmüşüm. Enerji patlaması yaşıyordum. Bir yandan sevdiğimle mesajlaşıyordum, illa görüşelim diyordu ama ben buradan nasıl gidilir bilmiyordum. Hem önce abimlerden izin almam lazımdı ve buraları bilmediğim için de beni otobüsle bir yerlere göndermek istemeyeceklerdi. O yüzden hiç teşebbüs bile etmedim. Ama Emrah pes etmeyip ısrarla evin nerede olduğunu soruyordu. Nerede olduğumu anlatabilmek için en son balkondan dışarının fotoğrafını çekip attım. Aklınca nerede olduğumu tespit edip Kızılay'a nasıl gelebileceğimi tarif edecekti. Fotoğraftan anladığımız kadarıyla baya uzaktık.

Ben de işlerime dönüp bitirdim. Kendime bir çay koyup içerken bir mesaj geldi sevdiğimden. "Keşke yanına gelebilsem," yazmış. "Keşke aşkım ama bu seferlik bir kere görüşmüş olalım. Nasıl olsa tezimi teslim etmeye yine geleceğim Eylül gibi," yazdım ben de. Gereksiz atraksiyonlara gerek yoktu, abime yakalanmayı göze alamazdım. Bir baktım arıyor Emrah.

"Aşağı in."

"Nasıl ya, nereye ineceğim? Dalga geçme ya."

"Ne dalgası! İn aşağı, karşıya geç. Muhallebicide bekliyorum." Burada muhallebici mi vardı? **Varmış!**

Telefon elimde, balkona çıktım. Baktım cidden muhallebici var! Ama nasıl buldu adresi derken bir saat mesajda etrafı tarif ettiğimi hatırladım. Hiç zamanım yoktu çünkü abimler gelecekti ama aynaya bakınca kendimden soğudum. Saçlarım yağlanmış, iyice kafama yapışmış **sanki lama tükürmüş de üstüne bir de yalamış gibi.** Ojelerim yer yer soyulmuş, alacalı bulacalı olmuş. Ellerim aşırı dozda temizlik malzemesi kokuyor. Suratımda cif püsürükleri, kaşlarım da çıkmış zaten hatta hafif hafif bıyıklarım da görünüyor ama bunların birini bile düzeltmeye zamanım yoktu. Ben şok, ben stres, ben panik! *Aman ben bu adamla evlenmek istemiyorum mu evet istiyorum. Evlenince de sürekli bakımlı mı görecek beni, yoo! O zaman niye kasıyorum ki?* Zaten sürekli öyle bakımlı da görmüyordu ama hiç bu kadar paspal ve bakımsız da görmemişti beni.

Üstümü değiştirip bir de yüzümü yıkayıp çıktım. Aynı eski dizilerdeki gibi muhallebicide buluştuk. Durumu anlattım, en fazla on beş dakika kalabilirim dedim çünkü abimler gelmiş olursa bu durumu açıklayamazdım ve çok zor durumda kalabilirdim. Ama çok da mutlu olmuştum, iyi ki gelmişti. Onu görmek bana da çok iyi gelmişti. O on beş dakika sanki on beş saniye gibi geldi geçti. *On beş dakika içinde sadece bir fırın sütlaç yedi, çok üzgün olduğu buradan da anlaşılıyordu. Normalde üstüne bir de kazandibi yemesi lazımdı!*

İstemeden de olsa kalktık, o gitti ben de eve döndüm. Böyle heyecan ve atraksiyon dolu anlar başta korkutucu geliyordu yakalanırız diye ama sorunsuz geçince sonrası da çok güzel hissettiriyordu. O kadar uzak mesafeden habersiz gelmesi hem de dün görüştüğümüz halde, ne bileyim, çok mutlu olmuştum. Çatlak sevgilim benim, kafasına koyduğunu illa yapacak…

***

Döndükten kısa bir süre sonra sonuçlar açıklandı. Baş belası dersten geçmiştim hem de iyi geçmiştim. Sorun derste değil bendeydi, ders benden daha iyilerine layıktı!

Artık içim içimi yemeye başladı. Nasıl olsa bir engel kalmadı, anneme söylesem mi diye. Söyleyeyim ne olacak, okul da bitti nasıl olsa dedim! Daha tezimi teslim etmek için Ankara'ya gidecektim ve öğrenirse tövbe yollamazdı. Yüzdüm yüzdüm kuyruğuna geldim, azıcık daha sabredeyim dedim. Ben de bu arada gece gündüz tezi yazıyordum. Çaktırmayın, günde en fazla bir saat!

Nasıl olsa gideceğim için onun gelmesine de gerek yoktu, yine sabır! Kafamda kurdum planı. Gittiğim gün tezi teslim edip eve geçeceğim, temizlik yapacağım. Ondan sonraki gün de Emrah'la görüşeceğim. Tam da dediğim gibi oldu, sağ olsun abimler de sorun çıkarmadı. **Bilselerdi onunla görüşeceğimi, otobüs biletlerini püre yapıp yedirirlerdi bana!**

Evin tam önünden direkt Kızılay'a otobüs gidiyormuş ama biletim yok, burası da yeni yeni gelişiyor. Haliyle ben nereden bulacaktım bileti? Birine soruyorum otuz metre ileride diyor, oraya gidiyorum elli metre ileride diyor. Gidiyorum öyle bir yer yok! Yürü yürü sonunda buldum.

Ne yapalım derken eski günleri yâd edelim diye yurdumun olduğu semte gittik. Çiğ köftecimizde köfte yedik, gittik pastanede yaş pasta yedik. Sonra baktık zaman daha çok, Pes kafeye gidelim dedik ama bu sefer İlker yoktu. Pes oynamayı bilmiyorum ben, biz de Tekken oynarız dedik. Herhalde üç saat oynamışızdır. Rastgele tuşlara basıp acayip hareketler yaptırıyordum. Çok romantiğiz değil mi? Ama en azından kafe loş ışıklıydı!

Ankara'ya gitmişken Nermin Teyzenin elini öpeyim dedim, zaten yakın mesafeydi. Baktım kalem gibi sarılmış yaprak dolmaları gelin gibi duruyor masanın üstünde! Hem muhabbet hem de şahane dolmalar çok iyi gelmişti. Abim aradı hem de onlardayken! Ne diyeceğim şimdi ya seni geleyim alayım derse diye düşünüp en iyisi yurttaki kızları görmeye gittiğimi söyleyeyim dedim. Oradan alır beni, dolmuşla yedi dakikada orada olurdum.

Geri aradım, tam da dediğim gibiydi. Beni almak için aramış üstelik çok da yakındaymış. Yurttayım deyince beş dakikaya geliyorum çık kapıya demez mi, evet dedi! Dolmalar boğazımda kaldı. Ama benim beş dakikaya yurtta olmam mümkün değil hatta imkânsız ancak ışınlanmam lazımdı ki bu da henüz bir hayal!

Yetişemeyeceğimi anlayıcınca tekrar arayıp başka bir arkadaşımı daha görmeye gideceğimi falan söyledim. Neyse ki sorun çıkmadı, tıpış tıpış evin yolunu tuttum. Artık tamam, bu da bittiğine göre engel kalmadı. İstanbul'a döner dönmez anneme her şeyi anlatıyorum, bıktım yaaa. Yalan yalanı doğuruyor, arkası kesilmiyor. Söylediklerimi unutup çelişkiye giriyorum. Yakalansam güvenini kaybedeceğim. Çok yoruldum palavra sıkmaktan gerçekten, vicdanım sızlıyor. En iyisi her zaman doğruyu söylemek çünkü eninde sonunda mecburen itiraf etmek zorunda kalıyoruz. Olan karşımızdakinin bize duyduğu güvene oluyor. Hem kafa da rahat oluyor öyle.

İstanbul'a döndüm, uyuyamıyorum! Dilimin ucunda bekliyor söyleyeceklerim ama kırmadan, incitmeden, sesler yükselmeden nasıl söylesem diye düşünüyordum. Aradan iki üç gün geçti ben sürekli annemin totosunda dolaşıyordum, cesaretimi topladığım an ilk fırsatta itirafa başlayayım diye. Sonunda baktım annem temizlik yapıyordu. Hem de bize hazırladığı çeyizliklerin tozunu alıyor, bundan iyi fırsat olamaz dedim. *Hadi Gönül damardan gir çünkü muhtemelen şu anda zaten duygusal anlar yaşıyor diye de ekledim içimdeki sesle.*

Yanına gittim oturdum, yardım etmeye başladım. O güzelmiş, bu şirinmiş derken annem de başladı; o kaynanana, bu kaynatana, bu kocana diye. Bir anda ağzımdan çıktı, **"O ona olmaz ki,"** cümlesi. Annem çipil çipil gözlerini bana çevirerek, "Terbiyesiz, ben böyle derim de sen benimle nasıl öyle konuşuyorsun? Bak bak bak evlenecekmiş de, kocası olacakmış da!" Bir saniye ya, annem olayı anlamadı galiba! Sonra birden arkasını tekrar dönüp bu sefer o çipil gözlerinin birini iyice kısıp diğerini de olabildiğince açıp bana baktı. **Yeni anladı galiba!**

"Ne dedin sen, bu ona olmaz mı dedin? O kim?"

"O kim? Bilmem kim o? Nasip kısmet anne ya, kim bilir o kim?"

"Sen hâlâ o çocukla mı görüşüyorsun?" Sanki çok kızmayacak gibiydi yoksa blöf mü yapıyor itiraf edeyim diye. Ama ben susunca anladı tabii kadın.

"Anlamıştım zaten!"

"Neyi anladın anne?" dedim hâlâ salağa yatan küçücük beynimle.

"Sen o çocuktan hiç ayrılmadın, bize yalan söyledin," deyince vicdanım sızladı, bir üzüldüm ki anlatamam. Yani bile bile göz mü yummuştu. "Anlat anlat, okulun da bitti nasıl olsa değil mi?" deyince anladım ki **biz giderken onlar dönüyordu** ama demek ki pusuya yatıp bilmezden geliyorlar sırf bizden duymak için!

Her şeyi anlattım, birkaç şeyi atlayarak tabii. Bir kaşını kaldırıp dudağını büzüştürdü. Derin bir nefes aldıktan sonra, *"Demek ki sizin sevginiz gerçekmiş, o çocuk seni gerçekten seviyormuş bu kadar sabrettiğine göre. Siz bu zamana kadar gelmişsiniz, ben daha ne diyeyim ki. Olmaz, ayrıl desem, ayrılacak mısın ki?"* dedi. **Sanırım biri anneme yumuşatıcı koymuştu ya da içirmişti.**

"Nasıl yani, kızmadın mı?"

"Neden kızayım, yapabileceğim bir şey bırakmadın ki söyleyeceklerim önemli olsun."

"Sizi de kırmadan, size sırtımı dönmeden hem okulumu bitirmek istedim hem de savunduğum şeyin arkasında durmak istedim. Ben de onu tanıma fırsatı buldum bu zamanda ama artık ondan eminim."

"Tamam madem eminsin, git babana sen anlat." Ve benim bittiğim an olur bu! Ben bunu hiç böyle düşünmemiştim. Anneler yavaş yavaş, yumuşak dille babalara anlatmaz mıydı? Dizilerde bizi kandırdılar mı yani?

"Ayıp ya, ben nasıl söyleyeyim babama?" Ayıptan değil de korkudan diyemiyorum ben.

"Sen bilirsin, beni hiç bu işe karıştırma."

Üstümden büyük bir yük kalktı o gün, en azından annem biliyordu artık. Gerçi telefonla eskisi kadar uğraşamıyordum, onunla görüştüğümü de gözüne sokmanın anlamı yoktu, bu saygısızlık olurdu. Fırsat buldukça odama kapanıp konuşuyordum zaten. Onu bunu geçelim de sahi bu durumu babama nasıl anlatacağım ya? **Adam geçen bardağı fırlattı, bu sefer demliği kafama dökmesin!** Yok ya ben söyleyemem, hem utanırım da konuşulmaz bu konu babayla. Onun muhatabı annem, en iyisi onu ikna etmekti. Birgül de yanımda olursa o da bana arka çıkar, daha ikna edici oluruz. Üçlü koalisyon kurduk ve anlaşmaya vardık. Nihayet annem tasarıyı kabul etti ve meclise sundu, gözler babamda. Evet babacım, sendeyiz. Dinliyoruz. Biz odadan duyuyoruz tabii, **sıkıysa git yüz yüze dinle!**

"Gönül Hanım yine yaptı yapacağını! O çocukla hiç ayrılmamış, şimdi okulu bitince itiraf etti bana. Seninle de konuşamıyor, illa benden istedi söylememi," cümleleriyle dan diye girdi konuya annem. Yahu kadın biraz destur, balıklama girilir mi konuya hem de kışkırtır gibi! O değil bir de adamın yüreğine inecek Allah korusun!

"Bak sen sessiz Gönül'e, ayakta uyuttu bizi he mi?" diyen babamın şaşkınlığını yaşıyordum. Beklediğim tepki bu kadar yumuşak değildi, bir terslik olmalıydı. "Ama helal olsun, hiç de belli etmedi ya da biz anlamadık. Ne yapayım asayım keseyim mi, yoksa zorla başkasına mı vereyim? Yaşını almış, artık okulunu da

bitirmiş. İlle de o çocuğu istiyorsa bundan sonra bir şey yapamayız. Şimdiye kadar vazgeçmeyen şimdiden sonra çoook zor!"

"Şimdi ne olacak peki? Abilerine de söyleyelim, araştırsınlar çocuğu. Gönül daha yirmi dört yaşında, araştırmadan asla olmaz. Bakalım gerçekten ailesi Gönül'ün dediği gibi mi? Mezhep farklı, kültür farklı... Hey Allah'ım ne vardı bizim taraflı birini bulsaydı?" dedi annem iç çekerek.

"Yahu mezhep benim için sorun değil, insan olsun yeter ama Ankara'ya ben Gönül'ü gön-der-meeeem!"

"İnşallah bir sorun çıkar da bu iş bozulur," dediğinde neredeyse **tövbe de anne** diyecektim ama kendimi tuttum.

Beni görmelisiniz, havalarda uçuyordum. Baba faktörünü de hallettik, o da öğrendi. Şimdi sırada abimler vardı. Büyük abim anlayışlıdır, çok sıkıntı yapmaz. Sadece araştırılmasından yana olur. Bana güvenir, mutlu olacağımdan şüphe duymamı gerektirecek bir şey çıkarsa bu konuda ısrar etmeyeceğimi bilir, yani kararlarıma güvenir. Ama küçük abim biraz sinirlidir. Aslında sinirli olduğuna bakmayın, o kadar iyi kalplidir ki herkesin yardımına koşar. Damarına basılmadığı sürece benden bile daha güler yüzlüdür, fedakârdır, çok eğlencelidir ve hepsini geçtim, ailesine aşırı düşkündür. İşte bu yüzden beni korumak adına ileride mutsuz olacağımı düşünüp hem mezhep ayrılığını hem de uzak memleket oluşunu sorun edip elinden gelen sorunu çıkaracaktır. Beni korumak için yaptığını biliyorum ama **ön yargı dediğimiz şey çok kalın bir duvar hatta yıkılması en zor olan duvar!** Bakalım bizimkiler o duvarı yıkacak mı yoksa bir duvar daha mı örecekler!

***

Akşam abim geç geldiği için sabaha kaldı, büyük abim evli olduğu için o zaten evindeydi. Annemden rica etmiştim yine, konuşurken ben o ortamda olmayayım diye ama bu sefer karşı çıktı. Abine kendin söyle, senden öğrensin dedi. Ve ben tutuştum!

Abimin sevdiği ne varsa yapıp kahvaltıyı hazırladım. Sonra da gidip abimi uyandırdım.

"Abi! Abicim! Hadi, kahvaltı hazır."

"Ha? Hıı taaaam," gibi bir şey çıktı abimden uyku sersemi.

Ne var ki kahvaltıda cesaret edip de söyleyemedim. Ne söyleyeceğimi biliyorum da nasıl söyleyeceğim, onu bilmiyorum. Laf lafı açar spontane gelişir konuşma da, önce bir açılışı yapmam lazım. Baktı benden ses yok. Annem, *"Sana bir şey diyecek Gönül,"* dedi abime.

"Evet, dinliyorum," dedi kaşlarını çatarak. Ben hâlâ konuşmayınca, "Evet Gönül, söylemeyecek misiniz? İşim var, gidiyorum söylemeyeceksen," diye ekledi.

"Şey, abii… Ya nasıl söylesem..." Yutkuna yutkuna tükürük bezlerim kurudu. Derin bir nefes aldım ve hadi Gönül dedim, yapabilirsin. Artık dönüşü yok, bari tek nefeste anlat derdini.

"Abi biri var, ciddi düşünüyoruz. Senin de iznini almak istedim. Annem ve babam biliyor ama senin de fikrin benim için çok önemli. O yüzden sana da soruyorum, benim için bu konuda onay verir misin?"

Kimdir, nedir, nerelidir, okuldan mı, nerede yaşıyor? Sorular, sorular, kilit sorular! Kimdir, nedir, okuldan mı falan bunlar iyi hoş güzel de nerelidir kısmı ve nerede yaşadığı kısmına hiç gelmesek iyi olurdu ama biliyorum ki asıl öğrenmek istediği de bunlardı. Ankara'da yaşadığını söyleyince o kaşlar bir kalktı!

"Onu geçeceksin, Ankara'da yaşamak yok, seni yollamam başka şehre!"

Nereli olduğunu söyleyince oturuşunu düzeltti. Bir dik durdu ki tamam, dedim dalacak bana. Aslında öyle kaba kuvvet kullanmaz ama bu konuda çok da güvenemedim. "Sen ne diyorsun Gönül?" dedi. "Oralılar Alevi olur, senin aklın başında mı? Sen nasıl düşüncesiz davranabiliyorsun, bizim yapımızı bilmiyor musun? Millet ne der? Olmaz Gönül, bu iş olmaz! Aklını başına topla, ileride mutsuz olursun. Kültürler farklı..."

Başladı onlar böyle olur, şöyle olur, böyle yaşarlar, şöyle adetleri var... Başladım açıklamaya öyle değiller böyleler, kendimce araştırıp gözlemledim, bir yalanını bile bulamadım. Ben sana adresini telefonunu vereyim istediğine sor araştır, eğer dediğimden farklıysa, gerçekten senin dediğin gibilerse vallahi vazgeçerim. Sonuçta benim hayatım ve mutsuz olmak istemem, yalan varsa ben de yokum dedim. Ama ikna olmuyor, aksine daha çok sinirlendi. Ayağa kalkıp bağırmaya başladı. Nuh dedi, peygamber demedi. Ama en ağırı da en son cümlesi oldu: **"Karar ver Gönül, ya o ya ben.** Akşama kadar düşün, akşam tekrar soracağım!"

"Benden bunu isteme!" der demez arkasını döndü ve kapıyı çarpıp çıktı sonra geri döndü. Hemen annemi çağırdı, beraber bir yere gideceklerdi. Benim için dünya o anda durdu, vücudum karıncalanmaya başladı. Çünkü bu benim için üstüne düşünülecek bir karar olamazdı. Sevdiğim adamı bunca zorluktan sonra hem de bu kadar seviyorken hem de doğru insan olduğundan eminken nasıl vazgeçeyim? Peki ya abimden? Canımdan, kanımdan nasıl vazgeçeyim! Onu nasıl ikna ederim diye düşünürken ağlamaya başladım. Evde de kimse yoktu, bağıra bağıra ağladım, konuşa konuşa ağladım.

Yerimde duramıyordum. Emrah'ı aradım anlattım olanları o da kendinden çok emin olduğu için bana teselli veriyordu, *"Merak etme biz neler atlattık, abin de ikna olacak çünkü ben kendime güveniyorum. İsterse tanışalım, gelsin bizi istediğine sorsun. Bir yalanımı bulsun, tek kelime etmeden ben giderim,"* diye. Güya bana teselli veriyordu ama sesi gitti. O zaman Emrah bir AVM'de çalışıyordu. İş arkadaşı bir kız vardı, o da Aleviydi. Aldı telefonu elinden, beni neredeyse iki saat teselli etti, konuştu, güldürdü.

İlerleyen saatlerde abim aradı, aha dedim akşamı bekleyemedi şimdi bana soracak cevabımı. Açtım telefonu, gayet sakin bir sesle benden Emrah'ın telefonunu istedi. Neden istediğini söylemedi ama verdim sorgulamadan. Meğer annem yolda abimle konuşup sakinleştirmiş ancak bir yalan çıkarsa vazgeçer Gönül demiş. O yüzden bir araştıralım yoksa vazgeçmeyecek hatta inat yapacak demiş. Annem geldi ama abim bir iki eşyasını aldı çıktı.

Abim gidince annem anlattı konuştuklarını. Meğer abim ani kararla Ankara'ya Emrah'la konuşmaya gidiyormuş. Sonradan öğreniyorum ki aslında Emrah'ı tehdit edip klasik Türk filmlerindeki gibi bırak kardeşimin peşini demeye hatta dinlemezse kaba kuvvet kullanmaya gidiyormuş. Ben depresyonda, ben şoklarda, ben ağlamalarda... **Oy Allah'ım, bu kadar mı büyük sınavımız?** Birgül beni teselli ediyor ama aklım Ankara'da. Sabah Emrah'ı arayacak muhtemelen, bakalım ne olacak? Ben daha fazla anlatamayacağım çünkü orada yoktum. En iyisi kociş anlatsın...

"Aşkım, ben bir çay koyuyorum, sen gelip anlatsana olanları!"

***

Valla Gönül hep anlatırdı işte iki abim var; birisi çok yumuşak kalpli ama birisi çok sinirli, sinirliyken ne yaptığını bilmiyor diye. **Maalesef benimle konuşmaya gelen ilk abisi değil, sinirli olandı.** Bakalım ne olacaktı?

Şimdi hani az çok ne için geldiğini biliyordum, ayırmak isteyecekti bizi. Ben de her ne olursa olsun ayrılmayacaktım. O yüzden tartışma olur, kalp kırılır diye de çok korkuyordum. Ama gerçi sevdiğim kızın abisi yani, sonuçta büyüğümüz. Ne dese eyvallah diyecektik. Bizim çocuklara söyledim, *"Gönül'ün abisi aradı, geliyormuş. Konuşacağız,"* diye. Onlar da beni bilir, aslında minik kedi yavrusu gibi bir kalbim var ama birisi damarıma basınca da aslan kesiliyorum. Onlar da bu huyumu çok iyi bildiklerinden, "Sait Abiyi okula çağır, yalnız konuşmayın. Tartışırsınız falan ama burada olursanız sohbet daha yumuşak geçer," falan dediler. Ben de Sait Abiyi tekrar arayıp okula çağırdım. İlk önce tamam dedi ama sonra ne düşündüyse, "Ben seni okulun kapısından alayım, bir yerlerde otururuz," dedi. Ben de tabii ki kabul ettim. Ne diyeceğim bir de **yok gardaş buraya gel, burada konuşacağız** mı diyeyim. Sonuçta abi yani!

Bir yandan Gönül arayıp sakin olmamı tembihliyor falan. Ve derken telefonum çaldı, beş dakikaya oradayım, dedi. Çıktım kampüsün dışına bekliyorum, bir tane son model araba yanaşıp camı açtı. "Sen misin?" dedi. Baktım, "Evet, benim," dedim kapıyı açtım. İlk önce şöyle bir baktım hani nereye gidiyoruz diye. **Nereye götüreceksin beni, bana kötü şeyler yapmazsın değil mi gibisinden hüzünlü bir bakış attım.**

"Ofiste konuşsak sana uyar mı? Dışarıda ses olur, ofis sessiz sakin," dedi. İçimden **ulan adam bizi götürüp ofiste kesecek mi, niye bu kadar sessiz sakin bir yere gidelim dedi** diye geçirirken,

"Merak etme, kaba kuvvet uygulayacak halim yok," dedi. Ben de, "Yok abi, neresi sana uygunsa oraya gidelim, benim için fark etmez," deyince o da rahatladı. Atladım arabaya, yola koyulduk.

Şimdi ben biliyorum Sait Abinin niyetinin bizi ayırmak olduğunu ama sanki ortamda öyle bir şey yok, sadece beni tanımaya çalışıyormuş gibi sorular soruyor, ben de cevaplıyorum. Sorular yavaş yavaş gelmeye başladı. Bundan sonrasını diyalog halinde yazayım isterseniz :)

"Merhaba Emrah, ben Sait. Biliyorsun, Gönül'ün abisiyim. Ben yeni öğrendim böyle bir arkadaşlığınız olduğunu, geleyim ve seni tanıyayım dedim. Bana hayallerinden bahseder misin biraz?"

"Abi öncelikle hoş geldin. Valla hayalim şu an okulu bitirip askerliği de yaptıktan sonra iyi bir iş bulmak. Çünkü iyi bir iş bulmadan evlilik gibi bir şey düşünülemez. Her ne kadar iki gönül bir olunca samanlık seyran olurmuş lafı da olsa, ben ona inanmıyorum. Yuvamı rahat ettirebilecek seviyeye gelince de inşallah tek isteğim Gönül'le evlenmek," deyince hafif sinir başladı Sait Abide.

"Peki, güzel bir düşünce. Ne iş yapmayı düşünüyorsun, kafanda var mı böyle yaparım şöyle yaparım diye bir şey?"

"Abi ben pek mühendis kafası istemiyorum, işletme açmak istiyorum. Böyle altı oyun oynanabilen, üstü kafe tarzı." Burada da ufkumun geniş, zengin olmaya istekli girişimci bir genç modeli oluşturdum. En azından denedim!

Bu arada gideceğimiz yer baya uzaktı. Bu konuşmalar çok akıcı değildi. Durup durup düşünülerek sorulan, düşünülerek cevaplanan sorulardı. Yavaş yavaş ofise geldik ve ofise girdik. Asıl soru bombardımanı burada başlayacaktı ve ben hepsine karşı hazırlıklıydım.

"Evlenince nerede yaşamayı düşünürsünüz peki? Ben Ankara'dan ayrılmam mı dersin?"

"Ankara'ya ne kadar âşık olsam da hayır abi. İnsanın doğduğu yer değil, doyduğu yerdir evi. İşimi nerede daha iyi yapabileceğimi düşünürsem orada kalmayı tercih ederim."

Ve aslında beklediğim soruya yavaş yavaş yaklaşıyorduk. Çünkü aslında bu sorular sonradan aşılabilecek şeylerdi. Ve o sıralar gündemde zorunlu din derslerinin kaldırılması vardı. Herkesin ailesinde muhakkak bu sorunu yaşayan gençler olmuştur. Rahmetli abim de bir kızı çok sevmişti, sırf Aleviyiz diye kızı vermediler. Derken beklenen soru geldi!

"Peki Emrah, bu aralar zorunlu din derslerinin kaldırılması gündemde. Ona ne diyorsun?"

"Bence yanlış bir gündem abi. Bırakın çocuklar dinini öğrensin, bunda ne gibi bir sakınca var ki?"

"Ne yani, gerçekten böyle mi düşünüyorsun?"

"Tabii ki abi, hepimiz Müslüman değil miyiz? Din derslerinde dört büyük din de anlatılıyor, bizim dinimiz de. Din dersi bence olmalı," dediğimde belki de içinden yalan söylediğimi düşündü ama düşüncelerim tamamen böyleydi.

"Peki, Gönül evlenince kapanmak istedi, beş vakit namaza başladı. Tepkin ne olur?"

"Keşke yapsa abi. Benim annem de kapalı. Ne diyeceğim yani sen kapanamazsın, namaz kılamazsın mı? İnsan dinini yaşamak ister de, engel olunur mu?" Beklediği cevaplar bunlar değildi. Çünkü biz Aleviyiz diye bizi namaz kılmaz, oruç tutmaz, ibadet yapmaz sanıyordu.

"Nasıl yani ya? Şimdi bu dediklerinde sen gerçekten samimi misin? Yoksa her şeye hazırlanıp geldin de beni başından savıp bildiğimi yaparım derdinde misin?" derken hafif sinir izleri alnından ve boyun damarlarından anlaşılıyordu.

"Abicim, bak beni tanımıyorsun. **Kimse için girdiğim kalıbın şeklini almam.** Neysem oyum. Gelin, oturduğum mahalleye beni ve ailemi herkese sorun. Dediklerim içinden bir tane yanlışımı bulun, ben sana erkek sözü veriyorum: Gönül'den ben ayrılacağım."

"Bak zaten hani şimdi öyle bir şey yok ama diyelim ki evlendiniz. Kardeşim evlendi diye onu bırakacağımı sanma. Ben, kardeşim evlense de onun abisiyim. Her daim de yanında olacağım."

"Abi başım gözüm üstüne. O ne demek, tabii ki. Eğer bu yolda berabersek aileyiz, yan yana olacağız."

Bu konuşmaların ardından biraz önceki Sait Abiden eser yoktu. Sinir damarları geri çekilmişti. Kısacası bana inanmış ve güvenmişti. Sanırım böyle bir konuşma olacağını da hiç sanmıyordu. Ofisten çıktık, beni okula geri bıraktı. Gerisini esas kız Gönül'den dinliyoruz ?

***

Tabii, bunlar olurken ben hiçbir şekilde haber alamıyordum. Yazıyorum cevap vermiyor, arayamam abim yanında. Meraktan deliye döndüm ama kesin abimle anlaşamadılar, ya kötü şeyler olmuşsa, çünkü ikisi de fevri ama tabii kız abisi olarak bir sıfır öndeydi abim ve alttan alınması gerekiyordu Emrah'ın. Emrah o konuda asla saygısızlık yapmazdı ama konuşmanın gidişatı ne yönde ilerliyordu, hiçbir fikrim yoktu. En kötüsüne kendimi hazırlıyorum ki duyacaklarım karşısında şok yaşamayayım.

Ben karamsarlığın dibine vurmuşken annemin telefonu çaldı. Eğer abimse arayan, Emrah da beni arardı birazdan. Dananın kuyruğu koptu mu ki?

Annem telefonunu açtı hemen sinsi sinsi parmaklarımın üstünde yürüyerek merdivenlere oturdum ama nafile, çok da net duyamıyordum. Sadece annemin şaşırma nidalarını net duydum. Abim ne diyordu da annem bu kadar şaşırıyordu, çatlamak üzereydim. Tam kalkıyordum ki annem sonunda düzgün bir cümle kurdu. *"Biz seni oraya çocuğu tehdit et, ayrılsın diye yolladık. Sen çocuğun sevdiğini söylüyorsun. Bu hiç olmadı, neyse hayırlısı olsun. Sen beğendiysen bizim içimiz biraz olsun rahatlar."*

Ollleeeey, yuppi, zappiiiii, zupppiiiii, yaba yabaaaa, yihuuu! Elim ayağım birbirine dolandı. Kalkayım odama koşup hemen sevgilimi arayayım bari derken, ben aramadan o aradı.

"Alo, aşkıııım! Ne oldu anlat hemen!"

"Çok kötü şeyler oldu aşkım. Abinle tartıştık, her şeyi mahvettim. Ayrılmam deyince de dayak yedim. Bizi rahat bırakmaz, ben bunları kaldıramam, yokum ben!" dedi hüzünlü bir ses tonuyla. Ama hiç araya girip de lafını bölmedim **bakalım daha neler sıkacak** diye.

"Ya, tamam o zaman yolun açık olsun!" dedim ama dayanamadım kahkaha attım. O da durumu anlayınca gülmeye başladı. Konuştukları her şeyi anlattı ama o kadar mutluydum ki belki on defa tekrarlattım ne konuştuklarını. Zaten sonra şarjı bitti de kurtuldu benden.

***

Büyük abime zaten annem söyledi, o da araştırılmasından yanaydı. Olsun, benim içim çok rahattı çünkü bana karşı dürüst olduğunu biliyordum ve en ufak bir yalan çıkmayacağından emindim. O yüzden her türlü bilgiyi verirdim.

Aslında bu işler çok karışık. Düşünsenize herkesin seveni var sevmeyeni var. Sevene sorsan iyi der, sevmeyene sorsan kötü der. Kime inanacaksın? Komşuluk da böyle. Hadi komşulara sordular diyelim, kime inanacaklardı ki?

Aklıma bir fikir geldi: Nermin Teyze astım rahatsızlığından dolayı temizliğini bir ablaya yaptırıyor demiştim ya, onu arasalar da ondan bir şeyler öğrenseler çok inandırıcı olurdu. Çünkü ailenin içine girip çıkan biriydi. Annem bunun üzerine o ablanın Alevi olup olmadığını sordu, tabii ki değil dedim. Öncesinde aradım, izin istedim sonuçta belki konuşmak istemeyecekti. Sıkıntı olmayacağını söyleyince anneme arattım.

***

Annem arayıp konuşmaya başlayınca önce tanıştılar selamlaştılar, sonra da direkt konuya girdi annem. Hem de can alıcı o soruyla! **"Sizin mezhebiniz nedir?"** Ben tabii ki cevabı biliyorum. Bilmiyor muşum, meğer o da Aleviymiş! Gerçi hiç sormamıştım ki nereden bilebilirim? Annem çok uzatmadan kapattı ve tabii ki samimi bulmadı çünkü onları kayırdığını düşündü. Zaten sağ olsun o abla da heyecan yapmış, panik yapmış. Annem de doğal olarak yalan söylediği için bu kadar heyecanlandığını söyledi. Bu deneme başarısızlıkla sonuçlanmıştı.

Bu araştırma süreci biraz zaman aşımına uğradı. Ben ısrar etmeye başladım, hadi araştırın, vereyim istediğiniz bilgileri diye. Çünkü artık bir sonuca bağlanmalıydı. Emrah bu dönemde çalışıyordu. Sabah sekizde evden ayrılıp akşam onda da işten çıkıyordu ama eve varması gece on bir buçuğu buluyordu. Mesai saatleri içindeyken telefonuyla uğraşamıyordu çünkü yasaktı. Ben de bunu bildiğim için mola verdiği zamanları bekliyordum gözüm kulağım telefonda.

Mesaisi başlarken mutlaka beni arardı. Hem de konuşamayacağını bile bile telefonu açık bırakıp cebine koyardı. Tabii ben her şeyi duyardım, sırf telefonun bir ucunda olduğumu bilmek için hem de çaktırmadan arada konuşabilme ihtimali için. O kadar can kulağıyla dinliyordum ki Emrah müşterilerle ilgilenirken o mağazadaki ürünlerin özelliklerini ve fiyatlarını istemeden ezberlemiştim. **Arada bayanlar geliyordu tabii o zaman telefonumu kulağımın içine sokasım geliyordu** bakalım asılan olacak mı, o yeşil gözlerine iltifat eden olacak mı diye. Neyse ki öyle bir şey olmadı çünkü benim herifim mesafeli konuşuyordu *yani yeşil ışık yakmadığı sürece kırmızı ışıkta geçmeye çalışanı da tır çarpmışa çeviririm, enkazı bile kalmaz.*

O mağazadaki ürünler oldukça pahalı şeylerdi, zenginlerin alışveriş yapabileceği bir mağazaydı. Tiki tiki konuşan kızların sesini duyuyordum böyle ağzını devenin geviş getirdiği gibi yaya yaya konuşup harfleri yutuyorlardı. Çok sinir oluyordum sevgilimle muhatap oldukları için. Mecbur muhatap olacaklar, biliyordum ama sanırım yine gereksiz kıskançlık yapıyordum. Göz görmüyor ya cilve yaptıklarını falan hayal ediyordum sonra kendimi cinayet işlerken buluyordum. Kendine gel Gönül, saçmalıyorsun diyordum kendime. Sonuçta **onun gözünde tek güzel sensin,** sen asıl kızsın, böyleleri için sinir yapma, sakin ol bebeğim diyordum. Allah'tan kendime gelmem uzun sürmüyordu. Baktım her seferinde sinirleniyorum, en iyisi hiç duymamak dedim bir daha da telefonu açık bırakmasını istemedim. Sonuçta benim ona güvenim sonsuzdu. Oh kafa da rahat! Hani deriz ya sana güveniyorum ama çevreye güvenmiyorum, tam da böyle. Kimse inkâr etmesin, seven herkesin içinde gizlenmiş bir kıskançlık var ama abartmaya da gerek yok tabii…

***

Ocakta Emrah'ın doğum günü var. Aslında böyle özel günleri aman aman sürprizler yapıp da abartılı şeylerle kutlamayı sevmiyoruz ama uzun zamandır görüşmemiş olduğumuz için bu güne denk getirsek mi diye düşündük. Sonra bir baktık 14 Şubat var önümüzde, en iyisi o gün buluşmak ama bizimkilere nasıl söylesem ki ya da söylesem mi ki diye düşündüm. Son kez haberleri olmadan görüşelim ne olacak, en fazla kızarlar dedim. Emrah yine trenle gelecek, yani benim yine sabah altıda çıkmam lazımdı. Bu sefer o kadar erken çıkarsam annemler kesin anlardı ben de kuzenimde kalmaya karar verdim. Nasıl olsa kaçta çıktığımı annem bilemezdi. Kuzenimin de zaten olaydan haberi var, sağ olsun yataklık yaptı bana. O gün Emrah iş çıkışı direkt tren garına gidecekti ama bu sefer koşturmayla geçmiş hatta bence bunu kendi anlatsın değil mi aşkitom?

***

Sen de iyi alıştın ama aşkım bunu sen anlat demeye! Neyse anlatayım hadi. Tren saat 22.00'de hareket ediyor her gün. Neyse ben de o gün saat 22.00'de işten çıkıyorum. Müdürümden izin istedim, sağ olsun o da verdi. Hoş, vermese de kaçardım. **Boru mu la, yengenize gidiyorum.** Tam saatinde çıkmayı planlarken bir müşteri geldi ve on beş dakika kadar onunla ilgilendim. Bu kez de otobüs saatini geçirdim ve yarım saat beklemek zorunda kaldım. Opera durağına geldiğimizde saat 21.50 idi. Son on dakikam kalmıştı ve oradan koşarak zamanında trene yetişmem mümkün değil gibiydi. Bir yandan yağmur çiseliyor, ben ayaklarım koparcasına koşarken yağmur içime işliyordu. Saatin hızlı hızlı geçtiğini de görünce bıraksalar çocuk gibi ağlayacaktım. Ve mucize sanırım gerçekleşti ve ben tren kapısından girdim.

Saniyelerle yetiştim ama hem ıslaktım hem kaval kemiklerim sızlıyordu. Günün yorgunluğu da eklenince Gönül'e haber verip koltuğa yayılıp uyudum. Sonra bir ara kalktım lavaboya gittim, geri gelip kaldığım yerden uykuma devam ettim.

Benim de bir huyum var; uyurken yüzüğümle oynarım. Bir attım elimi parmağıma, **yüzük yok!** Ne Gönül'ün ne benim parmağımdan çıkmayacaktı o yüzükler! Hemen koştum lavaboya baktım, yüzük yok. Dokunsalar ağlayacaktım. İçime bir sıkıntı çöktü. Sanki yüzük olmayınca kötü bir şey olacakmış gibi bir hurafem var. Koltuğa geri geldim ama içimde bir huzursuzluk vardı. Birden aklıma ben lavabodan çıkarken lavaboya giren elli beş yaşlarındaki teyze geldi. Acaba o mu aldı yoksa tren sallanırken kendi mi düştü diye düşünüyorum. Denemekte fayda var dedim ve teyzeyi aramaya başladım vagon içinde. Önlerde bir yerde gördüm, hemen yanına gittim. Bir de ne göreyim? Teyzeciğim almış yüzüğümü, takmış bile parmağına. **Oh, başka isteğin var mı?** Şimdi bunu küçük yaşlarda okuyacak arkadaşlar da vardır. Onlar olmasa bir şey derdim de neyse!

Teyzeyi uyandırdım. Teşekkür edip yüzüğümü istedim ama ne dese iyi? "Çocuğum bu yüzük altın mı, gümüş mü?" Sana ne be teyze, sana ne demek istesem de diyemedim tabii. Gümüş demekle yetindim. Bir de üstüne pişkin pişkin, **"Ha iyi al o zaman, ben de altın sanmıştım!"** dedi. Belki inanmazsınız ama yemin olsun olay tamamen böyle oldu. Sonra aldım yüzüğü, taktım parmağıma. Koltuğuma uzanıp mışıl mışıl uyumaya devam ettim.

Saat 7.15 ve ben Haydarpaşa'ya geldim. Hikâyenin devamını esas kızdan dinliyoruz :)

***

Yaa işte öyle. O gün yanıma geldiğinde bitkindi. Yirmi dört saattir yatak yüzü görmemişti. Üstüne üstlük o gün de paso gezdik, çok güzel bir yere gidip yemek yedik. Bana çalıştığı yerden beyaz ve yumoş yumoş bir polar sweet hediye almış, hâlâ yıpranmadı. **Herhalde evlendikten sonra da giyeyim, bir daha masraf olmasın diye bu kadar sağlam bir şey aldı!** Çok eğlenceli geçti, hiç bitmesin istedik ama... Neyse tam bu yüzük olayını anlatırken benim kafam ısınmaya başladı, o soğukta terlemeye başladım benim yüzüğe şimdi dikkat edecek diye. Yüzüğü değiştireli iki buçuk sene oldu şimdi konu yüzük olunca dikkat eder mi derken, **"O ne la? Senin yüzüğün niye o kadar parlak?"** dedi. Buyurun cenaze namazına, Allahu Ekber!

"Özellikle parlattım aşkım," desem de yemedi.

"Yeme beni, bu yüzük bizim yüzük değil! Çıkar bakayım içine."

"Ne var, çıkarırım tabii," dedim ama bir yandan da oflayıp pufluyorum. Kilo aldım da çıkmıyor demeye getirdim. Hatta,

"Sahi sen de çok zayıflamışsın aşkım, diyete mi girdin?" diye kıvırmaya çalıştım.

"Lafı değiştirme, ne oldu yüzüğe onu anlat."

"Aşkım sana söyleyemedim ama yüzüğü bir gün çıkarmıştım, abim de gördü. İçine bakınca sinirlenip yan bahçeye attı! Ay, aramaktan ellerime dikenler battı ama bulamadım! Ben de gittim yenisini aldım, sen üzülme diye de anlatmadım. Şimdi fark ettin," dedim. Otobüste düştü desem inanmazdı. **Abime de o kadar suç attım, çarpılmasam bari.** "İyi bari buna sahip çık, niye o yüzüğü parmağından çıkarıyorsun ki zaten!"

"Tamam aşkım, kızma," dedim inandırabilmenin sevinciyle.

Evet, inandı ama söylenen yalan unutuluyor sonra bir bakmışsın gün geliyor ağzından gerçek sebep çıkıyor. Ben bunu evliliğimizin üçüncü yılında yaptım ve bana gözlerini pörtleterek baktı. "Ne yani sen bana yalan mı söyledin?" dedi. İlk ve son kez yalan söylemiştim onu da zaman itiraf ettirdi işte. Allah'ın sopası yok ki! Açıkladım, kızardın hatta inanmazdın çünkü komik sebepti falan filan ama baya bozuldu.

***

Benim okul biteli neredeyse bir sene olacaktı. Evde oturduğum yeter, artık bir şey yapmalıyım dedim. **Kendimi parazit gibi hissediyordum.** Sabaha kadar oturup akşama kadar uyuyordum. Yapacak bir şey olmayınca günler de geçmiyordu.

Bizimkilerle konuştum, kendi mesleğimle alakalı şirin bir mağaza açayım dedim. Hem kendim üreteyim hem nerede eksantrik, antin kuntin şeyler varsa satayım. Yani farklı ve güzel bir mağaza hayal ettim. Hem kira da ödemeyecektim kendi dükkânımız olduğu için.

İşte olacak ya başka bir alternatif çıktı. Kuaför kuzenim Numan o ara dükkân açmayı düşünüyordu ama yanına ortak arıyordu. Konuyu bana da açtı, çok da çevresi vardı ve hakikaten bu işi mükemmel yapıyordu. Hatta ödülleri de vardı ama ben bu işi hiç bilmiyordum. Öyle kuaförden çıkmayan biri de olmayınca bana çok uzaktı bu iş.

Ama kuzenim bana da işi öğreteceğini, öğrenene kadar kasada duracağımı falan söyledi. Bunu hem bizimkilerle hem de Emrah'la konuştum ama hepsi de kararı bana bıraktı. Ben de şansımı denemeye karar verdim. Hatta abim de bu konuda son derece destek oldu. İğneden ipliğe her şeyle ilgilendi.

Toplam dört günde dükkân artık işletmeye hazırdı. Fikrin ortaya çıkması, karar verilmesi, alışveriş, şirket olarak kurulum işlemleri, dükkânın tadilatı, temizlenmesi, yerleştirilmesi derken dört gün içinde tamamlanmıştı ve evet, artık hazırdı ama biz de bitmiştik çünkü sabahın köründe kalkıyorduk bunları yapmak için.

Numan çok heyecanlıydı, bir an önce açalım istiyordu. Ben de süreci yavaşlatıp hevesini kırmak istemedim ama o kadar pasif ve asosyal bir hayattan sonra bu kadar tempo bana çok ağır gelmişti. Hatta arada bir gün tatil yapmadan hemen ertesi gün siftahımızı yaptık, cidden çok müşterisi vardı ve çok kalabalık olmaya başladı zamanla.

Ben de en azından bildiğim, en azından amatörce de olsa yapabildiğim şeyi yapayım dedim. Tabii ki makyaj yani! Beklediğimden daha çok rağbet gördü, zamanla kaş dizaynı da yapmaya başladım ama bu konuda artık tek adres olmuştum. Yani tavsiye üzerine gelenler durmak bilmiyordu, bu konuda mütevazı olamayacağım. Çok iyi kazanıyorduk ama çok aşırı yoruluyorduk. Sürekli ayaktaydık ve sadece ikimiz çalışıyorduk. Kaş alıp makyaj yaparken de mecburen eğiliyordum artık bacaklarımı hissetmez oluyordum, zaten sırtım kopacak gibiydi. Alışkın değildim bu kadar yorulmaya. Tamam, para kazanmak kolay değil ama en azından işini sevmek lazım ve galiba ben bu işi hiç sevmedim...

Bir süre sonra Okan diye on dokuz yaşlarında bir arkadaşı aldık. Numan'ın komşusuydu. Hem çok temiz ve efendiydi hem de işini güzel yapıyordu ama ne var ki saç kısmına bakıyordu yani ben yine tektim. Bir de üstüne manikür çıktı. Zar zor onu öğretti bana Numan, işi olmadığında kendi yapıyordu bazen Okan yapıyordu ama genelde ben yapıyordum çünkü bayanlar bir erkeğin yapmasından rahatsız olabiliyorlardı. Ama nasıl anlatsam, **bana göre değildi bu hizmet sektörü.** Herkes her işi yapamaz ya, ben de bunu yapmak istemiyordum. Ne bileyim, kendimi kötü hissediyordum manikür yaparken. Kimse yanlış anlamasın bu mesleği asla küçümsemiyorum ama benim bir mesleğim zaten vardı, yani bunu yapmak bana ağır geliyordu.

Çok yoğun olduğumuz için zaten telefonla hiç uğraşamıyordum yani Emrah'la gece, eve gidince ancak görüşebiliyorduk. Bu da canımı çok sıkıyordu. Telefonu bırakın, yemek dahi yiyecek zamanımız yoktu. İyice zayıflamıştım. Bazen gece saat on iki, bir hatta iki oluyordu ama biz hâlâ saç baş yapıyorduk. Gecenin o saatinde tabii ki taksiyle dönüyordum eve. O da ayrıca masraf oldu bana.

Annem çok üzülüyordu bu durumuma. Söylemiyordu ama ben anlıyordum. Hafta sonu daha yoğun oluyorduk. Malum gelin başı, kına başı falan bir dakika durmak yoktu. Hâl böyle olunca bizim Emrah'la görüşmelerimiz yalan oldu. Salı günleri kapatıyorduk o da Emrah'a uymuyordu. Bu yaz askere gidecek, o yüzden mutlaka görüşmeliydik. Bir kere denk getirdik o da hafta içiydi. Sağ olsun kuzen anlayış gösterdi, müşterilerime ertesi gün için randevu verecekti ama yine de arayan arayana. Yani o gün bile burnumdan geldi.

Askere gitmeden bir ay önce Emrah işten çıkınca salı günü görüşmeye karar verdik. Beraberinde İfot, İlker ve Ekin arkadaşlarımız da gelecekti, ben de Birgül'ü getirdim. Ne zamandır Adalar'a gitmek istiyordu, hep beraber gidelim dedik.

Adalar'a gidilir de bisiklet sürmeden dönülür mü? Tabii ki dönülmez dedik ve hepimiz bisiklet kiraladık. İstikametimiz belli, yani tur yapacağız. O zaman yarışalım bari dedik. Evet, yarıştık ama ben hızımı alamadım galiba çünkü arkamda kimsecikler kalmamıştı. **Ne oluyor lan dedim,** yoksa fark etmedim de ben mi çok geride kaldım? En iyisi geri döneyim dedim. Çünkü herkes beni geçse bile Emrah o göbekle hız yapıp da beni geçemezdi. Geri döndüm, hem de baya gittim. **Ve bir şüşko gördüm sanki! Evet evet, gördüm!** Nefes nefese kalmış, yavaşça bisikletini sürüyordu.

Yanına varıp, "Diğer çocuklar nerede?" dedim meğer Birgül de hemen arkasından geliyormuş, o da bitap düşmüş. Diğerleri yorulmuş, çoktan geri dönmüşler. Bunları görünce bana bir gülme krizi tuttu sormayın. Emrah ter içinde kalmış, rengi bembeyazdı. Birgül bisikletten inmiş, yokuşa doğru sürükleniyordu. Söylemesi ayıptır ben hâlâ çivi gibiydim. Durun gençler dedim, oturun şöyle! Hemen yanımızda ağaçlar vardı, onların altına oturduk. Birgül kustu kusacaktı. Emrah desen iki seksen yere uzandı meğer paçasından akrep girmiş. **Lan diyor bir şey beni gıdıklıyor hem de şu anda yukarı doğru çıkıyor!** Birbirimize bakıp çığlık attık. Arkamızı döner dönmez pantolonunu çıkardı. **Az kaldı akrep... :)** Neyse burayı geçelim. Ne diyorduk? Hah, tamam. Adam küfür ede ede akrebi doğduğuna pişman etti. **Resmen adam akrebi soktu!** Dinlenip geri dönünce adayı da terk ettik çünkü çok sıcaktı ve vapurla deniz havası çok iyi gelecekti...

***

Bu sefer ayrılma vakti gelince önce biz otobüse bindik Birgül'le, onlar biraz daha dolaşıp öyle döneceklerdi. Bu son görüşmemizdi, askerliği bitene kadar görüşmek yoktu. O yüzden birbirimizden ayrılmamız da çok zor oldu, eve varana kadar ağladım. Birgül de cam kenarında oturmak için arkama geçmişti, yanımdaki kadınsa bana acıyarak bakıyordu. **Kadına söyleyecek bir sürü şey geçti aklımdan ama sustum.**

Nerede askerlik yapacağı belli olmadığı için bir umudum vardı belki İstanbul çıkardı şansımıza diye ama çıkmadı. Kastamonu çıktı hem acemilik hem usta birliği! Ne uçak var ne kestirme bir yol! Yaklaşık on saatlik yol yani mümkün değil gitmem! Acemiliğinde zaten telefon kullanılması yasaktı o yüzden beni her gün saat altı gibi ankesörlü telefondan arardı. Daha az kontör gitsin diye de kuaförün telefonunu arardı yani konuşurken başka iş yapamazdım. Arada ben arardım ama o sırada yakınlarda olması gerekiyordu, o yüzden bu da sıkıntıydı.

Bir gün hiç unutmuyorum ki keşke unutsam, aklıma geldikçe sinirleniyorum. Bayramdan bir gün önce yani arife günü. Böyle günlerde de dükkânda iğne atsan yere düşmezdi sağ olsun herkes işini son güne bıraktığından. İki tane çırak almıştık; biri kaş makyaj yapabiliyordu o yüzden beni bilmeyip de ilk defa gelenleri ona yönlendiriyordum ama yüzde doksanı özellikle bana gelmişti ve benim için uzuuuun bir gün vardı önümde. Saat olmuş altı ve biz hiçbir şey yememişiz, bir dakika bile oturmamışız. Herkesten bir ses çıkıyor; sırtım eğilmekten koptu kopacak, çay içmedim başım çatlıyor falan. Birazdan asker yârim arayacak, hâlâ işim hafiflemedi.

Biri gelip acelesi olduğunu, öne almamı istiyor. Diğeri geliyor fiyatı şu olur mu? Vallahi sabır çeke çeke derviş olacaktım. Hayır bir de yorgun olduğumda fazla agresifleşiyorum! On dakikalık yemek molası rica ediyorum ama kimsede anlayış yok! Kuzen de ben de son demlerimizdeyken içeriye üç kişi girdi. Daha doğrusu girmiş. Ben o kalabalıkta fark etmemişim, oturmuşlar bekliyorlarmış. Bir ara göz göze geldik ama o kadar kalabalık ki ben tek tek soramazdım bana mı gelmiştiniz diye. Zaten bana gelenler tepemde dikiliyordu. Kadınların da saç için geldiklerini düşündüm.

Telefon çalınca hemen açtım, ay sevdiğim aramış! Ama konuşamadık! Hadi, hadi, hadi, işimiz var hadi... Kapatmak zorunda kaldık hem de dakikasında! Bendeki sinir ikiye katlandı ama hiç sesimi çıkarmıyorum, sonuçta müşteri ve tabii ki sabırlı olmam gerekiyor. İşime döndüm ve kendimi soyutladım. Sadece çalışıyordum. *Bugün bitecek Gönül, sakin ol.* Alışkın değilsin ama demek ki bu işler böyle oluyor. Geçecek, bitecek… Sağ olsun iç sesim de olmasa ben ne yapardım? Beni teselli ediyordu, bana güç veriyordu. Bir anda dikkatim dağıldı çünkü bir yerden yüksek bir ses geliyordu. Kafamı kaldırıp etrafa bakıyorum ama artık gözlerim uzağı bulanık görmeye başlamış, o an fark ettim. *Oradan bir kırmızı abajur bağırıyormuş ay yok, o gördüğüm kızıl saçlı kadının kafasıymış.* Ellerini kollarını savura savura bana bağırıyor! Ne oluyor acaba dedim, deli falan olmasın! Ona göre davranayım dedim. Benim kafa zaten sulanmış, son damlasını bekliyor sabrımın taşması için.

"Biz sabahtan beri burada seni bekliyoruz, sen bizi görmüyorsun. Sen kendini ne sanıyorsun?"

"Bir saniye ya, kendinize gelin. Ben nereden bileyim bana geldiğinizi. Kaş mı olacak? O zaman burada başka arkadaş da var, o sizi alabilir. Benim yoğunluğumu görüyorsunuz, benim size kastım yok. Herkes sırasını kendi takip ediyor, ben nasıl takip edeyim?" dedim hâlâ alttan almaya çalışarak.

Kadın daha da celallendi, bir hışımla üstüme doğru gelmeye başladı. Kızlardan kim tuttu hatırlamıyorum bile ama tam anlamıyla şok geçiriyordum o an.

"Sen kendini ne zannediyorsun manikürcü parçası?"

Manikürcü parçası dedi bana, hem de bana! **Allah, tutmayın beni, parçalayacağım bu kadını.** *Sen kimsin ki bana böyle hakaret ediyorsun, manikürcü parçası değilim ama farz et ki manikürcüyüm sen kim oluyorsun da insanı aşağılıyorsun? Bana değil, çırağımla dahi böyle konuşamazsın. Def ol dükkânımdan terbiyesiz! Buruş buruş olmuşsun, hâlâ kaş derdine düşmüşsün. Bir de burada benim dükkânımın içinde bana hakaret ediyorsun.* Daha neler neler... Kendimi kaybettim, seriye taktım resmen ve çenem durmuyordu. Yoksa hayatta böyle bir şey yapmam, bana yakışmazdı ama insanın sabrının da bir sınırı var. Ondan ötesi cinnete girer ve cidden cinnet geçirtti bana.

"Burada çalışan bir manikürcü parçasısın sen, okumamış cahil!" dedi bana. Bana dedi, bana!

"Ben üniversite mezunuyum ve bu dükkân da benim. Çık şimdi buradan, bir daha önünden bile geçme!" dedim sanki açıklamaya mecburmuşum gibi. O arada beni tutuyorlar, vallahi tutmasalar neler yapabileceğimi tahmin bile edemiyorum.

Ben sinirimi kontrol altına almaya çalışıyorum ama kadın hâlâ bağırıyor, susmuyordu. Allah'ım ne olur bana sabır ver, ne olur irade ver diye yalvarıyordum artık. Baktım kadını dışarı çıkarıyor yanındaki kadınlardan biri, diğeri o kadar yaşlıydı ki belki seksen yaşında ve abartmıyorum artık yürüyemiyor, nefesi bile zorla alıyordu. Be insafsız kadın, yazık değil mi o nineyi böyle kalabalık bir yere getiriyorsun? Neymiş, yüzünü aldıracakmış! **Ulan ağdayı yapıştırsam derisiyle elimde kalacak, sen tutmuş ağda diyorsun!** Vallahi o nineyi öyle görünce o kadar üzüldüm ki ve o aptal kadına iki kat sinirlendim. Elimdeki makası, cımbızı yere fırlatıp ağlamaya başladım. Yalnız kalmak istedim ve kendime kızdım ben ne ara böyle oldum, ağzım bile bozulmuş, o lafları nasıl ettirdim kendime, benim ne işim var burada, dertsiz başıma dert aldım, salağım ben, aptalım ben diye.

Kuzenim geldi, içeride bekleyen kızlar geldi ki hepsi zaten kendi müşterimdi ve samimiydik yani yabancı yoktu. Hepsi bir olup güldürmeye çalıştılar beni... Sakinleşince bana bu kareleri hatırlattılar çünkü olanı biteni yarım yarım hatırlıyordum.

Kendime gelip işime devam ettim ve saat bire geliyordu eve döndüğüm zaman. Hırsımı alamamışım ki eve dönünce anneme ve Birgül'e de anlattım. Annem çok üzüldü çünkü bu yaşıma kadar benim sinirlendiğimi görmemişti bile, nasıl bu kadar yıpranmıştım ben de bilmiyordum. Annem rest çekti, *"Bugün bırakıyorum de, ben yapamayacağım de arkandayım. Sen yeter ki mutlu ol. Giden malzeme olsun, senden önemli değil ya da konuş Numan'la. Ona devret dükkânı, sen bırak bu işi."* Annem de böyle söyleyince bütün sinirlerim boşaldı, hüngür hüngür ağlamaya başladım. Ama bir yandan da başladığım işi bu kadar çabuk yarım bırakmak istemedim hem kuzenimi de yarı yolda bırakamazdım. Olsun dedim böyleleri de var, ne yapalım! Demek ki insanlarla uğraşmak bu kadar zordu, çeşit çeşit karakterde insan var. Eğer duygusal düşünürsem hiçbir zaman iş yapamazdım.

Böyle sahneler bana yabancı olduğu için bu kadar ağır gelmişti belki de, biraz daha direnmeliydim. En azından gittiği yere kadar götürmeliydim. O gün bir şeyi daha anladım: Demek ki bir grup insancıklar var, hizmet edenleri küçük görüp aşağılayan, eğitimine ve maddi durumuna göre yargılayıp etiketleyenler var. Pardon da siz kimsiniz? **Dev aynanızı kırıp egolarınızı söndürün bir zahmet! Çok iticisiniz!** Ohh rahatladım, üstüne alması gereken herkes alsın...

***

Güne uyanırken yeni bir sayfa açıp dünü hiç yaşanmamış gibi unutmak istedim. Çok eğlendiğimiz günler de oldu, tabii her gün sevdiğim civanım şüşkomla da konuşuyoruz o da doping oluyordu. Artık acemiliği bitsin diye bekliyoruz çünkü günde bir kere konuşmak yetmiyordu. Eskiden şartlar daha kötüymüş, nasıl dayanıyorlardı yahu?

Yemin töreninden sonraki iznini ailecek Kastamonu'da geçirdiler. Tabiri caizse konuşmanın ve mesajlaşmanın bokunu çıkardık, bir ara görüntülü konuştuk laptopunu getirtince ailesi. Ama ne göreyim? **Benim şüşko civanımın suratı kumpirlik patatese dönmüş!** Bu nasıl askerlik arkadaş, sıkıntıdan zayıflaması gerekmiyor muydu? Morali bozulmasın diye, *"Aşkım yaa, süzülmüşsün,"* desem de bana inanmadı hatta *"Dalga mı geçiyorsun, sekiz kilo aldım la,"* dedi. "Tabii ki dalga geçiyorum, biraz zayıfla yahu. **Vallahi sürahiyle bardak gibiydik şimdi damacanayla pipet gibi olduk.** Ben iyice zayıfladım, sen iyice şişmişsin," deyince de bozuldu.

"Tamam la yeter, abartma," deyip konuyu kapattı.

***

Ustalığı başladı, çalınma ihtimaline karşı takoz bir telefon almış. Doğal olarak fotoğraf, video gönderemiyordu. Çarşı iznine çıkmadan internete girip paylaşım yapamıyordu. Hiç olmazsa daha çok konuşabiliyorduk ya, o bile yetiyordu.

Her gün mutlaka nöbet tutardı. Gündüzleri zaten konuşmak mümkün değildi. Hem ben çalışıyorum hem de komutanları görebilirdi ama gece bizi kimse tutamazdı! Ben yorganı kafaya çekip ara demesini beklerdim. Diyeceksiniz ki asker nöbet tutarken o telefonu nasıl tutuyordu? Miğferleriyle kulağı arasına sıkıştırınca kimsecikler de görmüyordu hatta çok şahit olmuşumdur, komutanı gelince Emrah beni uyarırdı sessizce komutan geliyor derdi. Komutan gelip kontrol eder bir şeyler söylerdi, ben de hiç ses çıkarmazdım çünkü gece etraf sessiz olurdu ve kesin sesimi duyardı.

Nöbet saatleri değişirdi. Bazen gece on ikide olurdu bazen gece üçte. On ikide olunca yatmadan arardım, konuşup öyle yatardım. Ama gece üçte dörtte olduğunda mecburen yatmış olurdum. Kıyamazdı beni kaldırmaya hâlbuki tembih ederdim mutlaka çaldır beni uyanayım konuşalım diye. Soğuk hava zaten bir de yalnız nasıl geçsin nöbet, en azından sohbet ederken zaman çabuk geçerdi. Bunu ona da söylerdim ama çoğu zaman uyandırmazdı. Tabii ben işimi garantiye alırdım. Yatmadan alarmımı kurar, uyanıp sevgilimi arardım. Çok mutlu oluyordu garibim, **nöbet arkadaşı da oldum böylece.** O gün olanı biteni, sevmesini sövmesini yapar, deşarj olurdu. Sonra o yatağına, ben yatağıma... Nöbeti sabah dörtte olunca da altıda biterdi. O zaman da o içtimaya ben de işe giderdim. Ve tabii Gönül yine uykusuz...

Bir gün yakalandık, komutan gelmiş... Ya da burayı kendisi anlatsın...

***

İyi alıştı valla bu kız, habire bana yazdırıyor :P Neyse sevdim ben de galiba yazmayı ama çaktırmıyorum!

Nöbet kulübesindeydim bir gün yine. Üstümde çelik zırh, kafamda çelik miğfer, elimde G3 tüfekle tam teçhizat, nöbet tutuyordum. Gönül'ü uyandırmaya kıyamadım ama bir baktım nöbetin on beşinci dakikasında telefon titriyor cebimde. Bir baktım hatun arıyor, gözlerimin içi güldü o anda.

İlk önce komutanların odasına baktım, ses yok. Gece dört dedim nasıl olsa, denetime gelmez. Telefonun sesini açtım, tüfekle elimin arasına sıkıştırdım ve hoparlörden konuşuyoruz. Bir baktım komutanların nöbet kulübesinde bir hareketlilik var, hemen kendime çeki düzen verip telefonu cebime soktum. Sokarken de

Gönül'e, *"Aşkım, komutan geliyor. Azıcık sus, gidince telefonu yine elime alırım,"* dedim. Meğerse bunları sessiz söylediğim için Laz kızı duyamamış. Ben de geri zekâlı gibi hoparlörü kapatmayı unutmuşum. Komutan yavaş yavaş gelip, "İyi nöbetler asker," dedi. Ben de "Sol," dedim. Bir de ne duyayım?

"Efendim aşkım, ne solu? Ne diyorsun, sesin uzaktan geliyor. Kocişşşş duyamıyorum," diye Gönül bağırıyor. Benden ses alamayınca abartıp daha da çok bağırıyor, **"Kocişişş ses ver, merak ediyorum ama!"** diye.

Komutanın telefonu yakaladığına mı üzüleyim yoksa yüz kiloluk herife kociş denmesine mi utanayım bilemedim. -22 derecede cehennem gibi yanıyordum. Askerdeki tek dayanağım telefondu. Gönül'le ve ailemle sürekli görüşmemi sağlayan tek araç elimden gitmişti. Neyse ki komutan iyilik yapıp, "Konuştuğun kişiye telefonu teslim edeceğini söyle, merak etmesin," dedi. Gönül'e durumu anlatıp telefonu teslim ettim. Ama Emrah durur mu? Ertesi gün hemen illegal yollardan başka bir telefon sokup devam ettim :)

***

Biz ne engeller aştık, komutan engeline mi takılacağız! Bazen çok yorgun olduğum için telefonun başında uyuyakalıyordum sonra da çok üzülüp kendi kendime dert ediyordum. O kadar çok askerlik anısı var ki anlatmaya kalksak kitabın adını "Şahangiller Askerde" diye değiştirmek gerekecek.

Bir gün beni aradı, sesi kısılmış. Nasıl üzüldüm anlatamam. Herhalde dedim nöbet tutarken hasta oldu. Meğer o gün yemekte dondurma çıkmış, bizimki kendininkini yemiş ama yetmemiş.

Diğer arkadaşlarından yemeyecek olanlarınınkini de sırf eriyip ziyan olmasın diye yemiş. Bir de iddiaya girmiş arkadaşlarıyla, yerim yiyemezsin diye ve tam yedi tane yemiş. İçim üşüdü resmen diyor ama e tabii üşür. İçi dondurucuya dönmüş valla.

Enteresan bir şey var bu adamda. Her istediğini yiyor ama sadece mekik ve şınav çekerek doksan kiloya kadar düşmüş! Yapacak bir şey olmadığında zaman geçsin diye bari zayıflayayım demiş!

Hiç kitap okumayı sevmeyen adam askerde kitap okumuş hem de sonuna kadar. Yetmedi bir de bana okuduğunu özetliyor. Askere giden mutlaka değişir derlerdi de inanmazdım. Benim bu civanım normalde hiçbir lafın altında kalmaz, tepkisini hemen gösterir içinde tutamaz, haksızlığa asla dayanamazdı ama komutana karşı gelmek mümkün mü? Orada sabretmeyi ciddi ciddi öğrenmişti, bunu fark edebiliyordum. Arada fevri davrandığında da karşılığını art arda tuttuğu nöbetlerle alıyordu, tabii Emrah pert!

Bizimkinin çok sevdiğim bir yanı daha vardı -sevmediğim yanı yok ki keratanın- hep güçsüzden yana olurdu. Beni şaşırtmadı orada da. Uzun dönemlerle içinde yaşça küçük olanlar, mazlum olanlar da varmış bu da onlarla samimi olmuş. Tabii bu da göze batmasına sebep olmuş, o yüzden diğer kısa dönemlerden biraz farklı muamele görmüş. **Terhis alacağı gün bile nöbet tuttu şüşkom benim.**

***

Orada bir saat bile bir gün gibiymiş, şafak saya saya ikili hanelere düştük artık. Sağ olsunlar müşterilerim de biliyordu asker yolu beklediğimi, beni teselli ediyorlardı. Bu sıralar dükkânımızın arkasında bizim eski oturduğumuz ev ve bahçesi vardı. Çok şahane bir kafe olmuştu ama yıkım yasağı olduğu için evin kolonlarının yıkılmaması gerekiyordu. O şekilde sadece duvarları ve çatısı kırılarak restore edildi. Bahçe kafe alanı oluyordu, oysa oralarda ne anılarımız vardı…

Bir tuhaf oluyordum oraya her çivi çakıldığında. Orada doğduk büyüdük, babaannem ve dedemlerle geniş aileydik ilk başlarda ve her karışında adımlarımız vardı! Aklıma koydum ve çok da anlamlı olacağını düşündüm; nişanımı burada yapmalıyız! Güya yerimizde duramıyoruz ya, kendimizce hayal ediyoruz: Askerden döndüğü günün ertesi günü hemen beni istemeye gelecekler.

Ocak ayında döndü, bizimki ailesine baskı yapmaya başlamış hadi Gönül'ü istemeye gidiyoruz, hazırlayın kendinizi yarın gidiyoruz, ben daha fazla bekleyemem falan diye. Ben bir yandan anneme açılıyorum gelecekler beni istemeye, ne diyorsunuz diye. Babamla, abimlerle de konuşalım uygun görürseniz çağıralım dedikçe annem durdurmaya çalışıyordu. Askerden yeni dönmüş de, ne acelemiz varmış da! Kadın haklıydı çünkü maalesef daha tanışmamışlardı bile.

Tanışmaya ilk önce Nermin Teyze geldi Emrah'la birlikte. Kadıköy'de ineceklerdi, bizim eve de çok uzak orası. Ben de karşılayayım diye gittim ama civanım süzülmüş ya! Nasıl zayıflamış, nasıl yakışmış…

Çok da özlemişim ama Nermin Teyze olduğu için tabii ki usturuplu bir merhaba yaptık sonra bir yere oturup orada bir kahvaltı yapınca hadi dedim, size iş yerimi göstereyim. Hazır gelmişler, görmeden dönmesinler dedim ve yola çıktık. Biz genciz de kadın on saatlik tren yolculuğundan çok yorulmuş bir de üstüne iki saat daha yolculuk şehir içinde, hoop ayakları pert.

Dükkâna gitmeden önce merkezi bir gezelim dedik. Sıra sıra kuyumcuların olduğu yerden geçerken Nermin Teyze bir girelim dedi ama aklımın ucundan geçmemişken bir anda tek taşlara bakmaya başladı meğer bana alacakmış. Bunu civanımın yapması gerekmiyor muydu? Ama **kadın baktı oğlundan tık yok, mecbur kendi yaptı!**

Ben istemedim hatta çok direndim ama kıramadım. Böylece tek taşla evlenme teklifi klişesini atlamış olduk. *Neymiş zaten evlenmek istiyoruz, niyetimiz belli ve bir de formaliteden ne cevap vereceğini bile bile evlenme teklifi mi edilirmiş!* Neyse geçelim bu konuyu.

Dükkânda fazla durmadık, zaten o gün salıydı ve kapalıydı. Biraz oturup kalktık. Hemen çaprazda da teyzem oturuyordu, onu çok aşırı sevdiğim için bugünden tanıştırmak istedim. Aradım müsaitmiş, birer kahve içtik ve eve gittik. Tonton Nermin Teyze zaten çok sempatikti, o yüzden annem severdi, bundan emindim. Ki öyle de oldu, çok güzel muhabbet edip güzel saatler geçirdik. Sonrasında kalkıp Ankara'ya döndüler.

Sonrasında yine Emrah'ın ısrarlarına dayanamayıp iki hafta sonra ailecek geldiler. Yemekler hazırdı, biz de hazırlanıp bekledik.

Özel gümüş tepsi içinde çikolatalayla, çiçeklerle geldiler. Önce herkes yerleşti salona. Biz mutfakta kardeşimle yemekleri servise hazırlıyorduk, hazırladıklarımızı yemek masasına getirme görevini ben aldım çünkü gidip gelirken Emrah'a bakacaktım nasıl olsa bizimkilerin arkasında kalıyordu yemek masası. Arada kimse bakmıyorken çaktırmadan öpücük atıyorum o da dayanamayıp tebessüm ediyordu. Onun bana karşılık verememesi bana eğlence oldu artık abarttım, nanik falan yapıyordum. Sonra kendine gel Gönül, evliliğin için burada toplanmış herkes ama sen hâlâ çocukluk peşindesin, dedim.

Masa hazırdı, çorbalar konuldu ve yemek faslı başladı. Yemekten sonra asıl olaya geçilecek diye bekliyordum. Nasıl heyecanlıydım anlatamam, elim ayağım durmuyordu. Mutfakta oyalanıyordum ama mutfak zaten Amerikan mutfak olduğu için beni görüyorlardı. Ağız tadıyla bir heyecanlanamadım, resmen sakarlık üstüne sakarlık yaptım.

Emrah'a bakamıyordum hem utanıyordum hem de büyüklerin yanında ayıp olur diye düşünüyordum. Ağzım kulaklarıma çıkmak için savaşıyor, bense onları indirmek için direniyordum. E malum annemler var, çok da pişkin olmamam lazımdı. Birgül bana yardım ediyordu ama ben bir kaşık yemek yiyemedim, mideme kramplar giriyordu heyecandan. **Emrah da heyecandan masada ne varsa yaladı yuttu, masa örtüsünü zor aldım elinden.**

Nihayet yemek faslı tamamen bitti, babamlar yukarı çıktı. Aha dedim, konuşacaklar ama iyi de bütün aile fertlerinin de o ortamda olması gerekmiyor muydu! Meğer babamın çay sigara krizi tutmuş, aynı şekilde Derviş Amca da eşlik edecekti. Zaten iki aile de aşırı çaycı yani kahve geleneği bizde hayat bulmadı hiç.

***

Bizimkiler konuştular konuştular bitmedi. Ne zaman isteme olayına geçeceğiz, **yeter da** saat kaç oldu daha bu insanlar Ankara'ya geri dönecekler diye geçiriyordum içimden. Sırf ne konuştuklarını dinlemek için habire çay getiriyorum. Daha bardakları yarımken soğumuştur, ben yenileyeyim çaylarınızı diyorum. Daha izmarit söndürülmemiş, sadece kül var diye ikide bir küllüğü değiştirmeler falan. Babam dayanamadı en sonunda, *"Kızım sen ikide bir yorulma, biz bitince sesleniriz,"* dedi.

Aşağıda biz muhabbet ediyorduk, büyük abimle de tanışmış oldu civanım. Baktık sonunda aşağı indiler ama Derviş Amca ne dese beğenirsiniz? **"Hadi hanım, çocuklar. Akşam olmadan çıkalım, ancak varırız."**

Yok artık! E nerede hikâyenin asıl kısmı? Herkes bir şok geçirdi! Benim kalbim ağzıma çıktı. Bir sorun mu vardı, ne oldu şimdi? Yoksa biz duymadan istemiş miydi beni Derviş Amca? Ben kafamdaki deli sorulara cevap ararken kalktılar ve ciddi ciddi gittiler. Yanarım yanarım da o kadar özlediğim sevdiğime bir metreden fazla yaklaşamadığıma yanarım!

Gittiler! Ee çikolatalar açılmadı, kahve yapılmadı, gençler birbirini beğenmiş, anlaşmışlar bize de vermek düşer demedi babam, el öpme merasimi olmadı! Ne oluyor! Birgül? Anne? Ama onlar da bilmiyor. Tabii babama zaten soramıyorum, işi varmış annemle hemen çıktılar, en iyisi dedikoduları Emrah'tan almak çünkü şimdiye kadar konuşmuşlardır. Meğer babam, *"Bunu bir tanışma yemeği olarak kabul edelim, şimdi direkt isteme için erken, biz bir düşünelim uygun görürsek ararız ve o zaman istersiniz!"* demiş.

Eee **Karadenizli bir babadan kız almak bu kadar kolay olmayacaktı tabii** ama ne bileyim, şehirler ayrı olunca onlara da kıyamıyordum. Sürekli gel-git zor oluyordur…

***

Verdim Gitti...

Abimler Ankara'da iş yaptığı sırada annem ve babam da ziyaretlerine gitti ama hiç aklımdan geçmiyordu ki Emrahlara gitsinler. Nermin Teyzeyle Derviş Amca davet edince bizimkiler de iadei ziyaret gibi misafirliğe gittiler. Meğer orada konu açılınca aile büyükleri de daha fazla uzatmayalım demişler, beni orada vermiş babam. **Madem verecektin de niye naz yaptın babişim, hadi naz yaptın niye misafirlikte verdin?**

Ankara-İstanbul arası uzun olmasa da günübirlik olunca baya uzun mesafeydi. O yüzden tekrar İstanbul'a geldiklerinde nişan yapalım bari, yorulmasınlar diye düşündüler herhalde. Havadisleri civanımdan alıyorum, tuvalete gitme bahanesiyle anında beni aradı ama inanamadım çünkü hiç beklemiyordum. Nisan'a kararlaştırmışlar ama tam tarih belli değildi. Allah'ım bu günleri de mi görecektik? Çok şükür!

Küçük abim çok güzel şeyler söylemiş oradan çıkınca, bunu da annem gelince anlattı bana. Kız evinde tabii ki biraz daha soğuk rüzgârlar esmişti ama erkek evinde o soğuk hava dağılmış, çok güzel sohbet etmişler, gülmüşler. Emrah anlatıyor, ben mutluluktan dizlerimi tokatlıyordum. Yemin et diye diye bir hâl oldum. Birgül'e anlattım, sevinçten ne yapacağımızı şaşırdık.

Nihayet önyargılar yıkılmaya başlamıştı. Ben hep söyledim ne olur tanımaya çalışın, bir fırsat verin ama önyargısız olun lütfen diye. Eğer yine aynı fikirdeyseniz o zaman oturup ben de düşünürüm dedim. Ki tanıdıktan sonra sevmeselerdi benim göremediğimi görmüşler diye vazgeçerdim bu işten. Benim de ailemin fikrini ama önyargısız fikrini almaya ihtiyacım vardı.

Hani derler ya sadece iki kişi evlenmiyor, aileler de evleniyor diye, doğru! O yüzden onları ve onların fikirlerini hiçe sayamayız, ben de istedim ki çekirdek ailemin her ferdi benim arkamda olsun, bana destek versin o zaman benden mutlusu yok işte.

Bizimkiler sabah gelecek ama annem bana her şeyi anlatmaz, biliyorum ama bilmek isterdim kendi aralarında ne konuşmuşlar, ne düşünmüşler o günden sonra... Neyse belki Birgül'e söyler, gerçi ona söyleyecek olsa bana da söyler, anında yetiştireceğini bilir.

***

Nisan ayı diye karar vermişler ya aman aman biz hemen 1 Nisan'da nişan yapalım diye hayal kuruyoruz, yok bir de şaka gibi olsun falan diye. Akıl akıl, gel peşime takıl! Bunun mekânı var, akrabaların haberdar edilmesi var, Ankara'dan geleceklerin müsaitliği var, bizimkilerin Ankara-İstanbul işlerinin müsaitliği var. Ooo, var da var... Ha bir de bizim dükkânın müsaitliği var çünkü benim nişanımın olacağı gün daha önceden randevu almadığımız günün olması gerekiyordu.

Randevu defterini karıştırırsın karıştırırsın ta Nisan'ın yirmisine kadar doluyuz. Bakıyorum bakıyorum hepsi düğün, nişan, kına, söz! Hepiniz bu ayı mı beklediniz hayırdır, yoksa bana inat olsun diye mi hepiniz kararlaştırıp doldurdunuz defterceğizimi. En iyisi Nisan 22, o gün boş. Tamamdır dedim, hemen Emrah'ı aradım. Sizinkilere sor uygun mu, ben de soracağım bakalım bizimkiler uygun olur mu dedim.

Ben ilk önce anneme söyledim o da babama ve abimlere soracak ama ben neyi unuttum, bilin. Nişan mekânını!

Nişanı nerede yapacağımızı daha doğrusu nerede yapmak istediğimi bizimkilere söyleyecektim eğer onay verirlerse gidip konuşacaktım. Anneme söyledim, eski evimiz tamamen değişip kafe olsa da anılarımız hâlâ tazeydi. O yüzden bu özel günümü orada yapmayı çok istedim hem ne bileyim sanki babaannem ve dedem de bizi bir yerlerde görür ve onlar da mutlu olur diye düşünüyordum. Lafın kısası oranın manevi değeri benim için çok önemliydi, sağ olsun annem de bu fikrimi hoş buldu. Mekânı işleten abi zaten abimlerin arkadaşıydı, o yüzden daha önce hiç böyle bir organizasyon yapılmamış olmasına rağmen bizi kıracağını sanmıyordum. Canım abimler ve babişkom da onay verdi. Halaylı hulaylı, çalgılı olmaması şartıyla, yemekli ve nezih olarak mekânı ayarladık.

Artık tarih belli, mekân belli, başlasın yine şafak saymalar...

Şimdi asıl mesele benim nişanda ne giyeceğimdi. Nasıl bir şey almalıydım bilmiyordum. Mart'ın 17'sini nişan alışverişi için planladık. Eskisi gibi değil, şimdi nişan alışverişini de artık gençler kendileri yapıyordu. Peşimde büyükleri dolaştırıp alışveriş yapmak istemem zaten, kasılırım ve benim yüzümden yorulurlar diye düşünürüm en iyisi baş başa yapmaktı ve biz de öyle yaptık. Tabii zaman kaybı olmasın diye Eminönü'nden kuzenimle nişan için abiye baktık hatta tadilata verdik, Emrah gelince de hazır olur dedik. Çünkü gerçekten şehirler farklı olunca ortaya çok aksaklık çıkabiliyor. O yüzden çoğu şeyi usulüne göre yapmaktansa kimseyi sıkıntıya sokmadan, olması gerektiği kadar oldurmak en iyisiydi.

Bizde evlenmeden damat kesinlikle kız evinde kalamaz, o yüzden de günübirlik gelip gidecekti Emrah. Sabah erkenden buluşup yapılması gerekenleri yapacaktık. Alyanslarımızın siparişini de önceden vermiştim zaten. Sabah erkenden Emrah geldi, ben de Ocak ayından beri kardeşimin arabasını kullanıyorum ya havaalanından aldım ve uzun sürecek güne merhaba dedik.

Önce yüzükleri alalım sonra da doğruca karşıya geçelim diye kararlaştırdık. Yüzüklerimiz çok güzel olmuş, benimkinin üstünde EG, onunkinin üstünde de GE harfleri vardı. Kuyumcu da bizi çok sevmiş, nişan tepsisi hediye etti. Bizi görmeniz lazımdı, uça uça yürüyorduk.

Karşıya geçelim diye yola çıktık ama yolları karıştırdık. Güya tabelalara bakıyoruz ama iki ileri bir geri, tıngır mıngır gidiyoruz. Sora sora Kadıköy'e gidilir mi, biz gittik! Hâlbuki salak -bu salak ben oluyorum- otobanı kullanıp gitsene ama tabii o güveni kendimde göremediğim için yarım saatte gidebileceğimiz yere iki buçuk saatte gittik. Hayır madem yol iz bilmezsin a kızım, bir Kadıköy otobüsünün kıçına takılıp gitsene, en azından sadece duraklarda otobüsle bekleme yapardın ve bu kadar arapsaçına dönmezdi yollar. Zaten zamanımız bugünle sınırlı, bir de çoğunu böyle harcıyoruz ya, yanarım ona yanarım. Sonunda rıhtıma indik. Arabayı otoparka bırakıp bir şeyler yedik ama karşıya vapurla geçmeye karar verdik çünkü ne bende o cesaret kaldı ne de civanımda sabır! Ayağımda da topuklu ayakkabılar!

Abiyemi alacağımız yer Kapalı Çarşı'nın hemen girişinde. Orası da dimdik yokuş üstelik yerler Arnavut kaldırımı. Topuklarım aralarına girip çıkıyor, off rezillik! Bir de o topuklar üstünde canın ne kadar acırsa acısın belli etmeyeceksin, dimdik yürüyeceksin! Bu altın bir kuraldır.

Elbiseyi aldık hemen geri dönmek için yürüye yürüye inmeye başladık. O sırada ayakkabıydı, takıydı hemen onları da hallettik, gezmeye mecalim kalmadı. Biraz dinlenelim diye oturup balık ekmek yedik. Hemen geri dönmemiz lazımdı çünkü Emrah'ın akşam 9.30'da uçağı vardı. Biz daha arabayı alacağız da, yola çıkacağız da, bize gidip yemek yiyeceğiz annem bekliyor da, havaalanına gideceğiz de... Geç bile kaldık bunca şey içinde.

***

Numan aramıştı vapurdayken. Meğer o da Kadıköy'deymiş, inince görüşelim hatta beraber dönelim diye anlaştık. Nasıl olsa alışverişimiz bitmiş, işimiz kalmamıştı. İyi ki geleneksel nişan alışverişi olmadı. Nasıl dayanıyorlar anlamadım hem bence çok da gereksiz. Ne lazımsa evlenmeden kendin al. Niye çamaşırlarını zartını zurtunu müstakbel nişanlın ya da kayınvaliden ve görümcelerin falan görsün ki?

Bir de gerekli gereksiz bir sürü şey alınıyor. Çoğu da sırf adet olduğu için bir sürü masraf, başka da bir şey değil! Hatta çok duydum böyle nişan alışverişi sırasında annelerin kavgası sonucu ayrılan çiftleri. Birkaç parça şey yüzünden olacak şey mi? Kızlar! Böyle şeylere gerek yok, fuzuli masraf yaptırmayın!

Aman, konuyu nasıl dağıtmışım, çok sıkıcıyım! Konumuza dönelim efendim, nerede kalmıştık? Hah! Dönüş diyorduk, evet. Kuzenle buluşup dönecekken, bir müşteri peruk istemişti onu hatırladık. Alelacele almamız lazımdı, zamanımız kısıtlıydı. Epey oyalandık orada ve hava kararmaya başladı.

Nihayet yola çıktık ama ne tarafa gideceğiz, bilmiyoruz. Yine tabelaları izliyoruz ama Allah'ım resmen tur attık. İçim daralmaya başladı. Bir sıkıntı bastı, neredeyse nefes alamayacağım. Emrah da trafiğe çıkacak kadar araba kullanamıyor. Numan'ın da zaten ehliyeti yok, ben de acemiyim ve trafik iyice arapsaçı olmuş.

Tam da iş çıkış saati olduğundan üç şeritli yolda yedi sekiz araba yan yana, iç içe, hatta neredeyse üst üste çıkacak artık, abartmıyorum. Oflayıp pufluyorum, aşırı gerginim. Normalde rahatımdır ama nedensiz sıkıldım. Saatler ilerliyor zaten, eve gidip yemek yeme olayı komple yalan oldu da, bari uçağa yetişsek!

Yolları karıştıra karıştıra sonunda otobana çıktık. Oradan yolu buldum, bastım havaalanına gidiyorum. Kapıların kapanmasına son on dakika kaldı. **Çekilin yoldaaaan!** Dörtlüleri yaktım, tozu dumana kata kata gidiyorum, sonunda vardık. Vedalaşamadık bile mecburen, hemen inip koşmaya başladı Emrah. Ben de ilerde bekliyorum ne olur ne olmaz diye. Büyük ihtimalle uçak kaçacak, o zaman da beraber eve döneriz, yemek yeriz, sonra saat kaça bilet buluruz falan, ben de bunları düşünüyorum.

Mesaj geldi civanımdan, uçağa biner binmez, *"Beni merak etme, bindim. Telefonu kapatıyorum. Öptüm,"* diye yazmış hızlı hızlı. Koşuşunu görmeliydiniz...

Meğer koşarken kemerini falan çıkarmış X-Ray cihazından geçeceğim diye. Tam kapıdan girmiş, kapıları kapatmışlar. Mirkelam'a taş çıkarır civanım. Yani dakika bile değil, saniyelerle yetişti. Annem arayıp duruyor, "Saat kaç oldu, neredesin?" diye. "Kuzenle geliyoruz," dedim. "Tek değilim, merak etme." Acemi olduğum için aklı bende. Telefonu kapattım ama cidden çok geç oldu ve açlıktan gebermek üzereydik. Hatta yetişecek diye aşkım da aç gitti. Hız yapmaya başladım eve daha erken gitmek için. Hâlbuki saat zaten akşamın onu olmuş, geç kalacağımız kadar geç kaldık.

Kuzen yan koltukta çantamı karıştırıyordu. Şarj kablosunu arıyormuş, ben de ne aradığını anlamadım. Aslında çantamın karıştırılmasından nefret ederim! Bir yandan radyoda son ses müzik çalıyor, bense yetişme telaşıyla bastım en soldan gidiyorum. Aslında ileriden sola dönmem gerekiyordu. O yüzden boş yolda soldan gidiyordum. Ne aradığını merak edip başımı çevirdim.

O anda olan oldu. Nereden geliyordu bu kulak patlatan ses? Radyodaki neden sustu? Arabamın alarmları neden çalıyor? Fark etmem uzun sürmedi. "Olamaz! Kaza yaptım! Takla atıyoruz galiba, biz ölmeden araba durursa kurtuluruz!" diye düşünürken bir... iki... üç! Her yer karanlık, hava yastıkları patlamış ve arabanın içine değişik bir koku bırakmış. Parfüm şişelerim tam gözümün önünde toplanmış, CD'ler, kalemler, çantam... Dikiz aynası da yerde, o nasıl kırılmış? Ben niye ters duruyorum?

O an, olayın şokunda olmalıydım. Evet, bunların hepsi bir dakika bile sürmeyen zaman diliminde oldu. Çünkü kaza olmadan hemen önce saat 10.10'du, her şey olup bittiğinde saat 10.12 idi! Benim emniyet kemerim takılı olduğu için baş aşağı duruyordum.

Önce gerçeği kabullendim. Evet, kaza yaptım ama şimdi ne yapmalıyım? Sakin olmalıyım, soğukkanlı olmalıyım. Kuzen! Kuzen? Neredesin? Arkadan sesi geldi. İyi olduğunu öğrenince rahatladım. İkimiz de yaşıyorduk ya, olan bitene sonra üzülürdüm. Şimdi ah vah yapmanın zamanı değildi. "Korkma," dedim. "Çıkacağız,"

Baktım benim kapım ezilmiş ve araba benim tarafıma doğru eğik. Kapı açılmıyor. Emniyet kemerimi çıkardım. Diğer kapıyı açmaya çalıştım ama kolu bulamıyordum. Ellerim titriyordu. Derin nefes alıp, kendime araba patlayabilir düşüncesiyle acele etmem gerektiğini söyleyip durdum ve nihayet açtım. Önce ben çıktım, sonra da kuzeni çıkardım. Çünkü olayın şokunu hâlâ atamadığı belliydi.

Birlikte arabadan uzaklaştık, telefonum üstümdeydi. Kimi arayacağımı düşündüm. Çekiciyi mi arasam? Ya da önce bizimkileri arayayım, arayayım da hangisini arayayım? Tabii ki en soğukkanlısını, babamı! Evet, babam en soğukkanlısı... Aradım ama sesimi kontrol etmeye çalışıyordum iyi olduğumdan emin olsun diye. Kazayı küçük bir kaza olarak anlattım. İkimizin de iyi olduğundan emin olduktan sonra sıra nerede olduğumuza geldi. Ama ben nerede olduğumuzu söyleyemiyorum çünkü beynim bulanmış.

Etrafıma baktım, bir camii ve bir tabela var. O da cadde ismi. Normalde bu yoldan gelmiyorduk ki! O anda fark ettim; takla ata ata karşı şeride geçmişiz! O yüzden mi bilmiyorum, yolu seçip de tarif edemedim. Ben de havaalanından eve dönüş yolunu kullandığımı söyledim. Bir yandan annem arayıp duruyordu. Ne diyeceğim kadına? Yüreğine inecek, tövbe estağfurullah.

Babamla telefonu kapattım, annemi aradım. Küçük bir kaza yaptık sadece arabada çizikler var dediğim hâlde kadının sesi gitti. Yol yardımını da aradım. Bizimkiler gelene kadar her şeyi hafızamda kurcalayıp olanı biteni hatırlamaya çalıştım. Arabadan uzaklaşıp, geride bıraktığım korkunç sahneyi izliyordum...

Sıfır araba artık tanınmaz haldeydi; ters duruyordu, farlarından biri kırılıp yola fırlamış, diğeri yanıp sönüyordu. İki teker parçalanmış, yerlerde tuz buz olmuş cam parçaları, her tarafı ezilmiş, adeta kırıştırılmış alüminyum folyo gibiydi. Yerde bir direk yatıyordu! "Onu ben mi yıktım?" Evet, sekiz metre uzunluğundaki aydınlatma direğini yıkmışım, öylece yolun ortasında kafası kopmuş yatıyordu. Ne kadar büyük bir kazaydı. "Allah'ım bu bir mucize! Biz burnumuz bile kanamadan nasıl çıktık bu arabadan!"

O sırada yoldan geçen bir servis durmuştu ve içindekiler bize doğru geliyordu. Yardıma gelen birilerini görünce kendimi bıraktım. O ana kadar kendimi güçlü ve dik tutmaya çalışmıştım. Kuzen başını iki elinin arasına almış, yerde oturuyordu. Ben de oturdum. Sağ olsunlar su veren oldu, bilincimizin açık olup olmadığını kontrol edenler oldu. Şokta değildim ama tam anlamıyla kendimde de değildim.

Bir anda herkes üst üste gelmeye başladı. Polis arabası, ambulans, babam, abimler, yoldan geçenler! Etrafa bakıyordum ama o kalabalık başımı ağrıtıyordu ve bakmak istemiyordum. Annem arabadan iner inmez olduğu yerde kaldı. Bir arabaya bakıyor, bir de bize bakıyordu. Kadın bembeyaz oldu! Sesi inceldi ve yükseldi. "Siz nasıl çıktınız bu arabadan?" deyip sarılıyor, bırakıyor sonra yine sarılıyor, yine bırakıyor. Ben bu kadar şok yaşamadım, işte anne olunca böyle oluyor demek ki!

Abimlerle falan sarıldık ama hani diyorlar ya hayatım gözümün önünden bir film şeridi gibi geçti diye, aynen öyle oldu. O kadar kısa sürede nasıl oluyor da o kadar görüntüyü izler gibi oluyorsun ve bir yandan da kaza gerçeğini düşünebiliyorsun? Polis gelince tabii, bir sürü sorgu sual, kazayı anlattırdılar. Bir de hız yaptım diyorum pişkin pişkin. İnanmadılar, bu normal bir kaza değil, bomboş yolda araba nasıl pert olur? Ben yaparsam olur!

Ne demek istediklerini o an anlamadım da meğer intihar etmiş olabilme ihtimalimden bahsediyorlarmış. **Beş yıldır mücadele vermişken, evlenmeden ölmeye hiç niyetim yoktu** ama tabii o anda kalkıp polisle dertleşecek de değildim.

"Arabada değerli eşyalarınız var mı?" dedi, "Yok," dedim. Aklıma hiç gelmedi, arabada ne var ne yok, hiç hatırlayamıyordum. Hâlbuki arabada yüzüklerimiz vardı. Bundan değerli ne olabilirdi ki? Sonra sağ olsun kuzen atladı lafa, "Yüzükler var," dedi ama bulamadık yüzükleri. Yok yani, yok yok yok! Arabadan fırlamış olabilir mi diye etrafa baktık ama yok!

Ambulans geldi, bizi muayene ediyorlardı ama onlar da şaşırdı o arabadan nasıl sağlam çıktığımıza. İki de bir soru sorup hafızamızı yokluyorlar şokta mıyız diye. "Eeeh," dedim. "Bir şeyim yok iyiyim, bilincim yerinde şokta değilim, hiçbir yerim de ağrımıyor." Aslında burnum sızlıyordu. Elimi sürdüm üzerine. Burnumun kemer kısmı soyulmuştu. Dikiz aynasını nasıl kırdığımı öğrenmiştim.

Kuzen de çok iyiydi. Sadece emniyet kemeri takmadığı için kolu hasar aldı. İki ay kadar kolu sargıda gezdi. Ama illa bizi yarım saat uzaklıktaki hastaneye sevk edip kontrolden geçireceklerdi ama "Valla hiç havamda değilim," dedim. Kuzen de gitmek istemiyordu. Babama söyledik, o da sağ olsun rica minnet halletti. Bunun dışında bir de kâğıt imzaladık kendi rızamızla vazgeçtik diye. Ardından her şeyi orada bırakıp babamla beraber en yakın hastaneye gittik.

Gecenin biri olmuştu. Bir sürü tahlil yapıldı. Abimler olay yerindeydi. Biz de hastaneden çıkınca Numan'ı evine bırakıp ofise geçtik. Abimi aradım, yüzükleri hâlâ bulamamışlardı. Kafayı yemek üzereydim, neredeydiler? En iyisi Emrah'ı arayıp çaktırmadan ona sormaktı. Yüzükler en son ondaydı ve arabada nereye koyduğunu o biliyordu. Ankara'ya vardığında mesaj atmış merak etmeyeyim diye. Benim başıma neler gelmişti de haberi yoktu.

Aradığımda yeni girmişti, gayet sakin ve tatlı bir ses tonuyla, "Aşkım yüzükleri bulamıyorum nerde?" diye sordum. Oturduğu koltuğun altına koyduğunu söyledikten sonra bir durdu, "Nasıl bulamazsın," dedi. Ben de panik yaptım çünkü bir terslik olduğunu anlamış gibiydi.

Kaza yaptığımı söyledim ama önemli bir şey olmadığını anlatmaya çalıştım. O kadar rahat konuşmuştum ki inandı.

Abimi arayıp koltuğun altında olduğunu söyledim. Abim o anda araba ters döndüğünde koltuğun alt kısmının üste geldiğini fark etti. İki dakika sonra aradı. Yüzükleri bulmuştu ama o hâlâ şaka yapıyordu. Biz ölümden dönsek de şakalaşabilen bir aileydik. Sonra hep beraber eve döndük.

Araba çekildikten sonra bir sürü işlem yapıldı ve kırk günün ardından araba perte çıktı. Parasını da peşin vermişlerdi. Ama ben bu kırk gün boyunca trafiğe çıktım. Çünkü korkumun üzerine gitmezsem travma nedeniyle bir daha trafiğe çıkamayacağımı biliyordum. Arabayı almamız birkaç ay daha sürecekti.

21 Nisan gelmişti. Ertesi gün büyük gündü. Emrahlar ailece bize geldiler. Biz de gençler o gece azıcık gezelim dedik. O azıcık baya uzun oldu. Arkadaşımızın arabasıyla dönecektik ama o da çok hızlı kullanıyordu. Benim yüreğim ağzıma gelecekti. Bilinçaltımda yer etmişti kaza. Dedim ki. *"Gerekirse sabah varalım gideceğimiz yere ama hız yapma ne olur."*

Gideceğimiz yere en fazla on dakika erken giderdik ama canımızı tehlikeye atmaya değmezdi. Hızlı araba kullanmak, çok iyi şoför olmak demek değildi bence. Tamamen ihmalkârlık, her gün yüzlerce insanı trafik kazalarında kaybediyoruz. Bunu anlamak için yaşamayı beklememek gerek. Hayat bu kadar değersiz değil!

Bizi eve bıraktılar, Emrahlar da otellerine gittiler ama ikimiz de deli gibi heyecanlıydık. Bütün gece hiç uyumadık. Sabah erkenden dükkâna gidip hazırlanacaktık. Baktım uyuyamıyorum, kaldırdım Birgül'ü. Ama o sonra gelecekmiş. Benim daha erken gitmem lazımdı çünkü fotoğraf çektirmeye gidecektik müstakbel nişanlımla.

Hazırlandım. Sağ olsun kuzen de geldi. Beraber gidip mekânın kapısını tüllerle süsledik. Hemen ardından saçımı yaptı. Sonra bizimkiler geldi ardından civanım, Koray Abim, Nermin Annemle Derviş Babam da geldi. O gün artık annem ve babam oldular. Yok artık teyze amca, sevgili değildik biz. İki aile nişan yapacağımız mekânda bir güzel kahvaltı yaptık ama Emrah'la birbirimizden ayrı oturuyoruz. E malum daha evlenmedik, babamın gözüne baka baka sevdiğimle diz dize oturamadım, utandım.

Fotoğrafçıya gidip geldik. Nişan öncesi, misafirler gelmeye başladığında daha çok heyecanlandım. Nişan çok güzel geçti, çok şükür bir sıkıntı olmamıştı. En son bütün gençlerle birlikte henüz restorasyonu tam bitmemiş olan üst kata çıktık. Orası tamamen açık alandı ama masalar vardı. Pastamız geldi. Pastayı kendim ayarlamadığıma pişman oldum çünkü beğenmemiştim. Pastayı keseceğiz ama garson bıçağı vermiyordu. Emrah istiyor, garson vermiyor. Meğer bahşiş bekliyormuş. Tam da adamını bulmuştu bahşiş isteyecek.

Bizimki sinirlendi, kafayı sağa sola sallaya sallaya çıkardı on lira verdi ama garson memnun kalmadı. Bir de üstüne, "Kendi nişanımda bıçağı verene iki yüz lira verdim," demez mi? İç sesim titredi. *"Gönül, hadi ortamı yumuşat. Yoksa bu adamı, o bıçakla doğrayacak!"*

"Tamam," dedim. "İç ses, rahat ol." Birden, "Biz de ellerimizle yeriz," dedim gayriihtiyari. Sonra mekânın sahibi geldi tesadüfen. Müdahale etti garsona ama adam bıçağı fırlatarak bıraktı.

Ankara'daki okuldan benim arkadaşlarım da gelmişti. Kardeşim, abimler, kuzenler... Çok güzel bir görüntüydü. Kalabalık olunca herkes kendi arasında gruplaşarak sohbet etti. Saatimiz dolmak üzereyken, o günü mutlulukla sonlandırdık. Rüya gibiydi. Daha iki saat önce, dualarla ve güzel dileklerle canım dedecım benim, Derviş Babam da Emrah'ın yüzüğünü takmıştı. Ben hâlâ bu güzel kareyi tekrar tekrar hatırıma getirip, o anın mutluluğunu ve heyecanını yaşıyordum. Bitmişti o kötü günler, bundan sonra her şey çok daha güzel geçecek ve düğünümüzü de görecektik.

***

Gel gelelim şu çeyiz meselesine... Aman bu ne meşakkatli bir iş. Beni de bir telaş aldı ama çalıştığım için ekstra bir zamanım yoktu. En iyisi bir liste yapmaktı ama yaz yaz bitmiyordu. Meğer bir ev, içinde ne kadar çok şey barındırıyordu. **Anneme gösterdim, kadını bir gülme krizi tuttu** bakakaldım. Hayır, listede komik ne vardı da ben fark edemedim, anlayamadım. *"Ne oldu, niye gülüyorsun anne?"* deyince, kadın bir kahkaha daha kopardı. Yetmedi Birgül'ü de çağırdı. Listedeki bir iki şeyi gösterdi ve beraber, hunharca gülmeye devam ettiler.

Sakinleşip sustuklarında büyük bir merakla ağızlarına bakıyordum anlatsınlar diye. Meğer listedeki tuvalet fırçasına, lavabo pompasına bir de uğur böcekli gırgırıma gülüyorlarmış! Bunda gülecek ne vardı? Tuvaletten sonra neyle fırçalayacaktım, hadi lavabo tıkandı ama evde pompa yok? Ne olacaktı? Borularını mı sökecektim? Gırgır kadar pratik şey mi var? Ayrıca uğur böceği çok tatlı duruyordu. Evlenmeden her şeyi almaya çalışıyordum ki sonra yok o eksik, yok bu eksik uğraşmayayım. Ekstra masraf da olmasın. Aslında çok pahalı şeyler değildi.

Aslında ortada cidden büyük bir yanlış anlaşılma vardı, bunu fark ettim. Görünürde büyük eşyaları, yani mobilyaları erkek alıyordu. Hani pahalı şeyler falan ama asıl mesele detaylarda. Mutfak zaten başlı başına bir eziyet, o kadar ıncık cıncık var ki al al bitmiyor. Yatak, yorgan, bir sürü örf adet. Yok dantellisi, yok sateni, yok günlüğü, yok misafirliği... Banyo gereçleriymiş, ütüsü, beyaz eşyasıymış, daha bir dünya şey. Bir dünya da masraf...

Ben fırsat buldukça alıyordum. Sağ olsun anam zaten koşturup duruyordu. Çok yoruldu benim yüzümden. Günler hızla geçiyordu hem de hiç geçmediği kadar. Anneme yakın yerlerde ev baktık ama istediğimiz gibi yoktu. Ya çok pahalı, ya çok küçüktüler. Düğüne de az kalmıştı, daha bunun yerleştirilmesi vardı. Sonunda bulduk da içim rahatladı. Hiç unutmam bir gün ne kadar daralmışsam, oturup zırıl zırıl ağlamıştım ev bulamayacağız diye.

Düğün salonu, kına salonu, gelinlik falan hepsi hazırdı. Ha bir de şu moral bozmaya çalışanlar vardı. Kuaför ortamı malum, bol muhabbetli, bol dedikodulu oluyordu ve bizimki de öyleydi. Evli olanlardan bazıları sık sık inciler sıralıyordu.

"Erkek milleti evlenince değişir."

"Ben kaçarak evlenmiştim ama o adam değişti, şimdi gözü beni görmüyor."

"Evlenmeden önce yere basma, yüzüme bas derdi. O kadar üstüme düşerdi ama evlenince nasıl olsa artık onunum diye rahat davranıyor."

"Ah, nerede eski günler."

"Seninki de değişir kesin."

"Bütün erkekler aynı."

"Yok, şimdiki aklım olsaydı evlenmezdim."

Fenalık gelmişti. Hevesim kırılıyordu. O kadar çok duymuştum ki bunları, artık kafaya yerleşmişti. Kendi kendime üzülmeye başladım Emrah da değişecek diye. Onunla da konuşuyordum duyduklarımı. Aslında öyle olmayacağını ondan da duymak istiyordum. O da içimi rahatlatıyordu. Sürekli, bıkmadan, aynı şeyi söylüyordu. "Sen değişmezsen, ben de değişmem. Etki tepki meselesi eğer sen kendini bozarsan, ben de sana ona göre davranırım. Değişmem, yeter ki beni değiştirme!" Ben zaten değişeceğimi düşünmediğim için bu açıklama bana fazlasıyla yetiyordu.

O aralar haddinden fazla yoruldum. Hem düğün hazırlıkları hem dükkândaki yoğunluk beni kırk üç kiloya düşürmüştü. Güya düğünde daha toplu olayım, kilo alayım diye spora başlamıştım ama onu da yarım bıraktım. Aklıma işi bırakmayı koymuştum. Bekâr olduğum halde böyleyse evlenince çok sorun yaşardım herhalde. Eve akşam yedi sekiz gibi gidecek, Pazar dahi çalışacak, bazen de gece dönmek zorunda kalacaktım. Ne ara evimle, eşimle ilgilenecektim? Kendimle bile ilgilenemiyorken hem de... Ev arkadaşı olmayacaktık ve hiçbir şey yuvamın mutluluğundan daha önemli değildi. İleride nelere yol açabileceğini görüyordum.

Bu böyle olmaz dedim ve kuzene devretmeye karar verdim. Konuştum ama o istemedi. Aslında müşterimiz de oturmuştu ama o kapatırsak başka bir yerde çalışacaktı. Kararımızı verdik ve on gün içinde kapattık.

Düğünle nikâh arasında on beş gün vardı. Önce Ankara'da nikâh töreni yapacaktık, sonra İstanbul'da da düğün. Nikâhtan bir gün önce ailece Ankara'ya gittik. Ben telefonda müstakbel kocamla konuşuyordum. Heyecandan içim içine sığmıyordu. Emrah desen, zaten ayakları yerden kesilmişti... Şapşal âşıklar gibiydik. Ertesi gün nikâh var ama bir ömür paylaşmaya on beş gün vardı. Bunun hayallerini kurup gülüyorduk. O anda içeriden babamın seslendiğini duydum. Nasıl olsa kısa sürer diye de telefonu kapatmadan cebime koydum. Yanına gittiğimde babam çalışmadığım yerden bir soru sordu:

"Gönül?"

"Efendim baba!"

Bir şey öğrenmiş de onu benden duymak ister gibiydi.

"Sen kendi soyadını kullanmayacak mısın?" Yanmıştım.

"Şey... Baba... Ben soyadımı kullanmak istedim de Emrah pek sıcak bakmayınca üstelemedim." Resmen çamura yatmıştım. O an Emrah'ın telefonun diğer ucunda olduğunu unuttum. Oysaki duyuyordu!

"Ya öyle mi? Sen soyadını kullanacaksın ama Emrah sıcak bakmadı? Hmm! Peki!"

Acaba aklından neler geçiyordu? Nikâh tam kıyılırken, "Durun! Bu nikâh kıyılamaz çünkü bu damat bozuntusu soyadını kullandırmadı," demezdi umarım. Bir baktım ki elinde telefon, birini arıyor. "Allah Allah," dedim. Kimi arıyordu acaba? Emrah'ı mı? O anda telefonun diğer ucunda olduğunu hatırladım. Babam zaten onu değil, Derviş Babamı aramış.

"Derviş Bey!" dedi gayet ciddi ses tonuyla. "Ben de sizi demokrat zannederdim, hiç yakıştıramadım!" Daha sonra Emrah'ın bana anlattığına göre, "Hayırdır Mustafa Bey? Bir yanlışımız mı oldu, sorun nedir?" demiş Derviş Babam.

"Kızım soyadını kullanacak diye düşünürken Emrah'ın hiç oralı olmadığını öğrendim. Vallahi hiç yakıştıramadım."

Derviş Babam, "Nasıl olur, Emrah karşı mı çıkmış? Tabii ki soyadını kullansın bundan rahatsız olmayız. En doğal hakkı, öyle şey mi olur? Kusura bakmayın. Ben şimdi oğlumla konuşurum, merak etmeyin," demiş.

"Teşekkürler, sizden de bunu beklerdim."

Telefonu kapatınca rahatladı. Kız babası tabii ki soyadını da kullanmamı ister. Ben de isterdim ama artık çok geçti çünkü mevzu eskiye dayanıyordu. Bu konuyu açmıştım ama direkt olarak ben soyadımı da kullanmak istiyorum dememiştim. Ağzını arayayım bakalım bu konu hakkında ne düşünüyor diyerek,

"Kızların kendi soyadlarını da kullanmalarına ne diyorsun?" diye sormuştum. Emrah da benim ne demek istediğimi anlayıp, "Ne o? Benim soyadım sana az mı geliyor?" demişti.

"Yoooo! Ne alaka, öylesine sordum."

E bunu hatırladığım için de evlilik işlemleri sırasında -kızlık soyadımı kullanmak istiyorum- seçeneğinin kutusunu boş bıraktım. Hâlbuki çok istemiştim, keşke sorsaydım tekrar. Yani artık çok geçti. Neyse olan oldu, önceden düşünemiyor da insan sonra sonra içerliyor. Ne bileyim mevzu eşinin soyadını taşımaktan rahatsız olmak değil tabii ki ama babadan kalan bir yadigâr gibi kendi soyadını da terk etmemek güzel olurdu. Tamamen duygusal bir sebep yani.

Şimdi işin yoksa telefonun diğer ucundaki Emrah'a durumu izah et: **Canım, çamura yatayım dedim ama boka battım, de hadi!** Aynen de öyle söyledim.

"Aramızda geçen o anıyı anlatmaktansa işin kolayına kaçıp sebep olarak seni gösterdim," dedim. Tamamen iftira da değildi yani. Ama bana kızdı.

"Sen soyadımı kullanmak istiyorum dedin de ben yok kullanamazsın mı dedim. Babam da beni burada fırçaladı niye kıza engel oldun, diyor."

"Oh olmuş. Zamanında hevesimi kırmasaydın ben de belki söylerdim. Artık değiştiremem, değil mi? Geç mi kaldık?"

"Artık çok geç. Sen de Facebook'ta kullanırsın. Muhahahaha!"

Adama bak ya. Dalga geçer gibi hunharca gülüyor bir de.

Neyse sabah erken kalkacağız, yatalım dedik ama kendi kendime kızmaktan uyuyamadım. Gece yatınca kafasında kurup kendi kendine kavga edenlerdenim. Şöyle deseydim, bunu yapsaydım diye diye uykular firari…

***

Bekâr olarak son gecem yarın, artık evli bir bayan olacağım, vay anasını ya. Bir tuhaf oldum. Çok mutluydum ama bir yandan da baba evinden çıkma zamanının gelmiş olması, ister istemez bir hüzün yaratıyordu...

Sabah olunca sağ olsun kuzen Numan yine yanımdaydı ve saçımı yapmaya başladı. Tam da bitmeden baktım kornalar çalıyor. Yok canım beni almaya gelmiş olamazlar, daha çok erken. En az bir saat daha var çıkmamıza.

Meğer cidden beni almaya gelmişler. Ooo evin içi bir anda tıklım tıklım oldu! Daha kahvaltı yapmadım. Saçım bitince yapar sonra da gelinliğimi giyerim, dedim ama fırsat kalmadı. Çünkü daha aşağıda bekleyenler var. Saçım da bitmedi. Ayy bir strese girdim, anlatamam. Numan'a dedim rastgele topla hemen bitsin.

Allah'tan makyajımı yapmıştım. Apar topar gelinliğimi de giydim, duvağımı da taktık. Ay duygulandım yine…

Kalabalığı görünce bir şok oldum. **Gözüm civanımı arıyor, meğer mutfakta tıkınıyormuş.** Çok şaşırtıcı, aa hiç beklemiyordum! Bir gördü beni, öyle bakakaldı. Ben de ona bakıyordum. İç sesim susmuyor. *Ayy kız ne yakışıklı bir kocişin var. Şu tipe, şu endama, şu boya, şu gözlere oy oy oyy... Nasıl yakışıklı olmuş, zayıflamış, göbek bile kalmamış, filinta gibi oy oy oy oyy... Yerim lan seni şapşirik...* Ama dıştan hiç renk vermiyorum. Nasıl vereyim? Abimler, annem, babam oradalar. Sonra küçük abim kuşağı belime taktı ama kafamdan neler geçiyor. Ağlamamak için kendimi tutmaya çalışıyordum.

Tuttum kendimi ve kocişimin koluna girdim. Evden çıktık. Konvoy yapa yapa gidiyoruz. Artık bir gelenek hâline gelmiştir; Keçiören Şelalesi'nin önünde hatıra fotoğrafı çekinirmiş gelin damat. Hadi biz de bu geleneğe uyalım, zaten nikâh salonuna da geldik sayılır, dedik. Tam şelaleye yürüyoruz bir anda davulcu zurnacı etrafımızı sardı. Meğer hafta sonları pusuda bekliyorlarmış nasıl olsa gelin damat gelir diye. Zangur zungur kulağımızın dibinde çalıyorlar. Baktılar Emrah'tan para gelmeyecek, ileride arabadan inmeye hazırlanan başka bir gelin damada doğru koşmaya başladılar. Onlar gitti, bir çocuk gitmiyor. Yapıştı kocişimin ceketine çekiştirip duruyor.

"Abi para, abi para, abi para!"

Bizimki verir mi, tabii ki vermez. Çocuğa gitmesini söylese de çocuk inatla gitmiyor. Civanım sinirlenip çocuğa bir kızdı. Ne dediğini söyleyemeyeceğim ama çocuk dediğime bakmayın, büyümüş de küçülmüş gibi... Anında ceketini pantolonunu bıraktı.

"Vermezsen verme pis şişko. Ahahah şişko şişko şişko ahahahah."

Yahu güler misin, kızar mısın? Çocuk işte ne yapacaksın? Nikâh salonuna gidip beklemeye başladık. Zaten çok kısa sürecekti, malum sadece nikâhtı. Yerlerimize geçmeden bir sürü formalite... Şarkıyı bekle, bilmem neresine gelince salona gir, sonra sen küçük adım at damat büyük adım atacak ancak dönüş yapabiliriz... Amaaan her şeyde bir formalite, ulan heyecanlıyız da! Kafa almıyor dediklerini hanım abla!

Neyse yaptık bir şeyler, oturduk masaya. Bizimkiler karşımda oturuyor gözleri dolu dolu. Annem zaten ağlıyor, onu söylemiyorum bile. Ben de duygulandım. Kafamdan neler neler geçti. Daha beş altı yaşlarında babama âşık âşık bakıp saçımı kurutmasını hayranlıkla izlerken ne ara büyüdüm de başka bir adama âşık olup nikâh masasına oturmuştum? Zaman ne çabuk geçiyor... Annem yatağımı kaldıracak mı acaba? Artık diş fırçam olmayacak banyoda!

Annem ısrarla yatağımı kaldırmıyor ve banyoda hâlâ bana ait diş fırçam var. Pijama, birkaç eşya... Sanki hâlâ oradaymışım gibi...

Aklım Arapsaçı gibi olmuşken memur bey konuşmasını bitirdi ve soruyu sordu. E tabii ki **'evet'** dedim ama sesim içime kaçtı resmen. Emrah da evet deyince hemen ayağına basayım dedim ama ayakları yok! Gelinliği hafif kaldırdım çaktırmadan, ayağımla ayağını arıyorum. Yok yok yok! Dayanamadım, eğildim. Bir baktım ayaklarını geri çekmiş.

"Niye çektin? Basacaktım," dediğimde kıs kıs güldü. **"Biliyordum basacağını. Huhahaha! Bastırır mıyım? La bu ayakkabıya kaç para verdim, biliyor musun? Burnunu falan ezersin, ne gerek var? Hahahuha!"**

Bak ya! Hâlbuki topuğumun en sivri yerini hazırlamıştım, ezecektim parmaklarını! Ayağa kalkıp duvağımı açınca alnımdan öptü. Şlap diye öptü hatta yaladı.

Lanet olası takı merasimi... Sırasını bekleyen kurbanlık koyun gibi... Öpüşmeler, sarılmalar... Sırıtmaktan ağzımız acıdı, yüzümde kırışıklıklar çıktı yeminle. Çıkınca da Emrahlara gittik. Adettenmiş, önümde şeker dolu küp kırdı Nermin Annem. Ağzıma bal verdi, dualar edildi. Çok güzel adetler... Çok da güzel bir gündü ve her güzel şey gibi gün de bitti. Ertesi günü beklemedik zaten. Hazırdık, toparlanıp İstanbul'a döndük ve ben artık evliyim. İnanamıyorum! Emrah artık benim kocam ve hayaller gerçek oldu!

***

Konuşma aralıklarımız sıklaştı ve uzadı. Çünkü bir an önce zaman geçsin diye sabırsızlanıyorduk. Ben eşyalarımı toplamaya başladım, özellikle annem evde yokken topluyorum ki üzülmesin. Hadi eşyalarımı ben topluyorum da annem görmüyor, ya Nermin Annem ne yapsın? Emrah bir çorap bile katlayamazken o kadar eşyayı nasıl toplasın? Tabii ki iş anneye kalır, o da her topladığında ağlamış.

Ne zordur ya? Sen doğur, büyüt, gözünden sakın, saçını süpürge yap ama elin oğlu gelsin alsın kızını, sonra da düşün; acaba mutlu mu, acaba sıkıntısı var mı, ya bana söylemiyorsa, bir derdi var mıdır... Gerçi o, eskidendi. Sadece kız gidiyormuş gibiydi. Şimdi evler ayrı, yurtlar ayrı yani erkeği kızı kalmadı. Sen bin bir emek ver, büyüt sonra elin kızı gelsin, oğlunun aklını çelip alsın gitsin! Olacak iş mi? Evet, olacak iş! Artık iş nerede ev orada.

Bizim İstanbul'da oturmamız da biraz karışık bir durum. Babamlar beni zaten uzak bir şehre göndermek istemiyorlardı. Emrah askerden döner dönmez bir ilaçlama firmasında çalışmaya başlamıştı hem de imza yetkisi bile vardı. Ama tabii evlenince tek onun çalışması bize yetmeyecekti ve ben mesleğimi icra etmeye kalksam KPSS'ye girmem lazımdı. O da uzun bir süreç. Babamla abimler de asfalt işi yapıyor ve İstanbul'daki koluna babam bakıyor. O da artık güvenebileceği bir mühendise ihtiyaç duyuyor. Bu teklifi sundu ama tabii şart değil teklif, yani karar bize ait olacak. Ben de Emrah'la konuştum, kararı ona bıraktım çünkü yarın öbür gün **'senin yüzünden'** ile başlayan sitemler duymak istemedim. Açıkça söyledim.

"Ben Ankara'da kimsenin yanında çalışmam. Ee mesleğimi de şimdi yapamam ama İstanbul'da oturursak ikimiz de aynı yerde çalışırız. Hem rahat olur ama yine de sen bilirsin," dedim.

Ankara'da yaşayacağız dese hiç karşı çıkmam, tabii ki kabul ederim çünkü en başından beklenen sonuç bu. Yani ben zaten bunu bile bile kabullenerek evlenmeyi kabul etmedim mi? Ee o zaman şimdi kalkıp da, *"Yok illa İstanbul olacak,"* mı diyeyim? O gece çok düşündük ve İstanbul'da oturalım, diye karar aldık çünkü burası ona gelecek vaat ediyordu. Zaten o da kendi mesleğini sevmiyor, aklı fikri sosyal medyada. O zamanlar Twitter denilen sosyal medya mecrasında parlamaya başladı ve bu alanda başarılı olmak istiyordu. Ee bunun en büyük pazarı da İstanbul'da, hem de diğer sebeplerden ötürü. **Kimden ötürü? Senden ötürü, benden ötürü...**

Çok merak ediyordum acaba bizi neler bekliyor, evlilik nasıl bir şey, sevdiğin insanla aynı evde yaşamak nasıl bir duygu, acaba hiç kavga edecek miyiz, küsecek miyiz, bekârlığımızı özleyecek miyiz, birbirimizi üzecek miyiz yoksa iyi ki de evlenmişiz mi diyeceğiz? Bence en baştan her şeyi düşünmek lazım. Yani mutlaka tartışmalar, anlaşmazlıklar, fikir ayrılıkları olacaktır. Nihayetinde bir ömürden bahsediyoruz. Büyüklerin en büyük nasihati; **önce saygı.** Haklılar da. Eğer saygı olursa var olan sevgi de aşk da zırh giyer.

Yepyeni bir defter açmadan önce balayına da mı gitmiyah? Hemen cıvıt Gönül, aman bir ciddi olma ha! Çok ihtiyacımız vardı, o kadar engel dolu yollardan geçmişiz, bu sınavın ağır yükünü taşımışız. Sırtımız aşındı, belimiz tutuldu, omuzlarımız ağrıdı daa! Sağ olsun kociş, artık müstakbel değil dikkatinizi çekerim, Bodrum'dan rezervasyonu yaptırmış bile. Ay düğünün üstüne kombo demektir bu. Artık gizli kapaklı görüşmek yok, aman annem arayacak aman babam duyacak yok. Aradıklarında, "Emrah'ın çok selamı var," diyebileceğim.

Vay ya, **şu zaman denen meret her şeyin ilacı. Yeter ki inancını, umudunu, hayallerini kaybetme!** Keşke diyorum birbirini seven herkes bizim gibi sabretse ve savaşsa! *Savaşın uleeyyyn!*

Nihayet her şey tamam. Kendi evimdeki dolabımda yerini aldı eşyalarım. Emrah'ın tarafı boş, onlar düğünden önce geldikleri gün getirecekler. Kınadan bir önceki gün geldiler. Ee malum kına gecesi olmazsa olmaz ama bizim kına gecelerinde sadece bayanlar olur. Hatta damat bile gelmez. Kadınlar matinesi gibi oh o göbekler çatlayana kadar oynadın. Dımtıs dımtıs dımtıs...

Eğlence hat safhadaydı ama kına yakma merasimi çok duygusal, illa gelini ağlatacaklar, başladılar *'Yüksek yüksek tepelere'* şarkısını söyleyip etrafımda dönmeye. Kafamdaki tülümün altından anneme baktım, uzaktan bana bakıp ağlıyordu iç çeke çeke. İşte o an etraf karardı, tepemde dönenlerin görüntüsü birbirine girdi, sesler anlaşılmaz hâle geldi çünkü deli gibi ağlıyordum. Kendimi sıkmaktan şakaklarıma ağrılar girdi. Makyajımın akmasına aldırmadan bıraktım kendimi, hıçkıra hıçkıra ağladım. Ben annemsiz nasıl yapacağım? Anneme aşırı düşkünüm ama sevdiğim olmadan da olmuyor. Eninde sonunda bu gün yaşanacak. Ne zor bir durum... Hani derler ya 'Hem ağlarım hem giderim,' diye, cidden de öyle.

Neyse yine duygulandım bak. Çok yorucu bir geceydi. Horon vurmaktan ayak parmakceğizlerim su topladı. Çok isterdim sevdiğimin beni görmesini ama buraların yabancısı olduğu için bulamazdı. Hem gece gece yolu falan kaybeder, hiç gerek yok. İki gün sonra zaten düğün vardı.

Nurdan da Ankara'dan düğünüm için gelmişti, bizde kalıyordu. Bir de Şefika kankimiz vardı. Ooo inat ettiler beni uyutmayacaklar, sabaha kadar sohbet muhabbet olacak. Saat bir, saat iki, saat üç artık kafa öne düşüp duruyor, gözlerimi zorla açık tutmaya çalıştıkça herkesi flu görmeye başlıyordum. Çifter çifter de değil, dörder dörder görüyordum. Baktım bunlar beni uyutmayacak en iyisi tuvalete gideyim, orada on dakika çaktırmadan uyusam sabaha kadar beni idare eder dedim. Çakallar anladı amacımı, yollamadılar. Gidip başka bir odada uyuyacağımı düşündüler ki hiç fena fikir değildi, kızdım ben de.

"Ne yapayım? Halıya mı sıçayım?" deyince durumun ciddiyetini anladılar. Ben anında tüydüm. Banyo hiç bu kadar huzurlu ve güzel görünmemişti gözüme. On dakika kestireyim derken uyuyakalmışım. Baktım olacak gibi değil, gittim abimin yatağına yattım, evli olan abimin yatağı da hâlâ duruyordu. Nasıl olsa gelip ses yapamazlar çünkü küçük abim de uyuyordu. Oh uykulara doyamam.

Sabah saat yedi gibi Emrah'la kuaföre gittik çünkü daha dış çekim fotoğrafları vardı. Yani trafik falan olur diye çok da geç kalmamamız lazımdı. Sağ olsun canım abim gelin arabası olarak büyük abimin arabasını süsletti hatta şoförlüğümüzü yaptı. Bu araba büyük abimin de düğün arabasıydı o yüzden çok anlamlı geldi bana. Benim saçım yapılırken Emrah da damat saçı, tıraşı olmaya gitti ama gitmeden Numan uyardı.

"Hem damatsın hem buraların yabancısısın diye fazla isterler. Benim gönderdiğimi söyle, fazla almasınlar," dedi.

Bizimki Angara bebesi. Yer mi Anadolu çocuğu? Belindeki kuşağı, papyonu çıkarmış; yakasını açmış hatta yüzüğünü bile çıkarmış öyle gitmiş kuaföre. Bir de adamla kanka olmuş.

"Ben Ankara'dan geliyorum. En yakın arkadaşımın düğünü var. Ben de sağdıcıyım, ona göre bana da özen göster. Şöyle damat kıskansın, hem bakarsın ben de bir kız bulurum be abi. Yakışıklı yap beni," demiş adama.

Az değil bu var ya bu! Adam tam da damada ne yapıyorsa aynısını yapmış. Cilt bakımı bile! Normalde fiyatı neyse onu almış ama bizimki bir de bahşiş bırakmış. Gelince onun şeklini yaptı bir de. Çok mutlu geldi. Ayy çok tatlı olmuş, bebek poposu gibiydi yüzü. **Seviyorum ayağına tokatlaya tokatlaya kızarttım yanaklarını.**

Zaman daraldı. Alelacele çıktık. Fotoğraf çekimi aceleye gelse de güzeldi ama daha eve dönülecek ve gelin çıkarılma merasimi yapılacaktı. Dönünce bir baktım, ev tıklım tıklım. Birinci derece akrabalarım da var. Hepsi beni görünce duygulandılar, tabii annemle babam da. Yukarı çıkıp evden çıkacağımız zamanı bekliyordum. Baktım, babam geldi. Ay çok duygusal bir andı... Koluna girdim. Duvağım kapalı, kırmızı tül başımda, ağır ağır iniyoruz merdivenleri. Herkes toplanmış, annem hâlâ ağlıyor, küçük abim elinde kurdeleyle bana gülümsüyor. Ağır çekim gibi her şeydi. Dualarla üç kere doladıktan sonra artık bağladı ve alnımdan öptü, sarıldık. Yine gözlerim doldu şimdi. El öpmeler, sarılmalar devam ederken boğazım düğümlendi ve ağlamayacağım dedim, ağlarsam annem daha çok ağlar. Hem makyajım da mahvolur. Kaç saat uğraştım? Konvoyla düğün salonunun yolunu tuttuk.

Rüya gibiydi her an, şimdi çok anımsayamıyorum bile. Allah'a çok şükür sorunsuz bitti ama daha imam nikâhı vardı. Hoop doğru gelin evine. İmamı alıp geldiler, biz odanın birinde şahitlerle nikâhı kıyıyoruz içeride. Arkadaşlar kızarmış tavukları parça pinçik etmiş, zıkkımlanmışlar. Yemeğimiz yok, biz eve dönünce ne yiyeceğiz insafsızlar? O da yetmemiş bir de yerlere dökmüşler, üstüne basmışlar. Off! Mutfak halısı battı. Tezgâhın üstü tatlı tabakları, bardaklar, tavuğun işkence görmüş artıkları... Nikâhtan sonra normal giyindik. Hemen çıktık yemeğe gideceğiz diye. Gide gide nereye gittik, bilin bakalım. Hani seneler önce Emrah, Birgül, ben ilk yaz buluşup fajita krizini yaşadığımız, kokonaların takıldığı bir restoran vardı ya hesabı kabarık gelmişti. Hah işte abimler oraya götürdüler, tesadüf işte. En az yirmi kişiyiz. Oo kalamarlar, fajitalar, günün yemeği, tatlılar, çorbalar... Oh afiyet olsun, çok da güzel oldu. Biz en az bin lirayı gözden çıkardık ama değerdi, çok güzel bir görüntüydü. Arkadaşlarımızla güle güle geçen o saatlere değerdi. Gece bir olmuş hadi kalkalım dedik, hesap geldi ama bir terslik var. Çünkü sadece üç yüz lira! Nasıl ya? Biz Emrah'la birbirimize bakakaldık hayretle ve sevinçle.

Emrah hesabı ödedi hatta hızını alamadı bahşiş bile bıraktı. "Mutlaka bir yanlışlık var ama çaktırma. Acele acele gidelim," dedi. Ee seneler önce öğrenci hâlimizle o hesabı getirirseniz böyle olur. 'Yazın yediğin hurmalar günü gelir kıçını tırmalar.' Allah'ın sopası yok işte.

Biz eve gidip uyuma derdindeydik çünkü sabah beşte kalkacağız. Uçak altıda, balayı bizi bekler ve dinlenmiş olarak gitmeliyiz ama yok, bırakmadılar.

Nişanı yaptığımız yere gittik illa kahve içelim diye. Hoop bir de orada geçti zaman. Saat oldu mu iki buçuk? Haydi daha bavullar hazır değil, zar zor kalktık. Saat üç! Eve bir girdik ortalık dağınık, mutfak zaten savaş alanı ama temizleyecek zamanım yok ve sadece bir saat kalmıştı. Birgül bizi bırakacaktı havaalanına ve birazdan gelir diye apar topar bavulları hazırladım. O arada beyefendi horlaya horlaya uyuyor, insafsız!

İşim bitti. Ben de azıcık uyuyayım dedim, alarmı kurdum. Ayy o alarm acı acı çalıyor ama gözler açılmıyordu. O an dedim ki içimden boş ver ya balayı ne, yat uyu.

Meğer Emrah da içinden aynı şeyi geçiriyormuş ama Allah'tan birbirimize söylemedik. Sonra da hem o kadar para vermişiz hem de bir iki saat sonra nasıl olsa otelde oluruz ve o zaman gebeş gibi uyuruz dedik ve sürüne sürüne havaalanının yolunu tuttuk. Birgül bizi bırakıp döndü ve balayı maceramız da başladı.

Sanırım bütün hafta uyumaktan tatil yapamayacaktık! Öyle ya daha yüzme bile bilmiyorduk! Gülmeyin! Ne olmuş ha, ne olmuş?! Neler geldi başımıza! Tam uçaktan indik, bagajları alacağız. Ben bir lavaboya gideyim dedim ama telefonumun Emrah'ta olduğunu unuttum. Niye verdiysem? Ağır geldi sanki. Ben geç çıkınca Emrah bagajlarla lavabonun olduğu yere gelmiş, ben de deli dana gibi onu arıyorum çünkü birbirimizi görmemişiz! Görevli arıyorum, anons ettireceğim. Adama diyorum ki kocamı kaybettim, bana **başın sağ olsun kızım çok da gençsin,** diyor. Lan tövbe tövbe, ağzını hayra aç be adam! Durumu anlatınca anladı.

Ay canlarım Özgür Efe uyandı. Ben gidiyorum sonra yine geleceğim. Kociş de işe gitti malum, özleyin beniiii!

-Takip Edin-